Beliban zu Stolberg

Zweistrom land

ROMAN

kanon verlag

Mein Dank gilt der Robert-Bosch-Stiftung und dem »Grenzgänger«-Reisestipendium. Ich danke dem Literarischen Colloquium Berlin für die Teilnahme an der Autorenwerkstatt Prosa, den Leiter:innen Antje Rávik Strubel und Thorsten Dönges, sowie meinen Werkstattkolleg:innen. Auch der Nuoren Voiman Liitto danke ich für die Residenzstipendien in der Villa Sarkia.
Mein Dank gilt dem gesamten Kanon Verlag, besonders Gunnar Cynybulk. Ich danke meiner Agentur Verlag der Autoren, insbesondere Sebastian Richter, für Vertretung, Austausch, Ermutigung und Freundschaft.
Danke dir, Roman, ohne deine Unterstützung hätte ich diesen Text vielleicht nie schreiben können. Danke dir, Deniz, du bist mir die liebste Erstleserin.
Ich danke meiner Familie, besonders meinen Eltern. Ich danke meinen Freund:innen, ihr wisst, wie wichtig ihr seid.

ISBN 978-3-98568-085-6

1. Auflage 2023

Umschlaggestaltung: Anke Fesel / bobsairport
unter Verwendung eines Gemäldes von Anaïs Cousin

Herstellung: Daniel Klotz / Die Lettertypen
Satz: Marco Stölk
Druck und Bindung: Pustet, Regensburg
Printed in Germany

www.kanon-verlag.de

Beliban zu Stolberg

Zweistromland

Für Ali, für Sakine

»Hier zu leben bedeutet, danach zu streben, unverzüglich ins Morgen zu gelangen. Aus Sicht jener, die ins Morgen aufbrechen, sind jene, die sich an gestern erinnern, Schrottkarren, die sie im Flitzer neuester Bauart überholen. Wer sich erinnert, hat etwas Altes, Unnützes, Kaputtes, Degeneriertes an sich.«

Ece Temelkuran, *Euphorie und Wehmut*

Teil 1
2016

I.

Wieder in İstanbul. Ich denke an die Luft draußen, weich, warm, sie riecht nach Benzin.

Die Maschine aus Deutschland steht seit drei Stunden auf der Landebahn des Sabiha Gökçen. Nach einer Weile betreten zwei Militärs das Flugzeug. Ich will nicht hinsehen, aber ich muss. Die Soldaten gehen durch die Reihen und stoppen vor einer Frau.

»Mitkommen«, sagt einer auf Türkisch. Sie schüttelt den Kopf und sagt, sie sei eine Deutsche. Das interessiert die Männer nicht. Sie wiederholt es, dieses Mal auf Türkisch, doch die Soldaten ziehen sie am Arm und tragen sie mit sich. Bis auf ihre Rufe ist es still im Flugzeug. Nachdem die Gruppe zur Tür hinaus ist, hebt ein Raunen an, bald führt die ganze Maschine das gleiche Gespräch. »Sie ist eine Journalistin«, sagt einer, »sie ist eine Verräterin«, ein anderer.

Der Asphalt auf der Otoyol 4, der Autobahn, die Ankara mit İstanbul verbindet, ist hellgrau wie Küstensteine. Der Fahrer jagt das Taxi über die glatte Straße. Ich kann mich nicht erinnern, in İstanbul schon einmal so lange ohne Unterbrechung gefahren zu sein. Ich halte Ausschau nach den anderen Wagen, die den Weg vor uns verstopfen müssten, aber es ist niemand da. Der Fahrer und ich schütteln ungläubig die Köpfe. Schließlich breche ich die unausgesprochene Abmachung des Schweigens. »So etwas gibt es doch nicht«, sage ich. Der Fahrer wirft mir einen Blick über den Rückspiegel zu. »So etwas gibt es nicht, nie«, sagt er. Das geht einige Sätze so, bis uns keine neue Formulierung für unsere Verwunderung einfällt. Wir verfallen in Schweigen, und beim Kreuz vor İçerenköy auch endlich in den vertrauten Stau.

»Na, wunderbar, alles beim Alten«, sagt der Fahrer, und ich lächle, aber wir sind ehrlich erleichtert darüber, wieder festzustecken. Es ist gut, wenn die Dinge sich so verhalten, wie man es von ihnen erwartet. Den Rest der Fahrt verbringen wir in Stille.

Als wir vor dem fünfstöckigen Haus halten, in dem ich wohne, springt der Fahrer heraus und hält die Tür für mich auf. Er trägt meinen Koffer bis vor den Fahrstuhl, drückt den Knopf des Stocks und senkt dann den Kopf zu einer kleinen Verbeugung. Die türkische Höflichkeit hat mir die letzten Tage lang gefehlt.

»Möge er immer freie Straßen haben wie wir«, sagt er und grinst und deutet auf meinen gewölbten Bauch. Im Hausflur ist es kühl.

Die Wohnung ist leer. Noch so eine Sache, die so ist, wie ich sie erwartet habe. Im Badezimmer steht der Tiegel mit meiner Gesichtscreme, den ich aus Versehen aufgelassen habe. Die Creme ist an den Rändern eingetrocknet. Die Fußmatte vor der Dusche liegt zusammengeknüllt in der Ecke, ich habe sie dorthin gelegt, bevor ich aufgebrochen bin, als Erinnerung, dass ich sie waschen muss, wenn ich wiederkomme. Im Kühlschrank stehen nur Butter, Marmelade und Joghurt, und in der Spülmaschine sind dieselben Teller und Tassen, nichts ist dazugekommen. Johan war wohl nicht ein einziges Mal hier.

İçerenköy ist auf der asiatischen Seite der Stadt. Wir sind auf einem seltsamen Weg in dieser Nachbarschaft gelandet. Johan war es wichtig, dass wir nicht in eines der Viertel ziehen, die von Expats und Touristen bewohnt werden. Cihangir, Tarabya oder gar Moda kamen daher für ihn nicht in Frage. Johan wollte weit weg von den Bars und europäisch anmutenden Cafés leben. Also zeigte der Makler uns eine Wohnung in İçerenköy, »sicher und sauber und modern«, womit er Recht behalten hat. Vielleicht hatte der Makler den Vorschlag als Scherz gemeint, denn er war erstaunt, als wir die Wohnung tatsächlich nahmen. İçerenköy ist unnötig weit von meiner Arbeit in der Nähe des Taksim-Platzes entfernt. Vielleicht hat der Makler gedacht, dass Europäer es sich gern schwer machen, um möglichst besonders zu sein. Sie ziehen in die abgelegensten Viertel in Berlin, Paris oder İstanbul, um die Städte bloß nicht zu gentrifizieren, um bloß mit der Gewissheit einzuschlafen, dass sie Teil der lokalen Kultur wären, im

Gegensatz zu den anderen Zugezogenen. Wir sorgten sicherlich für einige Lacher in seiner Maklerstube.

Johan bekam die Beruhigung, die er wollte, außerdem sollte İstanbul auf Zeit sein. Auf Zeit seit über einem Jahr. Seit das Kind in mir wächst, gleitet das Jahr ins zweite. Wir sprechen nicht darüber, aber ich weiß, dass Johan mit jedem Monat ungeduldiger wird. Am Anfang war es ein Abenteuer für ihn, er hat die letzten Jahre an vielen verschiedenen Orten gelebt und wollte nicht nach Schweden zurück. Eine Zeit lang war es in Ordnung, dieses Leben, zu zweit in İstanbul. Es war zumindest nicht schlecht. Dann kam die Schwangerschaft. Kurz darauf schlug er vor, dass wir heiraten, und wieso sollten wir das auch nicht tun. Seit ein paar Monaten spüre ich, dass er wegwill. Einfach verschwinden kann er allerdings nicht, wegen des Kindes, der Heirat und des Viertels, das schließlich er ausgesucht hat. Stattdessen geht er aus.

»Ich bin unterwegs«, sagt er, oder auf meine Frage, wo er war: »Unterwegs.«

Die Zeit, in der er unterwegs war, wurde länger, manchmal bleibt er die ganze Nacht weg. Das erste Mal lag ich stundenlang wach, wartete, meine Gedanken ineinander verschlungen wie Schlangen, die ihre eigenen Schwänze fraßen, aber mit der Zeit habe ich mich an diesen Zustand gewöhnt, an die kühle Leerstelle im Bett, und jetzt ist mein Schlaf gleich, ob er da ist, oder nicht. Manchmal kommt er am frühen Morgen, legt sich neben mich und schläft sofort ein. Dann rieche ich sie. Pflaumen und Amber.

Fünf Tage habe ich in Deutschland verbracht. In der Stadt, in der ich aufgewachsen bin. Die Tage verschwimmen, nur einige Bilder sind deutlich.

Mein Vater neben der Messingschale mit dem Sand. Es ist seine Pflicht, als Erster in die Schale zu greifen. Doch er bewegt sich nicht. Die anderen sehen, wie erstarrt er ist, ihre Anspannung ist spürbar. Dabei ist gerade jetzt ein fester Ablauf wichtig. Also übernehme ich es, trete vor und werfe eine Handvoll Sand in das Grab. Es macht ein spritzendes Geräusch, als der Sand das Holz trifft, es hört sich falsch an, aber so macht man das nun einmal. Die Anspannung der Gäste fällt ab, meine nimmt zu. Wie mein Vater sich fühlt, kann ich nicht erraten. Sein Gesicht verharrt in einem Ausdruck, den man als Gleichgültigkeit auslegen könnte. Er hat sich vereist. Darin ist er gut, ich bin es auch.

Meine Hand auf seiner Schulter, der Stoff ist weich, er hat den Anzug für diesen Tag gekauft. Wir stehen so nah beieinander, dass ich sein Aftershave riechen kann. Muskat und Erde, genau wie früher. Der braune Sand klebt an meinen Händen, er ist fein und zerstäubt, wenn ich ihn zwischen den Fingern reibe. Die Absätze meiner schwarzen Schuhe versinken im Gras, und wir wechseln auf die Gehwegplatten. Das weite Kostüm hängt wie ein Sack an mir herunter. Es tut seinen Dienst, mein Vater hat den Bauch nicht bemerkt. Es ist ein warmer Tag, aber der Himmel ist grau und wölbt sich als eine Stahlkuppel über uns. Es geht kein Wind, den ganzen Tag schon nicht, und ich überlege, ob es früher im August Tage ohne Wind gab. Der beißende Geruch von Getreide in der Luft, die Silos müssen vollstehen. Rike hat an diesem Geruch erkennen können, wie die Ernte ausgefallen ist. Jelena hat es ihr nicht geglaubt, aber Rike hat jedes Mal recht behalten. Jeden Tag haben wir damals miteinander verbracht. Ob die beiden hier noch leben, weiß ich nicht. Ich bezweifle es. Nach der Schulzeit bleiben die wenigsten hier, nur wer einen Hof übernimmt, bleibt, und wer Getreide anbaut. Auch wir sind weggegangen, allerdings früher als die anderen.

Etwa zwei Dutzend Menschen sind zur Beerdigung gekommen. Die meisten von ihnen sind mir fremd. Mein Vater hingegen scheint sie alle zu kennen, doch er hat mir niemanden vorgestellt, und sie beachten mich nicht, bis auf eine Frau. Dauernd sucht sie meinen Blick, jedes Mal weiche ich aus. Ihre Augen haben etwas Durchdringendes, Fragendes, *Vertrautes*. Sie ist im Alter meines Vaters, ihre dunklen Haare sind an den Schläfen grau.

Der Sarg wird mit einer kleinen Maschine in die Erde gelassen. Die schwarze Plattform senkt sich mit einem surrenden Ton, ich frage mich, ob die Vorrichtung mit vergraben wird, oder ob man sie später wieder heraushołt. Dann kommt ein Musiker, setzt sich auf einen kleinen Schemel und hebt eine Bağlama auf die Knie. Bevor er anfängt zu spielen, wirft jemand noch eine Handvoll Sand auf den Sarg. Es ist, als ob jedes Sandkorn einzeln auf dem weiß lackierten Holz aufprallt. Am liebsten würde ich mein Handy herausholen und nachsehen, woher dieser Sand kommt. Ob es Firmen gibt, die sich auf Grabsand spezialisiert haben, ob es verschiedene Ausführungen davon gibt, aus welchem Land er geliefert wird. Zumindest wird dieser Sand gesiebt, denn er ist sauber und frei von Steinen. In einer amerikanischen Serie habe ich gesehen, dass es Geräte gibt, Salzstreuern gleich, mit deren Hilfe man den Sand genau dosiert über die Toten streuen kann. Eine Prise Sand, exakt bemessen. Der junge Mann spielt gut, er kann die Töne ausreizen und das Zittern der Saiten in die Länge ziehen, seine Stimme ist kehlig und tief. Er singt auf Kurmancî. Ich kann das Lied nicht verstehen.

Der Arm meines Vaters auf meinen Schultern wird während des Lieds schwerer, als ob er sich erst jetzt richtig auf mir abstützt. Seine Lider zucken. Er weint nicht, das hat er die ganze Zeit nicht getan. Die Bağlama spielt, und die Musik löst das feste Grau des Himmels etwas auf. Weil ich ihm so nah bin, spüre ich, wie heiß seine Brust ist. Mir fällt eine Situation aus dem letzten Sommer ein, dem letzten Sommer in dieser Stadt. Meine Mutter war wütend auf mich gewesen, weil ich zu neugierig war. Sie hat in der Küche vor mir gestanden, ihr Gesicht verzerrt zu einer Grimasse. Hässlich sah sie aus in diesem Moment. Ich schäme mich, dass ich mich von allen Erlebnissen, die ich mit ihr hatte, ausgerechnet an dieses erinnere. Aber die Erinnerung ist ein Tier, das sich nicht zähmen lässt.

Die Frau lässt während der ganzen Zeremonie nicht die Augen von mir.

Im Lokal sitze ich neben meinem Vater. Nach dem Essen kommen Menschen an unseren Tisch, sie bleiben ein paar Minuten oder eine Stunde. Einige sprechen auf Kurmancî mit meinem Vater. Obwohl ich die Sprache nicht beherrsche, kann ich hören, wie schwer sie ihm über die Lippen kommt. In meiner Kindheit hat er noch regelmäßig gesprochen. Oft haben meine Eltern auf Kurdisch gesprochen, wenn es um etwas ging, das sie vor mir verbergen wollten. Zusammen sprachen wir Türkisch, aber auch viel Deutsch.

Irgendwann setzt sich die Frau neben meinen Vater. Sie wechseln ein paar Sätze auf Kurmancî, schweigen, wieder ein paar Sätze. Sie legt meinem Vater die Hand auf den Arm. Außer meiner Mutter hat das keine Frau bei ihm getan, zumindest habe ich es noch nie gesehen, und es ärgert mich, mit welcher Selbstverständlichkeit es geschieht. Nach einer Weile geht mein Vater aus dem Restaurant, um eine Zigarette zu rauchen. Die Frau bleibt neben mir sitzen. Mit glühenden Augen dreht sie sich zu mir. »Dilan«, sagt sie. Die vertraute Aussprache meines Namens, ganz so, als ob er ihr gehöre, als habe sie ein Anrecht darauf, ihn zu sagen. Dabei kennen wir uns nicht. Sie erwartet eine Antwort, eine Respektsbekundung, aber ich habe keine Lust, höflich zu sein. Als sie das Wort wieder an mich richtet, ist ihr Deutsch gebrochen.

»Kannst du dich an mich erinnern?«, fragt sie. Sie sieht meinem Vater ähnlich, die knollige Nase, das ovale Gesicht und die buschigen Augenbrauen. In ihrem Kinn ist die gleiche Kerbe, wie mein Vater sie hat, und ich habe sie auch. Ihre Finger sind lang und schlank, und diese Finger kommen mir tatsächlich vertraut vor.

»Als du krank wurdest und weg warst, im Inneren. Da hab ich euch geholfen. Die Monate. War oft bei dir im Zimmer. Wir hatten Angst um dich, wir alle. Monatelang bewusstlos, wegen, na ja, wer hat so etwas schon gehört«, sagt sie.

Ich konzentriere mich auf ihre Hände. Sie spricht von der Zeit nach dem Unfall. Wenn ich versuche, mich daran zu erinnern, zerfließen die Bilder.

Ich greife über den Tisch nach meinem Weinglas. Der Blick der Frau gleitet meinen Körper hinunter.

»Vierter Monat, oder fünfter?«, fragt sie.

Gerne würde ich aufstehen und verschwinden, aber mein Vater kann jeden Moment zurückkommen, und ich will nicht, dass er allein hier sitzen muss.

»Ihr hättet sie ordentlich beerdigen sollen«, sagt die Frau. Der Wein kratzt in meinem Hals, und beinahe muss ich ihn ausspucken, auf die Frau, das wäre doch gut. Stattdessen würge ich das Zeug herunter.

»Bitte?«, frage ich, meine Stimme stolpert. Sie verzieht die Mundwinkel.

»Peinlich ist das«, sagt sie und sieht mich nicht mehr an, ihr Blick geht aus dem Fenster. Sie meint die Beerdigung. Doch so stand es in ihrem Testament, sie wollte auf einem Friedhof in einem Sarg beerdigt werden, und auch den Platz hatte sie schon vor vielen Jahren reserviert, kurz nach dem letzten Sommer in dieser Stadt, als es dunkel um mich wurde und wir wegzogen von hier, um im Süden neu anzufangen. Weder mein Vater noch ich stellten ihren Wunsch in Frage, und wir verloren auch kein Wort darüber. Jetzt denke ich, wir haben es falsch gemacht. Die Beerdigung fühlt sich falsch an, vielleicht hätten wir ihren Wunsch ignorieren sollen. Möglich aber auch, dass sich die Beerdigung der eigenen Mutter immer falsch anfühlen würde.

Dass sie auf die alevitischen Bräuche verzichtete, wunderte mich nicht. Sonderlich religiös sind meine Eltern nie gewesen. Es gab ein Bild von Hazrat Ali, dem zentralen Heiligen der Aleviten, auf ihrem Nachttisch, aber nie habe ich meine Eltern beten sehen, und keiner von ihnen ist ins Cemevi gegangen, jedenfalls nicht mit mir.

»Und dein Vater muss es hinnehmen«, sagt die Frau.

»Wir haben alles getan, wie sie es in ihrem Testament geschrieben hat. Sie wollte es so«, sage ich.

Die Frau schnalzt mit der Zunge.

»Dein Vater muss auch im Tod noch machen, was sie will. Aber so war sie eben. Ein Sturkopf. So war es ja damals auch. Mit seiner Beerdigung«, sagt sie.

»Mit wessen Beerdigung?«, frage ich. Sie leckt sich über die dünnen Lippen. Dann schließen sich ihre Finger um meinen Unterarm. Ihr Griff ist fester, als ich erwartet habe, ihre Nägel schlagen sich in meine Haut. Sie untersucht mein Gesicht nach einer Regung.

»Er erscheint mir immer noch im Traum«, sagt sie. Mit einem Ruck entziehe ich meinen Arm. »Von wem, verdammt, reden Sie denn?«, frage ich mit einer Stimme, die fremd ist, nicht meine ist, sich in meine Kehle gekrallt hat.

»Von dem, der da neben deiner Mutter in der Erde liegt«, sagt sie.

Die Säure des Weins breitet sich in meinem Mund aus, es schmeckt nach Metall. Bevor ich antworten kann, werde ich von Rufen unterbrochen. Im Türrahmen des Lokals steht mein Vater, ich habe nicht mitbekommen, wie er hereingekommen ist. Um ihn sind Menschen versammelt. Drei Männer und zwei Frauen, um die zwanzig vielleicht. Sie sprechen auf ihn ein. Es scheint ein Streit zu sein. Die Frau neben mir schüttelt den Kopf.

»Respektlos, hier aufzutauchen«, sagt sie.

»Wer ist das?«, frage ich.

»Kriecher«, sagt sie.

Ihre Mundwinkel zucken, sie befeuchtet die Lippen. »Dass die es immer noch nicht lassen«, sagt sie. Ich sehe sie an, und mein Blick muss ihr verraten, dass ich nicht verstehe. Ihr Ausdruck ist beinahe enttäuscht.

Die Gruppe kommt meinem Vater näher. Er fängt meinen Blick auf, ich rücke den Stuhl zurück und stehe auf. Die Frau hascht nach meinem Arm, will mich zurückhalten. Es gibt keinen Plan, aber ich kann ihn nicht allein lassen. Als ich bei ihnen ankomme, gehen sie auseinander. Ihre Gesichter sind leer, kaum habe ich sie angesehen, sind sie schon wieder fort. Die anderen Gäste nehmen ihre Gespräche wieder auf. Mein Vater bleibt zurück, wenn die Gruppe ihn aus der Fassung gebracht hat, lässt er sich davon nichts anmerken. Schweigend gehen wir zu unserem Platz. Die Frau ist verschwunden. Er lehnt sich im Stuhl zurück, faltet die Hände im Schoß und lässt die Schultern hängen. Er ist einen Kopf größer als ich, das wird er immer sein, aber plötzlich wirkt er klein. Zum ersten Mal kommt er mir alt vor. Ich empfinde eine große Zärtlichkeit für ihn. Von jetzt an wird er allein sein, und ich kann ihm die Einsamkeit nicht abnehmen, weil ich einige Flugstunden entfernt lebe, in İstanbul. Von diesem Leben weiß er genauso wenig, wie ich über das Leben meiner Eltern weiß.

Später im Hotel gehen wir nebeneinander den Flur entlang. Bis vor seine Zimmertür bringe ich ihn. Als ich mich umdrehe, um auf mein eigenes Zimmer zu gehen, sagt er: »Sie wollte es ja so.«

Wir sehen einander an.

»Der Sand war vielleicht falsch«, sage ich.

Und er wieder: »So wollte sie es doch.«

Bevor ich antworten kann, ist er in seinem Zimmer verschwunden.

In der Minibar gibt es eine Flasche Wein. Der Alkohol macht mich benommen, weil ich seit Monaten nicht getrunken habe. Er nimmt den Möbeln und dem Zimmer die harten Konturen, macht meine Gedanken weich.

Schlafen kann ich in dieser Nacht nicht. Alle paar Minuten drehe ich mich auf die andere Seite. Hinter den Lidern kribbelt Erschöpfung, aber in meinem Körper ist Aufregung, nervöse Energie. Die Frau hat in meiner Erinnerung gewühlt. Der Sommer, der Unfall, das Haus, in dem ich aufgewachsen bin, unser überstürzter Umzug, eine regelrechte Flucht. All das lässt sich nicht greifen. Es ist, als sei da, wo die Erinnerung sein sollte, nur etwas Asche.

Am Ende des Sommers, ich war fünfzehn, hatte ich einen Unfall und war einige Monate bewusstlos. Es gab nur Schwärze und Schatten, keine Geräusche, ab und zu eine Berührung. Als ich aufwachte, hatten wir die Stadt an der Nordsee verlassen und waren nach Süddeutschland umgezogen. Meine Eltern und ich redeten nie wieder über den Ort meiner Kindheit, als ob er mit einem Fluch belegt sei, der uns heimsuchen würde, sobald wir davon sprachen. Besonders meine Mutter wurde davon verfolgt. Wenn ich das Meer oder Jelena und Rike erwähnte, zuckte meine Mutter zusammen. Sie wurde zornig und sagte, ich solle nicht dumm daherreden. Manchmal verließ sie den Raum, wenn ich davon anfing.

In diesem Sommer hatte ich einiges herausgefunden und verstanden. Darauf habe ich keinen Zugriff mehr. Denn ich hatte dem Vergessen erlaubt, mich in Besitz zu nehmen, hatte es regelrecht geübt und zu einer Fähigkeit erklärt. Jetzt bin ich über dreißig. Manchmal kommen Fetzen, Bilder, Momente, aber ich weiß nicht, ob ich diesen Erinnerungen trauen kann. Ich habe so hart daran gearbeitet, sie zu vergessen, dass sie sich vielleicht verzerrt, verbogen, verwaschen haben.

Bilder meiner Mutter. Ihr entschiedener Gang. Die Falten ihres Ellenbogens. Der Schwung ihres Brauenbogens. Die Körperteile meiner Mutter.

Ich versuche, ihre Körperteile zusammenzusetzen, sie gänzlich vor mir zu sehen. Es gelingt mir nicht.

Vignettenhaft strahlen in der Dunkelheit des Hotelzimmers auf: ihre lackierten Nägel, die geschminkten Wangen, das Blau ihres Rockes, das Kräuseln ihrer Lippen beim Ausatmen.

Dann Schlaglichter ihres Inneren: ihre Verkerbtheit, der beerdigte Zorn, die Traurigkeit, ihre große Traurigkeit, die sichtbare, die unsichtbare.

Die Details der Mutter. Die Details des Sommers. Sie blinken auf, ich kann sie nicht halten.

II.

Die Sandsäcke könnten auf den ersten Blick Kartoffelsäcke sein, sie haben die gleiche raue Faser, das gleiche erdfarbene Gelb. Doch der Körper des Soldaten, der auf ihnen liegt, ist gerade. Wären es Kartoffelsäcke, wäre er krumm. Zwischen den Sandsäcken lugt der Lauf seines Gewehres hervor. Sand ist lautlos, ein Vorteil, wenn man aus dem Hinterhalt schießt. Der Soldat blickt von der Kamera weg, nach Osten. Vielleicht befindet sich sein Unterstand auf einem Hochhaus oder einem Turm, jedenfalls blickt er auf Sur hinab, die Altstadt von Diyarbakır. Es ist November 2015, und die Stadt steht in Flammen. Sie züngeln an Minaretten und Gebäuden, fressen sich in den uralten Basaltstein hinein. Dicker Rauch treibt durch die Straßen und dringt in die Wohnhäuser. Der Soldat beobachtet einen Panzer in der Gasse. Dann strahlt ein Lichtball an der Flanke des Gefährtes auf, ein Molotowcocktail. Der Panzer rollt weiter. Der Soldat blickt durch sein Zielfernrohr. Er sucht nach einer ausgestreckten Hand, einem Arm, der sich senkt, einem Körper, der sich in eine Gasse zurückzieht nach dem Wurf. Da, neben der zerbombten Kirche, läuft ein Jugendlicher. Ein junger Mann von vielleicht achtzehn Jahren. Seine dunkle Jacke ist bis oben hin geschlossen, sein Gesicht wird von einem schwarzen Tuch verhüllt. Der Soldat fixiert ihn, die Soldatenfinger rücken das Gewehr zurecht.

Schnitt. Die Kamera schwenkt von links nach rechts über eine Häuserfassade. Geschwungene Bögen tragen das Dach. Die Bögen sind mit schwarzen und weißen Steinen verziert, und in die Decken sind verschlungene Muster gemalt. Die Kamera fährt die Einschusslöcher im Gemäuer ab. Ganze Wandstücke sind herausgeschossen worden. Zoom. Eines der Einschusslöcher ist so groß, dass man hindurchsehen kann. Das Zimmer dahinter ist zerstört. Es wird sich um ein Schlafzimmer gehandelt haben, in einer Ecke steht ein Bett. Ansonsten sind in dem Zimmer nur Schutt und Unrat.

III.

Johan ist nicht mit auf die Beerdigung gekommen. Es war besser so, denn ich will nicht, dass mein Vater von ihm, der Hochzeit und der Schwangerschaft erfährt. Es ist nicht so, dass mein Vater etwas dagegen gehabt hätte, dass ich einen Schweden und keinen Kurden, Türken oder Deutschen geheiratet habe, ich denke, es wäre ihm egal, wen ich heirate, nur habe ich jede Gelegenheit versäumt, ihm davon zu erzählen, und jetzt fühlt es sich an, als sei es zu spät. Vielleicht will ich meinen Vater auch vor dem Schmerz bewahren, falls alles in sich zusammenfällt. Falls Johan geht und das Kind und ich allein zurückbleiben, oder falls ich es verliere, denn davon gehe ich aus, jeden Tag denke ich an diese Möglichkeit. Nein, es ist gut, wenn er nichts davon weiß, auf dieses Schweigen haben wir uns geeinigt, das Schweigen gibt Sicherheit, Klarheit, es tilgt jede Aufregung. Bald wird das Kind in dieses Schweigen kommen, wird viel von mir verlangen. Vielleicht mehr, als ich geben kann. Auch über diese Möglichkeit will ich nicht nachdenken; dass ich scheitern kann.

Ich horche in die Wohnung. Kein Mensch, kein Gespräch, nur das Rauschen des Viertels.

Das Rauschen und das Grölen der Fußballfans. Heute ist ein großes Fußballspiel, Fenerbahçe gegen Beşiktaş. Die ganze Stadt ist auf den Beinen. Hooligans laufen schreiend durch die Straßen. Dabei ist laut und auffallend zu sein in dieser Stadt nicht gern gesehen. Die İstanbuler haben sich darauf geeinigt, dass sie ruhig und melancholisch sind, und seit der Ausnahmezustand ausgerufen wurde, wiegt die Decke über der Stadt noch schwerer. Vielleicht haben die lauten und wütenden Menschen İstanbul auch einfach schon lange verlassen. Oft habe ich das gedacht: dass İstanbul seit Gezi langsam verstummt.

Draußen neben unserem Haus ist ein Wettbüro, in dem sich die Fans heute versammeln. Yoldaş, der Besitzer, grüßt mich jeden Morgen.

Manchmal gebe ich den Briefkastenschlüssel bei ihm ab, wenn ich weiß, Johan kommt vor mir nach Hause und braucht den Schlüssel. Wir haben nie einen zweiten machen lassen. In Yoldaş Wettbüro suchen die Männer nach Glück, Bestätigung, nach Sicherheit und Geld. Sie sind Anfang zwanzig und wissen nicht, wohin, also verfolgen sie den ganzen Tag die Tabellen. Yoldaş selbst wettet nie, und er hat mir anvertraut, dass er sich nicht einmal sonderlich für Sport interessiert. Aber in seinem vorherigen Geschäft machte er viele Schulden, die er jetzt begleicht, indem andere bei ihm Schulden machen.

Ich habe das Wettbüro nie betreten. Es ist ein Männerort. Yoldaş hätte sicher nichts dagegen, aber es wäre schlecht für sein Geschäft. Denn in einigen Räumen wollen die Männer unter sich bleiben. Es gibt Straßenzüge, in deren Wettbüros, Teehäusern und Rakıstuben getrunken und geraucht wird, es wird gespielt und gesprochen und geflucht, so wie überall in der Stadt, aber in diesen Straßen sollen die Frauen sich nicht aufhalten.

Am Anfang konnte ich nicht erkennen, an welchen Orten ich unerwünscht bin.

Dann begann ich, die Anzahl an Gebetsketten in den Händen der Männer vor den Cafés zu zählen und darauf zu lauschen, wie oft sie die Perlen durch ihre Hände gleiten lassen. Manchmal verrät auch die Rauchschwade der Zigaretten, dass ich mich fernhalten sollte. Seit mein Bauch anschwillt, bin ich an diesen Orten erst recht nicht willkommen. Es ist gut, zu wissen, wo man sein darf und wo nicht. Die unausgesprochenen Verbote habe ich schneller akzeptiert, als mir lieb ist. Würde meine Mutter sehen, wie widerstandslos ich meine Rolle in dieser Stadt angenommen habe, wie ich die Regeln angenommen habe, sie wäre enttäuscht. Mein Vater hat es mir allerdings so beigebracht. Früher hat er ab und zu gesagt: »Kein Ort der Welt ist sicher für eine Frau.«

In unserer Stadt in Norddeutschland hatte es ein einziges Männercafé gegeben. Er ging nie hin. Meine Mutter hingegen sagte, sie würde hingehen, wo sie wollte, sogar dort hinein. Letztlich verbrachte sie trotzdem die meiste Zeit im Haus.

Das Kind ist neugierig, wie es im Wettbüro und in den Cafés aussieht. Je nachdem, mit welchem Geschlecht es auf die Welt kommt, wird es lernen müssen, seine Neugier zu unterdrücken. Jedes Kind muss das lernen.

Im Gegensatz zu meiner Mutter schminke ich mich nicht und trage keinen Schmuck. Selbst wenn sie mehrere Tage nur im Haus verbrachte, war sie zurechtgemacht. Als Jugendliche habe ich damit begonnen, die Kleidung meiner Mitschülerinnen zu imitierten. Als Johan und ich hergezogen sind, musste ich meinen Stil an den der İstanbuler Frauen anpassen. Was in der deutschen Stadt, in der ich studiert habe und wo ich Johann kennenlernte, als unauffällig galt, kann in İstanbul sehr wohl auffallen. Dabei kommt es auf das Viertel an, durch das ich mich bewege. In einer Nachbarschaft können zu enge Jeans anrüchig wirken, in der anderen fallen sie negativ auf, weil man damit wie ein Bauerntrampel wirkt. Wer auf dem Taksim-Platz unterwegs ist, kleidet sich, wie er will. Die Menschen in meinem Büro, das in einer Nebenstraße der İstiklal liegt, sind modern angezogen, vor allem die Frauen, mit ihren hochhackigen Schuhen und den leicht transparenten Blusen. Doch wir wohnen in İçerenköy. Es ist ein alevitisches Viertel, es gibt viele Familien. Taksim ist weit entfernt. Durchsichtige Blusen wären fehl am Platz. Hier wohnen Menschen, von denen ich vermute, dass sie noch nie auf dem Taksim-Platz waren und auch kein Bedürfnis haben, ihn aufzusuchen. Mein Bedürfnis danach ist auch gering, aber ich muss hin, wegen der Arbeit. Die Kanzlei, für die ich arbeite, hat sich auf deutsches und türkisches Wirtschaftsrecht spezialisiert, und damit macht sie genug Geld, um sich das große gläserne Büro hinterm Taksim zu leisten. Wir beraten türkische Firmen, die mit deutschen handeln, und vertreten ihre Interessen. Es gibt nur eine Handvoll solcher Kanzleien, die Nachfrage ist groß. Der Putsch, der Ausnahmezustand, die Verhaftungen haben sich kaum auf den Handel ausgewirkt. Es kommen noch immer lukrative Aufträge rein.

An guten Tagen dauert es fünfzig Minuten mit dem Auto, anderthalb Stunden, wenn ich die Fähre nehme. Meistens ist es mir die Zeit wert. Das Schaukeln der Fähre beruhigt mich. Ich brauche ein Gewässer in der Nähe. Oft überlasse ich den Wagen Johan. Denn das ewige Feststecken im İstanbuler Verkehr gefällt mir besser, wenn ich nicht diejenige bin, die fährt. Außerdem bekomme ich jetzt, wo ich schwanger bin, sofort einen Sitzplatz angeboten. Die jungen Menschen springen regelrecht auf, wenn ich den Bus betrete. Das ist gut, es ist, als ob für die Dauer der Fahrt die Anonymität der Großstadt aufgehoben ist. Kurz befinde ich mich in Sicherheit und gehöre dazu. Ich mag auch die kurzen Gespräche auf der Straße, beim Einkaufen. Allein die Ansprachen, variierend nach Alter und Status, zeigen, dass wir einander beachten, einordnen, erkennen. Ich bin einsam in İstanbul. Aber die İstanbuler Einsamkeit ist die wärmste, die ich kenne.

Meine Brüste sind groß geworden. Weich und voll beugen sie sich nach unten. Der Bauch, der nach vorne strebt in einer Form, die mir anfänglich unnatürlich vorkam. Ich stehe vor dem Badezimmerspiegel und betrachte mich. Es hat gedauert, bis ich mich an dieses Bild gewöhnt habe. Die schwangere Frau. Oft habe ich mich gefragt, ob das noch ich bin. Inzwischen habe ich gelernt, die Frage beiseitezuschieben. Es haben sich wichtigere Fragen aufgedrängt. Was ich machen werde, falls Johan eines Nachts nicht nach Hause kommt, und auch am nächsten Morgen nicht, und ich das Kind allein zur Welt bringen muss. Ob ich in diesem Fall lieber nach Deutschland gehen sollte. Oder die Frage, wie es werden soll, wenn er bleibt. Die nächsten Jahre um mich bleibt, in diesem Schweigen. Das Kind im Schweigen aufziehen. Oder wird er mit dem Kind sprechen, nur nicht mit mir. Wie lange kann das funktionieren.

Dass die Stille alles andere zwischen uns verdrängt hatte, merkte ich zu spät. Die Stille war schon ausgelegen, die Mulden darin perfekt an unsere Körper angepasst. Warm und fest war die Stille und so vertraut wie ein Mantel, den man vom Großvater erbt und dann selbst viele Winter trägt. Vielleicht war es bei meinen Eltern genauso. Die Jahre schritten voran, die Stille zwischen ihnen dauerte immer länger. Trotzdem lebten sie bis zum Ende im selben Haus.

Die Wintermäntel in Deutschland müssen Schnee aushalten und Stille. Das Schweigen meiner Eltern hielt alle Jahreszeiten durch, viele Jahre lang. Wenn das meine Zukunft ist, dann muss ich mich wetterfest machen. Doch möglicherweise ist die Stille meiner Eltern eine andere als die zwischen Johan und mir. Johans und meine Stille ist beinahe eine Zirkusnummer. In dieser lauten Stadt zu wohnen und sich anzuschweigen, das ist wie eine schwierige Trapezübung. Vielleicht auch egal, welche Art der Stille man teilt, am Ende bleibt der Mund verschlossen.

Meine Kehle verengt sich. Übelkeit drängt nach oben, wie so oft in den letzten Wochen. Dann wirbelt es hoch und runter in meinem Körper, ich beobachte den Kampf der Organe, und an den unterschiedlichsten Stellen meines Körpers glüht der Schmerz auf. Wehren ist gefährlich für das Kind, also lasse ich es meist zu. Als es vorüber ist und ich meinen Mund mit Papier gesäubert habe, lehne ich den Kopf an die glatten Fliesen. Mein Atem beruhigt sich, ich will gerade die Spülung betätigen. Da sehe ich es. In der Toilettenschüssel, zwischen dem Erbrochenen, ist Blut. Ein paar rote Spritzer.

Eine SMS von Johan. Er kommt zum Abendessen. Am Anfang haben wir zusammen gekocht, trafen uns nach der Arbeit, kauften ein und kochten zu Hause. Er ist eigentlich Veganer. Aus Schweden ist er gewohnt, dass es für jedes Fleisch einen Ersatz gibt. Diese Lebensmittel gibt es hier nur in bestimmten Läden, zu denen man durch die halbe Stadt fahren müsste. Als klar wurde, dass ich fürs Kochen allein verantwortlich war, weil wir uns voneinander entfernten, wurde mir seine Ernährung egal, und ich griff auf die Gerichte zurück, die ich aus meiner Kindheit kannte. Sarmas, Dolma, Çiğ Köfte, Suppen, Reis, Salate. Seit der Schwangerschaft esse ich auch wieder Fleisch. Als ich mit Johan zusammenkam, hatte ich für eine Weile damit aufgehört. Wir haben nur einmal darüber gesprochen. Da haben wir uns nach der Arbeit in der Stadt getroffen, wir mussten zu einem Ultraschalltermin. Wir hatten noch etwas Zeit und setzten uns in ein Restaurant. Ich wusste, dass die Mantı dort gut waren, Kollegen hatten sie empfohlen. Eigentlich hatte ich mich schon für Bohnen und Reis entschieden, doch als der Kellner vor mir stand, bestellte ich Mantı. Die mit Hackfleisch gefüllten Nudeln kamen mit Joghurt und Buttersauce. Johan sah zu, wie ich sie verschlang. Erst, als ich den letzten Bissen nahm, sagte er, dass ich meinen Körper langsamer wieder ans Fleisch gewöhnen sollte, sonst könnte mir schlecht werden. Das war seine Art der Zustimmung.

Es ist nicht so, dass er gar nicht spricht, obwohl man ihn nicht als gesellig bezeichnen kann. Wenn ich ein Thema finde, das ihn interessiert, kann er manchmal ohne Unterlass sprechen. Doch die wichtigen Sätze bleiben ungesagt. Die entscheidenden Sätze sind verschüttet. Manchmal sind sie so gut versteckt, dass mir erst Tage später klar wird, was er gemeint hat. Meist jedoch kann ich das Unausgesprochene erkennen. Dieser Zwischenraum, in dem nichts benannt wird, ist mir vertraut. So ähnlich wir kommunizieren, so unterschiedlich sehen wir aus. Wir waren von Beginn an ein ungleiches Paar. Johan ist jemand, der auffällt. Mit seinen knapp zwei Metern überragt er die Männer in İstanbul. Dann sind da noch sein androgynes Gesicht und die weißblonden Haare, die er bis vor einigen Monaten lang trug, bis auf die Schulter fielen sie ihm. Am meisten fallen aber seine vielen Tätowierungen auf. Wir sind schon seit ein paar Monaten nicht mehr nebeneinander durch die Straßen gegangen, aber als wir es taten, drehten sich alle Köpfe nach uns um. Wenn ich allein unterwegs bin, ist das nicht so. Seit wir in der Türkei leben, kann ich zum ersten Mal in der Masse unsichtbar werden. Das war in Deutschland nie möglich, vor allem nicht während meiner Kindheit. Doch in der Türkei erkennt niemand meine Fremdheit auf den ersten Blick. Johan hingegen kann nicht unsichtbar werden. Vielleicht hat er sich deswegen den ganzen Körper tätowiert, wie aus Trotz, wenn schon alle starren, dann erst recht. Seit wir hier sind, war er fünf Mal beim Tätowierer. Er mag ironische Tattoos. Das letzte, das er sich hat stechen lassen, ist eine gebrochene Hasenpfote auf seiner Brust, unter der »bad luck« steht. Am Anfang haben mich die Tätowierungen irritiert. Als ich ihn zum ersten Mal sah, war ich mir sicher, er würde laut sein und viel Raum einnehmen. Doch so ist es nicht, im Gegenteil, den Raum, den er einnimmt, füllt er still aus, und manchmal, wenn wir im selben Zimmer sind und arbeiten oder lesen, kann ich vergessen, dass er überhaupt da ist. Dann blicke ich auf und erschrecke, wenn ich ihn sehe. Er ist ein sanfter Mensch, und in dieser Sanftheit steckt schon immer die Zurückgezogenheit. Einmal hat er mir gesagt, er spreche nur mit Menschen, weil der Moment danach so gut ist, der Moment, wenn er wieder allein gelassen wird. Am Anfang dachte ich, mit mir würde es anders sein. Mit mir sprach er viel, bis es sich schleichend änderte, und jetzt habe ich bei jedem Wort das Gefühl, dass er sich auf den Moment der Stille freut. Dass er darauf wartet, dass ich aufhöre zu sprechen. Vielleicht bin ich selbst nicht anders, denn ich kenne das Gefühl der Erleichterung, wenn die anderen weg sind, nur zu gut.

Worüber Johan gern spricht, ist seine Arbeit. Er ist Cutter bei einer der größten türkischen Serien. Die Serie handelt vom Sultan, von seinem Harem, von Kriegen und Intrigen und Weingelagen. Sie sollte verboten werden, weil sie die Vorfahren des Landes freizügig zeigt und dieses Land doch gottesfürchtig ist, aber die Serie bringt der Türkei viel Geld ein, wird bis nach Südamerika verkauft. Auch uns bringt sie viel Geld. Johan wird gut bezahlt, viel zu gut, wie er sagt. Stundenlang kann er über den Kitsch der Bilder referieren, die dramatisierten Übergänge, die Musik, mit deren Hilfe jede kleinste Szene mit Emotionen überschüttet wird. Johan hasst diese Serie. Er findet, dass sie die Menschen berieselt und ablenkt. Wenn es um die Projekte geht, an denen er arbeitet, überrascht mich seine Härte. Es gäbe eben gute und schlechte Geschichten, solche, die wahr sind, und solche, die vom Wahren ablenken, so sagt er es.

Heute Abend könnte ich mit Johan über seine Abwesenheit sprechen, die Stunden, in denen er unterwegs ist. Den Geruch, der an ihm klebt, wenn er zurückkommt. Über die Stille, die auch zwischen meiner Mutter und mir war. Dass ich ihren Tod nicht habe kommen sehen. Später, wenn er von der Arbeit kommt, könnte ich einfach den Mund öffnen und anfangen.

Der Sommer ist lange her. Jetzt drängt er sich mir auf. Es war in diesem Sommer, dass ich zum ersten Mal verstand, dass meine Eltern Geheimnisse hatten. Dass sie das Leben, das sie geführt haben, bevor sie nach Deutschland gekommen sind, vor mir versteckt hielten.

IV.

In Diyarbakır werden drei Mietshäuser gesprengt. Die ersten zwei implodieren sofort und zeitgleich, sie spucken Asche in die Luft, die in feinen Partikeln vor die Kameralinse rieselt. Die Gebäude fallen in sich zusammen, werden zu Staub. Nichts bleibt von ihnen übrig. Der Hunger der Flammen verschlingt Türme, Kirchen, Wohnhäuser. Die Feuer sind fachgerecht gelegt.

Die Stimme über dem Video ist verzerrt, sie sagt: Kontrollierte Brände, notwendige Sprengmaßnahmen, staatliche Abrisse.

In den Straßen der Stadt wohnt das Geräusch der Detonation. Diyarbakır ist vertraut mit diesem Geräusch, es kennt Maschinengewehrsalven, kennt Schreie. Der Soundtrack der Kämpfe zwischen dem türkischen Militär und kurdischen Jugendguerillas. Seit Winter 2015 tobte in Sur, der Altstadt, der Bürgerkrieg.

Das türkische Militär verbarrikadierte die Zugänge, irgendwann kam niemand mehr hinein oder heraus. Wer sich durch die Altstadt bewegte, wurde zur Zielscheibe. In diesen Tagen floss das Blut durch Diyarbakır.

Das Geräusch der Handgranaten vermischte sich mit der Detonation der Häusersprengungen. Während in einer Gasse geschossen wurde, rissen sie in einer anderen die Häuser ab.

Zehntausende Menschen flohen, viele ihrer Häuser fielen den Kämpfen zum Opfer. Die Menschen können nirgendwohin zurückkehren.

Gleichzeitig ging in den umliegenden Vierteln das Leben einfach weiter. Die Stadt tat so, als gewöhne sie sich an den Tod in ihrer Mitte. Schließlich herrschte Waffenruhe, die Leichen wurden geborgen und begraben, einige Menschen kehrten zurück. Die meisten bleiben allerdings fern. Entweder sind ihre Häuser zerstört oder sie selbst. Die Menschen können nicht in denselben Straßen einkaufen gehen, in denen ihre Kinder und Geschwister erschossen worden sind.

Nach den Panzern kamen die Bulldozer. Sie rissen die leerstehenden Häuser ein, arbeiteten unermüdlich daran, die Spuren des Krieges zu beseitigen. Dabei rissen sie gleich die Nachbarhäuser mit ein. Die Bulldozer schaffen eine glatte Oberfläche. Eine weiße Leinwand, auf die man eine neue Stadt werfen kann.

Die Panzer bleiben in der Stadt, die Militärs, die Absperrungen. Die Kämpfe kamen zum Ende, aber die Sprengungen gingen weiter. Nahtlos geht die militärische Operation in Gentrifizierungsmaßnahmen über. Der Bürgerkrieg ist ein weiterer Anlass für die Umgestaltung des Ostens.

In der Kommentarspalte wird die ewige türkische Modernisierungswut diskutiert.

Das Rattern der Panzer und das Donnern der Bulldozer sind verwandt. Die Detonation einer Bombe und die Sprengung eines Wohnhauses teilen sich geschwisterlich eine Tonkulisse. Das Ohr kann die Unterschiede nicht ausmachen.

V.

Seit ich die Nachrichten aus dem Osten verfolge, träume ich vom Tigris. Im Traum stehen seine Ufer voll, das Wasser ist gelb, fast braun, es trägt Land mit sich. Der Fluss umrauscht mich und reißt mich um. Das Wasser und der Sand und ich. Wir fließen über die Grenze bis nach Syrien, bis in den Irak. Der Tigris speit mich an einem neuen Ufer aus, wo ich mich keuchend von der Flussfahrt erhole. In meinen Träumen liege ich am Ufer und höre, wie das Wasser gegen das Land schwappt und wie es klingt, wenn ich meine Hand in die Strömung halte. Ich bin noch nie am Tigris gewesen. Auf den Videos taucht er manchmal auf, als Markierung in der Landschaft. Früher hat mein Vater vom Tigris erzählt. Nicht mir, aber meiner Mutter. Abends im Wohnzimmer, wenn sie ihr Schweigen brachen, sprachen sie mit unterdrückten Stimmen über den Fluss und die antike Stadt Hasankeyf, die am Tigris liegt. Als ich diese seltenen Gespräche belauschte, habe ich mir vorgestellt, die Staudämme des Tigris würden brechen. Das Wasser würde die Türkei und Europa überschwemmen und schließlich auch Deutschland, bis es unter unserer Tür hindurchlaufen würde.

Von unserer Wohnung aus kann man die schmutzig-weißen Häuserschluchten İstanbuls sehen. Eine helle Front, Berge aus Stein, Fenstern, Ziegeln. Kilometerweit Dächer mit Satellitenschüsseln und Schornsteinen, die von Straßenlaternen und Strommasten überragt werden. Ihre schwarzen Kabel hängen in Knäulen herab wie vergorene Früchte. Dazwischen gibt es Minarette, Einkaufsmalls und gläserne Prunkbauten. Ich mache Kaffee. Keinen türkischen Mokka. Immer Filterkaffee. Auch die Teekanne, die auf dem Herd steht, benutze ich nie. Tee bestelle ich nur draußen. Das ist eine Marotte, aber irgendwie befürchte ich, wie meine Mutter auszusehen, wenn ich am Herd stehe und Tee koche. Je älter ich werde, desto mehr erkenne ich ihre Züge und die meines Vaters in meinem Gesicht, und gegen diese Ähnlichkeit muss ich wenigstens bei den Angewohnheiten anarbeiten. Ich lege den Pyjama zusammen und ziehe mich an. Eine mintgrüne Bluse, die Unterhose mit dem Gummizug. Sie zu kaufen war entwürdigend. Doch es spielt keine Rolle, weil Johan mich nicht mehr berührt.

Bevor ich das Haus verlasse, lege ich die Hand auf den Bauch. Er drückt gegen den Stoff meiner Bluse. Für einen Moment schließe ich die Augen und stelle mir das Kind vor. Stelle es mir vor, wie es in der Wiege liegt, wie ich es küsse und mit meinem Körper wärme. Wie es Essen durch die Gegend wirft und schreit und ich es lieben werde, egal wie viele schlaflose Nächte es mir bereitet. Ich stelle mir vor, wie es zehn wird und durch die Welt geht und sich auf der Straße zu mir umdreht.

Das Kind kennt noch keine Bilder von Panzern in den Gassen. Es kennt die Fragen noch nicht und den Hunger nach Antworten. Es kennt auch die Methoden nicht, sich vom Hunger abzulenken.

Bevor ich das Haus verlasse, muss ich den Verlauf in meinem Handy löschen. Nicht, dass ich denke, irgendjemand in dieser Stadt würde sich für mich interessieren. Trotzdem darf ich nichts riskieren. Wenn ich das Haus verlasse, muss das Handy sauber sein. Fünf Tage habe ich im Büro gefehlt. Zum ersten Mal, seit ich dort arbeite. Die Anstellung zu bekommen, war nicht schwer. Ich bin ein Glücksgriff für die Firma. Es gibt kaum deutsche Juristen in der Türkei, vor allem nicht in dieser Zeit. Die meisten haben das Land verlassen. Darüber, dass ich nie krank bin, machen die Kollegen Witze, nie krank und immer pünktlich, eine echte Deutsche eben, zufälligerweise ausgestattet mit Eltern aus diesem Land, praktisch, dass sie Türkisch spricht, ein Plus, dass sie eine gute Juristin ist. Für sie werde ich immer eine Deutsche bleiben. Es kümmert mich nicht.

Während die Fähre von Kadıköy auf der asiatischen nach Karaköy auf der europäischen Seite übersetzt, trinke ich Tee und esse Simit. Jeden

Tag der gleiche Geschmack. Der bittere Tee vermischt sich mit dem Zuckerwürfel und mit dem nussigen Sesam, die Trockenheit des Gebäcks wird in meinem Mund eingeweicht und heruntergespült. Ich habe mich in eine Ecke im Innenraum der Fähre zurückgezogen und beantworte Emails und Nachrichten aus Deutschland. Hochzeitsbilder von einer Freundin aus der Studienzeit. Sie ist die Einzige, mit der ich nach dem Studium den Kontakt gehalten habe. Die Hochzeit habe ich wegen der Beerdigung verpasst. Die Freundin macht sich Sorgen und hat vorgeschlagen, mich in İstanbul zu besuchen. Trotz ihrer Flitterwochen und trotz der Situation im Land. Sie war im Reisebüro, um sich zu informieren. Dort hat man ihr abgeraten. Niemand, der nicht unbedingt müsse, solle jetzt in die Türkei reisen. Auf den Fotos sind unsere Freunde aus dem Jurastudium, fein gekleidet, Sektgläser in den Händen. Mit den Fingern zoome ich näher heran. Diese Gesichter waren um mich, als wir Urteile besprachen, Wochenendseminare besuchten und schließlich die Staatsexamina machten. Sie waren meine Freunde, oder jedenfalls haben wir einander so bezeichnet. Jetzt, wo ich wieder an Jelena und Rike denke, weil ich wieder an den Sommer denke, habe ich allerdings die Vermutung, nach ihnen nie wieder Freunde gehabt zu haben. Vielleicht gibt es Freundschaften nur in der Kindheit und in der Jugend. Wenn ich die Bilder meiner Kommilitonen betrachte, denke ich, dass sie eher mit mir in den Kampf gezogen sind, als dass wir befreundet waren. Wir wollten das Jurastudium bezwingen. Es war das Biest, mit dem wir rangen.

Draußen kommt das Ufer in Sicht. Ruckelnd legt die Fähre an, die Menschen stehen auf, die Möwen kreischen, sie umkreisen die überfließenden Mülltonnen.

Beileidsbekundungen, Umarmungen, Plaudereien. Das Büro stülpt seinen hübsch geschminkten Mund über mich.

Vom Büro aus kann man einen Park sehen. Ich habe ihn nie betreten und kenne nur den Ausschnitt, den mein Fenster rahmt. Die drei

Zypressen, die wie grüne Pfeile in den Himmel ragen. Der kleine Teich, der im Winter vereist ist und in den im Sommer Kinder ihre Füße stecken. Um den Teich windet sich ein Pfad, er verschwindet hinter dem Rand meines Fensters, und ich weiß nicht, wohin er führt. Jeden Morgen kommen zwei Kinder im Park vorbei. Heute habe ich sie verpasst. Ich vermute, dass es syrische Straßenkinder sind. Sie tragen dreckige Kleider, haben dunklere Haut, hohe Wangenknochen. Ich glaube, sie sind Geschwister. Meistens zieht das Mädchen den Jungen hinter sich her, obwohl er älter ist als sie. Er ist vielleicht zehn Jahre alt. Sein Gesicht ist wie eine Maske, auf seinem Schädel erstarrt. Er lächelt nie. Sie hingegen lächelt immer, vor allem, wenn sie ihm etwas erzählt. Als ob sie für zwei lacht, weil er es nicht tut. Wenn sie stumm nebeneinander gehen, ist ihre Ähnlichkeit unverkennbar, und dann zweifle ich nicht daran, dass sie Geschwister sind. Ich habe mich oft gefragt, wohin sie gehen, nachdem sie den Park verlassen haben. Ab und zu habe ich mir vorgestellt, wie es wäre, vom Schreibtisch aufzustehen und ihnen zu folgen. Aber ich bin kein impulsiver Mensch.

Die Kollegen sprechen über mich. Sie denken, ich halte mich für etwas Besseres, weil ich aus Deutschland komme, weil mein Türkisch diesen kleinen Akzent nicht loswird, weil ich nicht mit ihnen durch die Bars gezogen bin, bevor der Bauch da war, und jetzt, wo er es ist, nicht mit ihnen essen gehe. Am liebsten esse ich allein, an meinem Tisch, während ich meine Arbeit fortsetze. Ab und zu muss ich das Viertel verlassen und ein Taxi zur Bibliothek nehmen, wenn ich ein Urteil oder einen Rechtstext suche, den ich online nicht finden kann. Dann esse ich in der Bibliothek. Das ist mir am liebsten. Ich sitze in der Cafeteria und werde für eine Dozentin gehalten. Als Studentin gehe ich nicht mehr durch. Auch die Einladungen meiner Kolleginnen, gemeinsam Babykleidung einzukaufen, habe ich ausgeschlagen. Ich will in Ruhe gelassen werden.

Die Frau auf der Beerdigung. Der Sommer meiner Kindheit. Der letzte Sommer in Norddeutschland. Und dann eine feste Sicherheit, ganz wie sie einen im Traum überkommt: im Zimmer neben meinem hat jemand gelebt.

Vor ein paar Wochen habe ich die Gespräche meiner Kollegen über die Zerstörung der Gebäude in Diyarbakır belauscht. Sie waren sich einig, dass es traurig sei, dass die historische Altstadt zerstört wurde, aber sie glaubten, dass es nicht anders ginge, dass man einem Sicherheitsrisiko vorbeugen müsse, und dafür habe man den Staat schließlich. Außerdem hätten die Bewohner dieses Schicksal über sich selbst gebracht, schließlich seien es die Jugendlichen gewesen, die als Erste die Waffen in die Hand nahmen. Es sei alles richtig so, oder zumindest gehe es nicht anders, und dann müssten eben ein paar antike Gebäude dran glauben, na und, die ganze Türkei sei ein Museum, ein paar Steine mehr oder weniger seien da nicht wichtig. Die Kollegen sprachen auch darüber, dass im Osten aufgeräumt werden müsse, denn dort spalte man sich ab, dort halte man sich für etwas Besseres oder zumindest etwas anderes, und es sei nicht schlecht, einmal zu zeigen, zu welchem Land die Städte im Osten gehörten. Außerdem gebe es große Pläne für den Osten. Bald würde es sich lohnen, dort Urlaub zu machen. Bald würde Diyarbakır aussehen wie İstanbul oder İzmir, oder wenigstens wie Kayseri oder Konya. Bald würden alle Städte in der Türkei modernisiert sein. Die Kollegen überlegten sogar für einen Moment, ob sie eine Eigentumswohnung in Diyarbakır kaufen sollten, jetzt, wo alles erneuert würde. Doch dann lachten sie und schüttelten die Köpfe. Der Osten bliebe rückständig, egal wie viele Einkaufszentren dort eröffneten.

Mein Mund blieb während dieses Gesprächs verschlossen. Es ist sicherer, zu schweigen.

Monoton ist die Arbeit nicht, das kann man wirklich nicht sagen. Die Anfragen kommen von mittelständischen oder größeren Konzernen. Sie brauchen Rechtsberatung bei der Zusammenarbeit mit deutschen Unternehmen, meist geht es um Streitigkeiten. Wir klären die juristischen Fragen, oft stehen hinter ihnen aber gegenseitiges Missverständnis und kulturelle Differenzen.

Etwa beim letzten Mandat vor meinem Sonderurlaub. Da vertrat ich einen türkischen Lieferanten, der Kautschuk an einen deutschen Matratzenhersteller geliefert hat. Nach Differenzen wegen der Preise hatte der Kautschuklieferant den Matratzenhersteller überschwänglich eingeladen, sich die Bedingungen vor Ort anzusehen. Also setzte sich der Matratzenhersteller in ein Flugzeug und flog in die Türkei. Entgegen seiner Erwartung wurde er nicht in einem Hotel untergebracht, sondern im Haus des Kautschuklieferanten, wo er von dessen Familie bekocht und umsorgt wurde.

Mündlich sollen sie sich in diesen Tagen auf einen Preis geeinigt haben, was der Matratzenhersteller bestreitet. Der Kautschuklieferant konnte allerdings mehrere Zeugen vorbringen. Ich weiß noch, wie mir bei der Arbeit ein Begriff eingefallen ist, den mein Vater früher viel benutzt hat: »Fritze«. »Morgen kommt der Schornsteinfritze«, oder: »Der Computerfritze hat seine Rechnung geschickt.«

Während ich den Fall bearbeitete, hat mein Kopf immer wieder »Hersteller« durch »Fritze« ersetzt. Am Ende habe ich die Ansprüche des Kautschuklieferanten durchsetzen können.

Vignetten gewittern über mich hinweg: Mutterhände, der bohrende Blick der Frau im Restaurant, das falsche Gefühl wegen des Sandes. Kindheitszimmer, Meer, Freundinnen. Die Tür neben meinem Zimmer, die verschlossene.

In unserem Haus dehnte sich Dunkelheit aus, sie trieb mich in diesem Sommer immer wieder nach draußen.

Die Bilder in meinem Kopf verkohlen. Der Ascheregen hinter meinen Lidern verwäscht die Einzelheiten. Alles aufgenommen in Totalen, in denen die Details verborgen bleiben.

Ein harter Bürostuhl. Auf dem Tisch vor mir Hände. Sie gehören mir.

Die Maserung im Papier, die feinen, weißen Körnchen im Braun des Umschlags. An der Größe des Umschlags kann ich erkennen, dass es sich hierbei um ein großes Mandat handelt, dessen Betreuung sich über Monate hinziehen könnte. Schon bevor ich es lese, weiß ich nicht, wie ich ihm gerecht werden soll. Mit dieser Unruhe in mir. Alle Möglichkeiten habe ich schon durchgespielt. Es gäbe die Möglichkeit, zum Arzt zu gehen und sich für ein paar Wochen krankschreiben zu lassen. Aber ich hatte gerade erst fünf Tage Sonderurlaub aus persönlichen Gründen. Abgeben kann ich das Mandat nicht. Zweimal in der Woche teile ich den Raum mit einem jungen Kollegen. Doch heute ist er nicht da, sonst könnte ich wenigstens ihn um Hilfe bitten. Er trägt viel Parfüm auf, und seit der Schwangerschaft wird mir jedes Mal übel, wenn er kommt. Manchmal flüchte ich mich dann für den ganzen Tag in die Bibliothek. Heute würde ich sogar seinen Geruch ertragen. Meine anderen Kolleginnen und Kollegen arbeiten an eigenen Mandaten, oft im Team. Im Büro bin ich diejenige, die am meisten allein arbeitet. Da alle beschäftigt sind, bleibt mir nichts anderes übrig, als mich der Sache zu stellen. Dann tue ich etwas, was ich vielleicht noch nie, zumindest nicht, seitdem ich ein Kind war, getan habe: Ich benutze meine Zähne als Reißwerkzeug. Mit meinem Mund reiße ich die Oberseite des Umschlags auf. Das Geräusch ist herrlich.

Als ich das Mandat überfliege, spüre ich einen Druck im Magen. Es geht um die Zusammenarbeit zwischen einem deutschen und einem türkischen Softwareunternehmen.

Einige Jahre schon kooperieren sie, wobei die Deutschen Software für die Weiterverwendung innerhalb des türkischen Unternehmens lieferten. Nun gab es einen Lieferstopp. Eine unabhängige Datenschutzorganisation in Deutschland hatte Bedenken angemeldet, dass die Software in der Türkei zur Überwachung von sozialen Medien genutzt werden könnte. Weil die Einsatzmöglichkeiten der Software vielfältig seien, müsse ihre Verwendung nachverfolgt werden. Das deutsche Unternehmen fürchtete eine öffentliche Diffamierung und stellte die Lieferungen bis auf Weiteres ein. Das türkische Unternehmen engagierte uns, um die Vorwürfe zu entkräften.

Meine Unruhe wird stärker, je weiter ich durch die Akte blättere. Auch die Presse ist schon involviert. Einige deutsche Zeitungen fordern strengere Richtlinien und Einschränkungen im Handel. Die Geschichte wurde so gedreht, dass es aussah, als habe der deutsche Partner sich aus politischen Gründen zurückgezogen, als wolle er ein Zeichen gegen die Menschenrechtsverletzungen setzen, die laut der deutschen Presse seit dem Ausnahmezustand an der Tagesordnung seien. Sie nahmen den Fall als Aufhänger, um über willkürliche Verhaftungen, Repressionen, Kontrolle der Medien zu sprechen. Die türkischen Zeitungen empfanden das als überzogene Angriffe, als ein weiteres Beispiel dafür, dass der Westen keine Ahnung habe, was in diesem Land wirklich passiere, schließlich habe die deutsche Firma ihre Lieferungen nicht einstellen *wollen*, sondern *müssen*. »Ihr profitiert genau wie wir«, titelte eine türkische Zeitung zuletzt. Zwischen den Beschuldigungen und gegenseitigen Vorwürfen stecke ich.

Noch sehe ich keinen Lösungsansatz. Noch kommen mir keine Ideen, den Lieferstopp aufzuheben, die Vorwürfe zu umschiffen, noch gibt es keinen Weg. Normalerweise fange ich sofort damit an, Auswege zu suchen und mir Notizen zu machen, doch es geht nicht. Jetzt gibt es nur den Druck im Magen.

Der Vormittag vergeht, ich habe mich seit einer Stunde nicht von meinem Platz bewegt. Das Papier liegt ordentlich vor mir, eine Landkarte in ungeordneten Einzelteilen.

Bei kleineren Fällen reicht es oft, sich einen groben Überblick zu verschaffen. Man liest die Akten von hinten, um auf dem neusten Stand zu sein, damit man weiß, ob es schon einen Gerichtsprozess gab oder Geld geflossen ist. Dann arbeitet man sich zurück, bis man auf den Ursprung des Problems gestoßen ist. Doch bei diesem Mandat geht es um etwas anderes.

Ich habe Jura studiert, weil ich etwas über die Ordnung der Dinge verstehen wollte. Damit bin ich nicht allein, beinahe jeder angehende Jurastudent hat eine verträumte Vorstellung von der Bedeutung des Studiums. Einigen geht es um Gerechtigkeit, anderen um Wahrheit. Ich dagegen liebte die Ordnung, die durch das Recht entsteht.

Die tatsächliche Arbeit hat mit diesen Vorstellungen allerdings wenig zu tun. Meinen Schwerpunkt habe ich in internationalem Privatrecht gemacht, habe mich immer weiter auf türkisches und deutsches Wirtschaftsrecht spezialisiert. Schon im Studium habe ich mich von meinen abstrakten oder romantischen Vorstellungen verabschiedet. Nur im Seminar zur Rechtsphilosophie war es anders.

Es war Winter, ich bin jeden Tag durch die verschneite Stadt in Mitteldeutschland gegangen, in der ich damals lebte. Draußen war es schon nachmittags stockfinster, während ich mit den Kommilitonen in dem aufgeheizten und muffigen Raum saß. Der Professor sprach langsam und überlegt, der Schnee fiel, und er fächerte uns die Theorien und Geschichte des Rechts auf, vom römischen Recht bis zu den Gesetzen im Nationalsozialismus. Wir verglichen Rechtsordnungen und Verfassungen und sprachen darüber, inwiefern eine Gesellschaft auf Rechtstexten fußt. Wir diskutierten die Frage, was geschieht, wenn diese Texte unrecht sind. Es ging um den Kern der Dinge, oder zumindest um die Annäherung an diesen Kern. Manchmal kann ich das Gefühl dieser Stunden wieder spüren. Dieses Gefühl hat mich durchs ganze Studium und durch zwei Examina getragen. Die logische Struktur des Rechts und die daraus entstehende Ordnung.

Jetzt, in meiner Arbeit, geht es um etwas anderes, meist darum, wer mehr zahlt.

Manchmal denke ich, meine Arbeit unterscheidet sich nicht so sehr von Johans. Wir beide bestimmen die Anordnung der Dinge und damit ihre Aussage. Ich arbeite mit den Gesetzen, wie er mit der Abfolge der Bilder arbeitet.

Als er mir zum ersten Mal eines seiner Projekte gezeigt hat, erklärte er es mir. Die Montage macht die Geschichte, hat er gesagt, und dabei hat er mich direkt angesehen, und ich habe verstanden, dass es ein Konzept für ihn war, an dem er sich festhielt und nach dem er sein Leben ausrichtete, so wie ich mich an dem Winterseminar festhalte.

Meine Gedanken schweifen ab, ich schaffe es nicht, sie auf die Akte zu lenken. Sie sind fließende, undefinierte Ströme. Sie schwappen über das Ufer, verrinnen, versickern. Sie reißen mich mit und spucken mich an fremden Orten aus. Immer wieder tragen sie mich zum Tag der Beerdigung zurück. Dieser Tag klebt an mir wie ein Nachmittagsschatten. Gleichzeitig fühlt er sich weit weg an. Durchs Fenster spähe ich in den Park vor meinem Büro und halte Ausschau nach den zwei Straßenkindern. Der Tag ist schwül und verhangen. Vielleicht kommt ein Gewitter. Manchmal gibt es diese knisternden Tage im August. Die İstanbuler ziehen sich beim ersten Anzeichen von schlechtem Wetter sofort zurück, so wie auch der erste Schnee die Stadt völlig aus der Fassung bringt. Auf dem Schreibtisch glüht die Akte. Normalerweise fange ich einfach an, ich erlaube mir nie, mich dem Gefühl von Überwältigung hinzugeben. Aber heute ist es anders, das Mandat fühlt sich zu groß an, und zum ersten Mal seit dem Studium weigere ich mich, eine Lösung zu suchen. Mein Rücken schmerzt. Je schwerer der Bauch wird, desto mehr tut mir der Rücken weh. Ich sollte die Übungen machen, die der Arzt mir gezeigt hat. Stattdessen kreise ich um den Schreibtisch, die Bewegung vertreibt die Gedanken. Wenn das Kind geboren ist, werde ich, sobald ich nachdenklich werde, mit ihm durch İstanbul wandern, stundenlang von mir aus.

Mir steht das Blut in der Toilettenschüssel wieder vor Augen, und ich kann mich nicht erinnern, wann ich es gesehen habe, ob in der Nacht oder am Morgen. Der Raum des Büros zieht sich in die Länge, die Ecken drehen sich, und ich verliere die Orientierung, weiß nicht mehr, wo der Boden ist. Meine Hand findet einen Halt, wahrscheinlich ist es der Schreibtisch. Gerade bin ich mir allerdings nicht sicher, ob es einen Schreibtisch in diesem Raum gibt. In meinem Leib ist ein Stein. Meinen Körper durchzieht ein stechender Schmerz, er beginnt irgendwo unter dem Kind und pulsiert durch meine Brust bis in den Kopf. Dann merke ich, dass ich doch atme. Langsam versuche ich, einfach weiter Luft einzuziehen. Die Angst verlässt meinen Körper. Jetzt bemerke ich, dass ich auf dem Boden liege. Neben mir ein umgefallener Stuhl. Den muss ich umgerissen haben, als ich versuchte, mich festzuhalten. Das ist nicht weiter schlimm. Es war nur etwas Angst. Ein wenig Furcht. Panik. So könnte man es auch nennen. Der Begriff ist uninteressant und die Sache eine Banalität. Schließlich ist es jetzt vorbei. Der Bauch ist kein Stein mehr, er ist aus Fleisch und Blut. Bei jedem Atemzug hebt und senkt er sich. Alles ist gut, das weiß ich. Dem Kind ist nichts passiert. Trotzdem traue ich mich nicht, die Hand auf den Bauch zu legen.

VI.

Schüsse in den Gassen von Diyarbakır. Die Aufnahme ist ein paar Monate alt.

Die zurechtgemachte Nachrichtensprecherin kündigt mit kühler Stimme an, dass die Anschläge nicht ungestraft bleiben werden. Ein türkisches Militärfahrzeug wurde zwischen Mardin und Diyarbakır in die Luft gesprengt. Kurdische Guerillas sollen den Sprengsatz aus einem Hinterhalt geworfen haben. Über den Bildschirm ziehen Bilder der Familien der Opfer. Darunter liegt Musik, ein Zoom auf das Gesicht eines Kindes. Eine Karte wird eingeblendet. Der Osten ist rot markiert. Terrorland. Einige Bergketten sind rot umrahmt, hier sollen sich die Kämpfertrupps verstecken. »Feige, hinterhältig, im Schatten der Berge.«

Die türkische Bevölkerung wird ermahnt, den Osten zu meiden, nur in äußersten Notfällen dorthin zu reisen. Gleichzeitig sagen sie, sie haben die Situation unter Kontrolle. Dann zeigen die Nachrichten vier Urlaubsziele in der Türkei. Alle im Westen des Landes, an der Küste, weit entfernt vom rot markierten Land. Die Nachrichten geben Reiseempfehlungen. Der Übergang von Information und Aufforderung ist fließend wie das Wasser des Tigris. Auf einer illegalen Website wird ein anderes Bild gezeichnet. Es erzählt von vorangegangenen willkürlichen Verhaftungen in Diyarbakır, von Professoren der Universität, die ein Berufsverbot erhalten haben, einige von ihnen wurden verhaftet.

Ein Interview mit einer kurdischen Filmemacherin, deren Equipment in der Nacht zuvor verbrannt wurde. Ihr Dokumentarfilm behandelt die Umgestaltung von Sur, »wie in Hasankeyf«, sagt sie, »unsere Kultur wird vernichtet, sie soll vergessen gemacht werden, verschwinden hinter dem Konsum, und wir selbst vergessen uns auch.«

Dann ein Werbevideo, das Investoren nach Diyarbakır locken soll. Es zeigt den Plan einer Baufirma: glänzende Einkaufsmalls in der

Innenstadt, niedrige Wohnhäuser, alle sehen gleich aus. »Das Toledo der Türkei«, wird als Banner eingeblendet. In der Animation verschwinden die schwarzen Basaltsteine und die Bögen, sie werden ersetzt durch Glas und Neonschilder.

VII.

Auf der Straße vor dem Büro geht eine Frau an mir vorbei. Ihr Hijab aus violetter Seide ist mit Strass besetzt. Die Sonne bringt die kleinen Steinchen zum Funkeln. Ich kneife die Augen zusammen, um ihr Gesicht sehen zu können, ihre bemalten Lippen sind voll und weich. Sie hat ihr Handy zwischen Ohr und Hijab geklemmt und spricht aufgeregt. Sie bemerkt meinen Blick und schaut zurück aus aufgeklebten Wimpern. Unsere Blicke fallen ineinander. Der nachgezeichnete Bogen ihrer Brauen erinnert mich an Jelenas Hände kurz vor dem Aufprall. Die Frau blickt auf meinen Bauch, wieder in mein Gesicht, und ich habe das Gefühl, dass sie etwas über mich versteht. Ich schäme mich, dann ist sie vorüber. Der Rücken der Frau ist schmal, ich kann ihren Körper unter dem weißen Kleid genau erkennen, obwohl der Schnitt weit und lose ist. Die Form ihrer Taille, die langen Beine. Da dreht sie sich zu mir um. Sie hat bemerkt, dass ich ihr hinterhergesehen habe. Schnell gehe ich in die andere Richtung, weiter die Straße hinunter. Vor mir öffnet sich der Park, den ich von meinem Bürofenster aus sehen kann. In dem ich jeden Tag die syrischen Straßenkinder beobachte und den ich noch nie betreten habe. Jetzt hole ich das nach. Es gibt aufregendere Parks in dieser Stadt, einige haben mit Efeu bewachsene Bögen, die aussehen, als ob Hochzeitspaare unter ihnen posieren könnten, und das tun sie wohl auch. Für Hochzeitspaare ist dieser Park vor meinem Büro sicherlich nicht gemacht. Er ist ein kleines Dreieck und erinnert mich an unseren Garten in Norddeutschland. Dieser Park gehört den Müttern und ihren Kindern, die hier so etwas wie Natur einatmen wollen. Ich bekomme Lust, die Schuhe auszuziehen. Wann ich zuletzt barfuß über Gras gelaufen bin, weiß ich nicht mehr. Es muss viele Jahre her sein. Durch den Park führt ein Kiesweg, der mit weißen Steinen aufgeschüttet wurde. Links gibt es einen kleinen Spielplatz mit Schaukeln und einer Wippe, und rechts gibt es Sportgeräte für

Erwachsene. Diese Sportgeräte stehen in fast allen Parks in İstanbul herum, sie sind auf eine Gesundheitsinitiative hin aufgestellt worden, allerdings sehe ich selten jemanden, der sie benutzt. Außer mir gibt es zwei Mütter, die nebeneinander gehen und ihre Kinderwägen vor sich hin schieben. Ich sehe mich nach der schönen Frau mit dem Hijab um, aber sie ist nicht da, das wäre ein zu großer Zufall, der nur in den kitschigen Filmen passieren würde, die Johan nicht schneiden mag. An einem Tisch sitzen drei Rentner und spielen Tavla, ich könnte mich zu ihnen setzen und mitspielen, und ich würde sie alle schlagen, denn als Kind habe ich stundenlang mit meinem Vater gespielt, so lange, bis ich irgendwann besser wurde als er. Ich habe ein Spiel gekauft, als wir hergezogen sind. Johan kann mit Tavla nichts anfangen, genauso wenig mag er Schach. Es langweilt ihn, die nächsten Schritte vorauszusehen, zu planen, zu taktieren. Die paar Mal, die wir gemeinsam gespielt haben, hat er alles aus dem Bauch entschieden und jedes Mal verloren.

Es gibt eine leere Bank, die unter einer Trauerweide steht. Die biegsamen Äste der Weide hängen über die Sitzfläche, überall auf dem Holz liegen Samen vom Baum. Ich setze mich in die Samen, es ist mir egal, ob sie meine Kleidung beschmutzen. Die Zweige der Weide kitzeln meine Arme. Ich drücke den Rücken durch und lege eine Hand auf den Bauch. Von Weitem beobachte ich das Tavlaspiel der Männer, der ältere der beiden verliert die ganze Zeit, aber er will noch eine Revanche und noch eine. Ich lausche den Geräuschen der Stadt, die von der Weide gedämpft werden. Jetzt merke ich, dass ich in den knapp zwei Jahren, die wir in İstanbul leben, keinen Moment Stille gehabt habe. Auch in der Wohnung nicht, wo bei offenem Fenster das Grundrauschen da ist und bei geschlossenem das Leben in der Nachbarwohnung stets zu hören ist. Plötzlich wird mir heiß, und die Ohren verschließen sich wie beim Baden im Meer. Ich sehne mich nach der Stille. Oder zumindest nach dem Rauschen eines Wassers.

Am meisten sehne ich mich nach dem Tigris, und ich denke an ein portugiesisches Wort.

Da sehe ich sie. Das syrische Geschwisterpaar. Der Junge läuft dicht hinter dem Mädchen, sie geht voraus, ihre eng geflochtenen, drahtigen Zöpfe schlagen ihr auf den Rücken. Sie sehen aus, als wären sie vor vielen Tagen geflochten worden. Aus der Nähe wirkt ihr Gang noch energischer als von oben aus dem Bürofenster. Sie weiß genau, wohin. Im Gehen greift er nach ihrer Hand, sie lässt es zu und zieht ihn mit sich. Sie gehen an mir vorbei. Keiner von beiden sieht mich an. Ich will die Hand zum Gruß heben und etwas sagen, aber sie wissen ja nicht, dass ich sie kenne. Bevor sie den Park verlassen, beugt sie sich zu ihm und flüstert ihm etwas ins Ohr, und er macht seine Hand los und bleibt stehen. Er schüttelt den Kopf. Sie spricht auf ihn ein, und dann lächelt sie, und als sie das tut, wird er weich und kommt mit. Ich springe auf. Eile durch den Park, den Kindern hinterher.

Meine Verfolgung führt durch mehrere Viertel. Die Kinder gehen zu schnell für mich, mein Bauch ist im Weg. Die Mittagshitze macht mich träge. Die durchgeschwitzte Bluse klebt an meinen Schultern, es gibt viel Schweiß in İstanbul. Jemanden zu sehen, der vor Schweiß trieft, ist nicht so ungewöhnlich wie eine Frau, die in die falschen Teestuben geht. Trotzdem schaffen auch die schweißnassesten İstanbuler es noch, nach Parfüm zu duften. Ihre Eleganz beeindruckt mich jeden Tag.

Das Mädchen kennt die Stadt genau. Sie führt ihren Bruder durch Karaköy, wir nähern uns der Galatabrücke, das verraten der Geruch und das Geschrei der Möwen. Die Gasse öffnet sich und gibt den Blick frei auf die Küste, mit ihren Geschäften und Fischläden und Touristenmassen. Die Kinder bleiben für einen Moment stehen. Ich auch. Wir sehen das Wasser und orientieren uns daran. Menschen drängen sich in einem steten Strom an uns vorbei. Das Geschwisterpaar stürzt sich in die Menge, sofort laufe ich hinterher, hier ist es leicht, jemanden zu verlieren. Wir sind auf einer runden Steinterrasse, die in den Bosporus hineinragt. Vor der Terrasse ankern ein paar Boote mit Fischrestaurants. Die Lampions, die sie schmücken, sind nutzlos am Tag, denn die Sonne strahlt hell, ihr Licht streicht über die goldbemalten Galionsfiguren. Aus den Bäuchen der Schiffe heraus werden Fischfilets vom Grill verkauft. Die Schlange davor ist lang, sie reicht ein paar Meter. Es ist ein Ort, an dem Touristen und Einheimische nebeneinander anstehen. Ich setze mich auf die Treppen und muss für einen Moment zu Atem kommen. Von hier aus kann ich die Geschwister gut sehen, sie stecken die Köpfe zusammen und besprechen sich. Ich lege den Kopf in den Nacken und lasse ihn kreisen. Die Knochen knacken. Die Menschen um mich herum machen Lärm, aber es ist guter, ausgelassener Lärm. Sie sind fröhlich, weil sie gleich das berühmteste Fischbrötchen İstanbuls bekommen und weil die Sonne auf uns scheint, und einige von ihnen sind im Urlaub. Sie sind gekommen, obwohl es Reisewarnungen gab. Obwohl einige Reisegesellschaften die Türkei gar nicht mehr ansteuern. Ich lausche und höre ein paar Menschen Deutsch sprechen. Sie unterhalten sich über die Architektur der Galatabrücke, wissen, dass die Brücke von einem Deutschen entworfen wurde, und während sie das sagen, klingen sie stolz, ganz so, als hätten sie selbst etwas mit den Entwürfen zu tun. Deutsch auf den Straßen ist eine Seltenheit geworden. Die Sprache löst nichts in mir aus, keine Sehnsucht, kein Gefühl von Sicherheit.

Die Geschwister stehen in der Mitte des Platzes. Die Verkäufer der Fischrestaurants schreien, obwohl sie es nicht müssten, es gibt viel Kundschaft. Über den Schiffen kreisen die Möwen, sie schnellen herab, um die übriggebliebenen Essensreste aufzupicken. Ein paar Angler stehen auf der Brücke neben uns. Sie werfen ihre Ruten aus. Überall in der Stadt angeln sie, zu jeder Tageszeit. Wie Straßenlaternen, von der Stadt installiert, sie gehören zum Skelett der Brücken.

Die beiden Kinder haben einen Plan gefasst, jedenfalls trennen sie sich, und das Mädchen geht voraus in Richtung der Restaurants. Sie holt ein paar Packungen feuchter Papierhandtücher aus der Jackentasche und läuft zwischen den Gästen des Fischrestaurants herum. Es scheint eine lukrative Idee zu sein, denn sofort, als sie kommt, rufen sie mehrere Gäste zu sich. Sie verkauft ihre Hand leer, sieht zu ihrem Bruder, der an einer Straßenlaterne lehnt und sie beobachtet.

Zwischen den Kindern gibt es ein Zeichen. Ein winziges, kaum sichtbares Nicken. Das Mädchen geht zu einer Gruppe Männer in Anzügen, ich verstehe nicht viel von Anzügen, aber diese hier sind teuer, das sehe ich von Weitem. Sie verteilt die Papierhandtücher an die Anzugmänner, einer von ihnen zückt sein Portemonnaie. In dem Moment springt der Bruder in die Gruppe hinein und greift danach. Er reißt es an sich, presst es gegen die Brust, ist schon in der Menschenmenge verschwunden. Der Anzugmann blickt fassungslos auf seine leere Hand. Er springt auf und bebt vor Zorn, der Zorn ist auf das Mädchen gerichtet, doch auch sie ist verschwunden. Die Männer brechen in Geschrei aus, schmeißen die Plastikschemel um, was albern aussieht, die Restaurantbesucher starren sie an, und so ist es ihnen wohl gerade recht.

Die Kinder sind nicht mehr da. Ich stehe von den Steintreppen auf, beinahe vergesse ich meine Tasche, laufe kreuz und quer über den Platz, dabei höre ich noch das Schreien der Männer, jetzt legen sie sich mit den Fischverkäufern an und wollen sie verantwortlich machen.

Ich laufe auf die Treppe zu und nehme zwei Stufen auf einmal. Ein Angler starrt mich an, und dann bin ich wieder in der Gasse, aus der ich gekommen bin. Die Bluse klebt an meinem Rücken. Vor einem Kiosk bläst ein Ventilator, ich stelle mich davor und lasse mich von dem Luftzug runterkühlen. An der Tür verkaufen sie Brot mit Fleisch und Salat, das einfachste Gericht der Welt, aber ich merke, wie hungrig ich bin, krame ein paar Lira heraus, kaufe mir Wasser und ein Brot und beiße hinein. Ich kaue schnell und kann spüren, wie die Kraft zurückkommt, das kalte Wasser rinnt durch meine Kehle und drückt das Essen in den Magen. Als ich fertig bin, bestelle ich mir noch eins und verschlinge es genauso hungrig. Meine Mutter habe ich nie Essen schlingen sehen, für sie war eine Frau, die sich vollstopft, peinlich, aber es ist nicht wichtig, wer mir zusieht, schließlich ist dies nicht mein Viertel und im Grunde genommen nicht einmal mein Land.

Mit einer Hand auf dem Bauch gehe ich weiter in die Stadt hinein, die Sonne flirrt über die Straßen, es riecht nach Öl und Benzin.

Straßenkatzen streichen um meine Beine, sie haben Hunger, ich werfe ihnen etwas von meinem Brot hin. Ich bleibe in den Nebengassen. Wenn man Straßen in İstanbul findet, in denen keine Autos fahren, kann man fast glauben, man wäre in einem anderen Jahrhundert gelandet. Frauen hängen ihre Wäsche aus den Fenstern auf Leinen, sie mustern mich kritisch. Ein Hämmern donnert durch die Straßen, Metall wird auf Metall geschlagen, es klirrt, und das Echo dieses Geräusches hallt von den Steinwänden. Auf dem Gehweg stehen Reifen und Werkzeuge, und ein Mann beugt sich über ein Autoteil und schweißt in der sengenden Hitze etwas zusammen. Die Funken fliegen, orange und blau flackern sie in der Luft, bis sie sich auflösen. Die Maschine in seiner Hand heult, ich muss an meinen Vater denken und daran, wie er die vom Blitz zerteilte Kiefer beseitigt hat. Die Funken spritzen im Vorbeigehen auf meine Haut, und ich weiß, wenn ich näherkomme, verbrenne ich mich.

Hier in der Nähe gibt es ein gecekondu-Viertel. Die ehemaligen Armenhäuser İstanbuls verschwinden und damit auch ihre Geschichte und Kultur. Die gecekondular sind besetzte Häuser, die über Nacht aufgestellt worden sind, illegal zwar, aber geduldet. Es gab unzählige solcher Siedlungen in İstanbul, nach und nach sind sie weiter ins Zentrum der Stadt vorgerückt, weil die Straßen um sie herum auswuchsen. In den letzten Jahren gab es Berichte über gecekondu-Besitzer, die über Nacht zu Millionären geworden sind. Investoren kauften ihre Siedlungen und platzierten moderne Hochhäuser darauf, dafür bekamen die Besitzer entweder viel Geld, oder ein paar Wohnungen im neuen Haus und hatten ausgesorgt. Einige Bewohner wollen ihre Grundstücke allerdings nicht verkaufen, sie kämpfen gegen die Investoren. Außerdem suchen viele syrische Obdachlose in leer stehenden gecekondular Zuflucht, und ich vermute, dass es bei den zwei Straßenkindern nicht anders ist. Nach einer Stunde wirren Suchens öffnet sich die Straße vor mir, und dahinter ist ein paar Meter lang Leere, nur die wildbewachsene Brache voll Schrott. Dann beginnen die gecekondular. Flache Häuschen, umgeben von Zäunen. In den

Gärten der gecekondular wachsen Pflanzen und Obstbäume aus den Dörfern ihrer Besitzer.

Die Außenwände der Häuser sind bunt gestrichen, in Blau und Rosa und Grün, die Farben blättern ab. Die Fenster sind vergittert. Von den Dächern brechen die roten Ziegel. Kaum zu glauben, dass diese Grundstücke inzwischen millionenschwere Anlagen sind. Auch hier hängen die Frauen ihre Wäsche auf, und einige Menschen sitzen vor den Häusern auf Plastikstühlen im Schatten.

Ich gehe durchs Viertel, die große Handtasche an mich gepresst, Schweiß auf der Stirn, die Haare durcheinander, keiner kümmert sich um mich oder scheint mich auch nur zu bemerken, und so ist es mir gerade recht. Kinder quellen aus den Häusern, toben auf dem Schrott, zu klein, um in die Schule zu gehen, groß genug, um sich allein zu beschäftigen, sie schreien und spielen und jagen einander. Auf einer Hauswand ist ein Graffiti, drei Halbmondsicheln nach rechts gekehrt. Zeichen der türkischen Faschisten. Sie wollen die syrischen Obdachlosen nicht, weder in den *gecekondular*, noch sonst irgendwo in der Stadt. Ich lehne mich an eine Hauswand und versuche, wieder zu Atem zu kommen. Dann steige ich über die eingebrochene Tür hinein ins Haus. Drinnen ist es staubig und kühl. Von der Mittagshitze ist nichts zu merken, die vernagelten Fenster halten die Wärme ab. Ich gehe durch die verfallenen Räume, der Boden ist bedeckt von Müll und Unrat und Erinnerungen an eine Zeit, in der dieses Haus belebt war, Besteck, Stifte, Kinderspielzeug. Holzplatten von Möbeln, alte Küchengeräte, Töpfe, kaputte Stühle. In einem der Räume steht eine Kinderwiege, ihr morsches Holz ist beinahe gänzlich verrottet. Hier lebt niemand mehr. Auch nicht auf Zeit. Auch nicht das Geschwisterpaar. Trotzdem gehe ich weiter ins Haus hinein, steige über den Schutt und die Asche hinweg, über das vergangene Leben, das hier im Dreck liegt. Bei jedem Schritt wird Staub aufgewirbelt, der mir im Hals kratzt und sich auf meine Stimmbänder legt, und wäre jemand bei mir, Johan oder mein Vater oder meine Mutter oder meine alten Freundinnen, ich könnte nicht sprechen, so staubverklebt wäre meine Kehle. Im hinteren Raum gibt es nur ein Fenster. Das muss ein Kinderzimmer gewesen sein, Spielzeug liegt herum, Schulhefte, Kinderkleidung. Vor mir im Staub glitzert etwas. Mein Rock wird dreckig, das ist mir egal, ich hebe das Spielzeug auf und puste, der Staub wirbelt in einer kleinen Wolke hoch, darunter ist glänzendes Plastik. Das Plastik fühlt sich seltsam neu an, es ist ganz leicht in meiner Hand, ich halte es und schließe die Augen, und da, hinter meinen Augen, ist die Erinnerung. Schüsse aus dem Zimmer nebenan. Stundenlang, die ganze Nacht hindurch, während der Schulferien.

Die Sonne ist gewandert. Erste Nachmittagsschatten werfen sich auf den Weg. Während ich gehe, klopfe ich immer wieder meinen Rock aus, ganz los werde ich den Staub nicht. Zwischen mir und der Welt ist Glas.

Im Sommer das Leben im Zimmer nebenan, mein Leben draußen.

Am Ende der Straße ist ein großer Busbahnhof, von dem aus das ganze Land angefahren wird. Es gibt einige dieser Knotenpunkte in İstanbul, ich muss weit gelaufen sein, ohne es gemerkt zu haben. Jetzt, wo ich hier bin, kann ich genauso gut in die Halle gehen und mir etwas zu essen kaufen. Zuerst suche ich ein Waschbecken, bezahle eine Lira dafür, gehe durch das eiserne Drehkreuz auf die Damentoilette und bin ungestört. Ich betrachte mein Spiegelbild und erschrecke mich vor mir selbst. Die Haare sind wirr und stehen zu allen Seiten ab, die Bluse ist voller Staubflecken und der Rock sowieso. Wenn meine Mutter mich so sehen könnte, sie würde die Hände über dem Kopf zusammenschlagen. Mit Wasser, Seife und Papierhandtüchern mache ich das Gröbste sauber und bin jetzt doch ganz froh über meine Handtasche, denn darin sind eine kleine Haarbürste, etwas Schminke und Parfüm, und damit kann ich mich wieder so herrichten, dass ich zumindest nicht wie eine Verrückte aussehe, und wenn doch, dann wie eine Verrückte, die ihren Zustand verstecken will, und das ist allemal besser.

Darf man jemanden vergessen. Darf man die eigene Geschichte verschütten im Fluss der Zeit. Darf man nach ihr suchen.

Die Namen der Busgesellschaften leuchten über den kleinen Ständen auf. Die Namen sind mir unbekannt, ich habe in der Türkei noch nie eine Reise unternommen. Menschen ziehen an mir vorbei, alle haben ein Ziel. So viele Gesichter, die vor mir aufblinken, dann verschwinden sie wieder in der Masse. Niemand hält an, und alles zieht vorüber. All die Städtenamen und mit ihnen die Möglichkeiten eines anderen Lebens oder zumindest eines anderen Tages. Ich entscheide mich für die Busgesellschaft mit dem Namen »Star Batman«.

»Ein Ticket nach Konya.«

VIII.

Der Platz neben mir ist frei geblieben, vielleicht wollte man mir, der Schwangeren, Raum lassen. Ich blicke in die Dunkelheit des Nachtbusfensters. Ich hätte nichts gegen etwas Gesellschaft gehabt. Doch wenn ich mein Spiegelbild in der schwarzen Scheibe betrachte, muss ich mir eingestehen, dass sie wohl nicht mich von den anderen abschirmen wollten, sondern sie vor mir. Zwar habe ich mich notdürftig zurechtgemacht, aber ich sollte duschen und meine Kleidung wechseln.

Wir sind schon die halbe Nacht unterwegs. Ein Mann in Anzug und gelber Fliege schiebt seinen Teewagen den Gang hoch und runter. Dieses Mal lehne ich den Tee ab, ich will jetzt schlafen. Die Jagd durch İstanbul hat mich müde gemacht, das Schreien der Möwen hallt in meinem Kopf nach. Eine tiefe Erschöpfung liegt auf mir, und ich habe das Gefühl, tagelang schlafen zu können. Als ich die Augen schließe und auf die langgezogenen Atemzüge der Fremden lausche, stelle ich mir vor, ich bin im Bett in unserer Wohnung, und neben mir liegt Johan. Er hat eine Hand ausgestreckt und berührt meine Schulter, die von ihm weggedreht ist. Eine kleine Verbindung, eine Versicherung, wir sind beide noch hier. Dann kommt der Schlaf tatsächlich. Schwarz und traumlos hüllt er mich ein.

Als ich aufwache, ist mein Nacken steif, aber meine Schultern sind es nicht, ich drücke die Finger in meine Muskulatur. Wir sind in Konya.

Es ist früh, die Stadt wacht gerade auf. Die Eisengitter vor den Geschäften werden hochgezogen, und die Simit-Verkäufer fahren ihre Wagen auf die Straße. Die Menschen, die mit mir aus İstanbul gekommen sind, zerren ihre Koffer aus dem Bus und fallen ihren Liebsten in die Arme, ich fühle mich leicht, weil ich keine Koffer und keine Liebsten habe. Ich habe nur mich selbst, mein Kind und eine

Handtasche. Noch nie war ich in Konya, habe nicht einmal über die Stadt nachgedacht. Vor dem Busbahnhof finde ich sofort ein Taxi. Der Fahrer wundert sich, dass ich aus İstanbul komme und kein Gepäck habe. Er bohrt nach, will wissen, ob ich Verwandte besuche, und ich lüge und sage, ich sei geschäftlich unterwegs. Durch den Rückspiegel wirft er mir einen Blick zu, der verrät, dass er mir nicht glaubt. Den Rest der Fahrt spricht er nicht mehr. Er gehört zur konservativen Sorte, von denen soll es in Konya einige geben.

Unter dem Kind ist eine warme Kugel, die sich um die eigene Achse dreht, sie heizt sich auf, strahlt durch meinen Körper. Der Wutball ist muttervererbt, und er entsteht unter dieser Art von Männerblicken. Meine Mutter provozierte diese Blicke, ich wich ihnen mein Leben lang aus. Machte mich klein, unsichtbar, um nicht von den Augen der anderen bewertet zu werden. Vielleicht ging das so lange gut, weil ich im Grunde niemals etwas Auffälliges getan habe, sondern den vorgegebenen Pfaden gefolgt bin. Jetzt schlage ich mir einen eigenen, und ich frage mich, was bei meiner Mutter zuerst da war, den eigenen Impulsen zu folgen oder die Männerblicke.

Die Empfangsdame im Hotel ist höflich, beinahe unterwürfig, vielleicht liegt es an meinem deutschen Pass. Sie besteht darauf, dass mir jemand das Gepäck bis ins Zimmer trägt, was albern ist, denn mein Gepäck besteht nur aus der Handtasche, die ich gestern quer durch İstanbul geschleppt habe, aber das kann die Empfangsdame nicht wissen, und als sie begreift, dass ich nichts weiter als den viereckigen Plastikkasten habe, der um meinen Arm baumelt, ist es schon zu spät, die unangenehme Situation ist schon entstanden.

Zwischen dem Pagen und der Empfangsdame gibt es einen Blick, seiner fragt: »Und jetzt?«, und ihrer sagt: »Keine Ahnung«. Die einstudierte Höflichkeit lässt den Pagen nach der Tasche greifen, er zerrt sie mir vom Arm und benutzt tatsächlich zwei Hände, um sie die Treppe hinaufzutragen. Ruhe, wir drehen, *und bitte*, ich bin die Protagonistin, die ahnungslos durchs Set schlittert. Im Zimmer weiß er nicht, wohin mit der Tasche, also stellt er sie auf dem Bett ab. Das war der falsche Platz, das sehen wir beide, und wir starren für einen Moment auf diesen plastikgewordenen Fauxpas. Als er mir die Hand hinhält, muss ich das Lachen unterdrücken und auch den Drang, nach den versteckten Kameras zu suchen. Also gebe ich ihm einfach etwas Geld, und er geht. *That's a wrap.*

Im Zimmer ist es still. Zum ersten Mal seit Monaten ist es still. Nur wenn ich mich konzentriere, höre ich ein leises Rauschen, es könnte die Klimaanlage sein oder mein eigenes Blut. Das Bett ist weiß bezogen, und die gestärkte Decke knistert, wenn ich mich bewege. Das warme Licht der Lampe fließt über das Bett, über meinen Schoß und den mit beigem Teppich ausgelegten Boden.

Das Zimmer ist sauber und frisch. In der Broschüre habe ich gelesen, dass es ein Schwimmbad mit einem Spa gibt, es ist kein schlechtes Hotel, das kann man wirklich nicht sagen, und das sollte man auch nicht sagen können, bei dem Preis. Noch nie habe ich so viel Geld für ein Hotel ausgegeben, ich habe mir nie besondere Ausgaben geleistet, wozu auch, so habe ich es von meiner Mutter gelernt, die akribisch genau die Haushaltskasse verwaltete, und wenn mein Vater einen Bonus verdient hatte, nahm sie ihm den Umschlag sofort aus der Hand und steckte ihn in eine Geldkassette unter ihrem Ehebett. Sie stopfte meine Winterjacke vier Mal, bevor ich eine neue bekam, so machte sie es mit all unserer Kleidung, und dabei achtete sie darauf, dass die Naht nicht auffiel, damit wir nicht auffielen.

Ich denke an die Mundfalten meiner Mutter. In den Furchen hat sich die Schminke gesammelt, später am Abend war es meist so verhärtet, dass es die Linien betonte, statt sie zu verdecken.

Ich denke an die Kinnhaare meiner Mutter. Links wuchsen drei Haare, rechts eines. Sie zupfte sie meist aus, bevor man sie sehen konnte. Manchmal bettelte ich als Kind jedoch so lange, dass sie die Haare wenigstens für ein paar Tage stehen ließ, denn ich liebte es, mit dem Finger darüber zu fahren. Seit einigen Jahren wachsen auch mir zwei solcher Borsten, und genau wie meine Mutter zupfe ich sie aus, bevor jemand sie sehen kann.

In den Monaten vor ihrem Tod habe ich häufiger mit ihr gesprochen als davor, aber es war trotzdem nicht genug, es ist nie genug gewesen, wenn jemand gestorben ist. Jedes Telefonat mit meinen Eltern folgte dem gleichen Schema. Meine Mutter nahm ab, ich redete ein paar Minuten mit ihr, dann hatte sie etwas zu tun, ein Topf kochte über, oder sie wollte zurück zu einem Artikel, den sie gerade in der Zeitung gelesen hatte, irgendeinen Grund gab es immer, der sie zwang, unser Gespräch frühzeitig zu beenden. Dann reichte sie mich an meinen Vater weiter. Mit ihm sprach ich über seine Gartenarbeit oder meine Mandate. Ab und zu gab er mir sogar Tipps, an denen ich meist merkte, wie lange sein eigenes Jurastudium her sein musste. Aber in Deutschland hat er schließlich nie als Jurist gearbeitet, sondern als Bankangestellter. In unseren Telefonaten entstanden meist Pausen. Sie waren nicht unangenehm, ich wusste, er dachte darüber nach, was ich ihm erzählte, und nach etwas Stille stellte er eine Frage, die zeigte, dass er genau verstanden hatte, worum es mir ging.

Zuletzt wurden die Gespräche mit meiner Mutter länger. Sie gab das Telefon nicht mehr sofort weiter, sondern versuchte, sich mit mir auszutauschen. Das war für uns beide schwierig, weil wir nicht wussten, worüber wir sprechen sollten, ich wusste es jedenfalls nicht, und sie fing an, recht belanglose Dinge zu sagen, dass der Föhn im Süden geht und sie nicht erfrischt, dass draußen gebaut wird, immerzu, oder dass sie das Meer vermisst, was nicht ganz belanglos war. Unsere letzten Gespräche haben sich in meine Erinnerung eingebrannt, vielleicht, weil mein Körper eine Vorahnung hatte. Es gibt diese Art des Wissens um etwas, das passieren wird, lange bevor der Verstand es in eine Form gießt. Zwischen der Ahnung und dem Begreifen liegt ein Graben, oder ein Priel, der, wenn die Flut kommt, als Erstes mit Wasser vollläuft und tiefer geht, als man es vermutet, manchmal ertränkt er das Begreifen, bevor es das Ufer des Bewusstseins erreicht hat. Trotzdem bleibt die Vorahnung als Gefühl im Körper. Eine unterschwellige Irritation, eine stete Frage. So war es während dieser letzten Telefonate mit meiner Mutter. Doch ich konnte oder wollte die Frage nicht aufnehmen, und so verlief sie sich in mir und blieb zurück als

Nervosität, die mich den ganzen Tag nach unseren Gesprächen begleitete. Dann war sie tot.

Wütend bin ich allerdings nicht, weder auf meine Mutter noch auf meinen Vater. Dabei habe ich guten Grund, es zu sein. Sie haben mir nichts erzählt, haben mich nicht teilhaben lassen. Dadurch konnte ich mich nicht vorbereiten. Mir blieb nur diese zerfließende, ungreifbare Intuition. Sie hat nicht gereicht, und so überraschte mich die Nachricht von ihrem Tod, sprang mir von hinten auf den Rücken und nahm mich in den Würgegriff. Trotzdem empfinde ich keine Wut. Niemand hat mir diese Informationen versprochen. Wer sagt, dass mir Antworten zustehen.

Das Kind bewegt sich, drückt gegen mich, aber es ist nicht unangenehm. Es ist ungeduldig, es will Konya hinter sich lassen. Es will auch, dass ich mich an ihn erinnere. An meinen Bruder. Für das Kind liegt die Sache klar: Niemand darf einfach vergessen werden.

Ich sollte mich bei Johan melden, schließlich habe ich mich einfach auf den Weg gemacht, ohne ihm Bescheid zu sagen.

Doch erst muss ich frühstücken. Ich könnte sogar schon mittagessen. Im Hotel gibt es ein Restaurant, und da ich nicht vorhabe, lange in Konya zu bleiben und mich die Stadt nicht interessiert, kann ich genauso gut dort essen. Der Hunger überwältigt mich, ich bestelle ein großes Frühstück mit Tee, es ist auch ein Friedensangebot an das Kind, das gestern mit mir durch İstanbul gehetzt ist, während ich kaum etwas gegessen habe. Der Kellner serviert mir einen Teller nach dem anderen, bis der Tisch so voll steht, dass mein Teeglas kaum Platz findet. Türkische Frühstücke sind nicht dafür gemacht, sie allein zu essen. Sobald ich mit dem Essen fertig bin, werde ich hoch gehen, das Handy anschalten müssen und dann wird es irgendeinen Umstand geben, zu dem ich mich verhalten muss. Möglich, dass Johan in Panik geraten und die Polizei alarmiert hat. Genauso gut kann es sein, dass es keine Nachricht von ihm gibt. Ich weiß nicht, was schlimmer wäre. Auch die Arbeit wird sich gemeldet haben. Ich trinke Tee und wische das Öl der Oliven mit dem Weißbrot auf. Ich denke an das Mandat, das ich einfach auf dem Schreibtisch zurückgelassen habe. Jemand anderes wird sich darum kümmern müssen. Ich bin jetzt raus. Vielleicht verliere ich meine Arbeit wegen dieses Ausbruchs. Plötzlich merke ich, dass mir die Vorstellung, gekündigt zu werden, nichts ausmacht. Das wäre vor ein paar Tagen nicht so gewesen. Dilan, denke ich, gibst du auf.

Oben im Zimmer springt das Handy sofort an. Als hätte es nur auf seinen Einsatz gewartet. Vor lauter Unruhe kribbelt mein Körper, ich frage mich, was ich Johan überhaupt sagen soll, was für eine Erklärung ich liefern kann. Zum Nachdenken bin ich nicht gekommen. Sechs verpasste Anrufe. Einer von der Arbeit. Nachrichten von Johan. Er klingt besorgt, und in einer Nachricht wird er wütend und wirft mir vor, mich kindisch zu verhalten, einfach so abzuhauen, und als ich seine Wut herauslese, leuchtet es hell in mir auf, in der Brust und zwischen meinen Schenkeln. Dass er noch wütend auf mich sein kann, wusste ich nicht, und das ist viel besser als nichts. Ich lege die Hand auf dem Bauch ab, das Kind ist glücklich über das reichhaltige Frühstück, es will von seinem Vater hören, ich wähle die Nummer. Er nimmt sofort ab.

»Dilan?«, fragt er.

»Hallo«, sage ich.

Er scheint erleichtert, meine Stimme zu hören, und ich frage mich, was er sich ausgemalt hat, ob er wirklich Angst um mich hatte. Für einen Moment herrscht Stille, die ihn verrät, und ich, die ich oft nachts auf ihn gewartet habe, empfinde Genugtuung. Angst hatte ich keine um ihn, wenn ich allein nachts im Bett lag. Die Hand auf der kühlen Seite seiner Decke abgelegt, habe ich mir die Angst nicht erlaubt, sondern nur akzeptiert, dass er nicht da war, dass er anderswo war, *unterwegs*. Nur in der ersten Nacht, in der er wegblieb, habe ich mir Sorgen um ihn gemacht. Er trinkt manchmal zu viel, dann vergisst er seine Grenzen. In Schweden trank er mit seinen Freunden bis zur Besinnungslosigkeit, das hatte er mir erzählt, am Anfang, als er alles aus seinem Leben mit mir teilen wollte und ich im Gegenzug zu wenig von mir erzählte, woraufhin die Chance verpasst schien. Plötzlich hatte ich den Drang, alles nachzuholen.

»Ich hatte zwei Freundinnen, früher. In diesem Sommer, an den ich jetzt denke. Wir waren jeden Tag zusammen. Jeden Tag war ich mit ihnen, wollte bloß raus. Bloß nicht zu Hause sein«, sage ich.

»Wieso wolltest du nicht zu Hause sein?«, fragt Johan.

»Eine von ihnen, mit ihr war ich am besten befreundet, hat sich das Bein gebrochen. Wir sind zu schnell gefahren, deswegen. Sie hat sich noch zu mir umgedreht und gelacht, und plötzlich ist sie vom Fahrrad geflogen und im Krankenhaus gelandet. So viel ist passiert in dem Sommer. Jetzt kommt alles zurück«, sage ich.

Ruhe wäscht über mich und ich merke, dass mein Unterleib sich entspannt, meine Muskeln werden weich. Das Kind staunt.

»Wo bist du?«, fragt Johan.

»In Konya«, sage ich.

»Und was machst du in Konya?«

Ich muss lachen, und ich kann spüren, dass er das Gefühl hat, ich lache ihn aus, doch so ist es nicht. Das Lachen kommt aus dem Bauch und hat nichts mit ihm zu tun.

»Wenn du mir etwas damit zeigen wolltest, dann habe ich es jetzt verstanden. Komm zurück und lass uns darüber sprechen«, sagt er.

»Ich muss mich erst erinnern«, sage ich.

Er antwortet nicht, und ich stehe vom Bett auf und blicke hinunter auf die Stadt. Dort unten sind Häuserschluchten, nicht so tief wie in İstanbul, auf diesen Dächern liegt kein Leuchten, nur ein brauner Schleier. Konya fühlt sich anders als İstanbul an, ruhiger und geerdeter, İstanbul drückt mich hinunter und zerrt gleichzeitig an mir, zerrt mich irgendwohin, vielleicht in die Gassen oder zu den Möwen oder den Fenstern, aus denen Wäsche gehängt wird, und doch ende ich immer an den gleichen Orten; im Büro, in der Bibliothek, meistens in der Wohnung. Hier in Konya spüre ich zum ersten Mal seit Langem nichts, was an mir zerrt. In Konya könnte ich überallhin gehen. Aber noch bin ich nicht am Ziel. Johan räuspert sich, und ich höre daran, dass er in unserer Küche steht, dort hallt es auf diese bestimmte Weise. Ich kann mir sogar vorstellen, wie er steht, ans Waschbecken gelehnt, den Blick zum leeren Kühlschrank gerichtet, das Telefon in der linken Hand. Von der Küche aus kann er unser Bett sehen, in dem er ohne mich geschlafen hat, in dem ich viele Nächte ohne ihn geschlafen habe.

»Waren die beiden nach dem Sommer nicht mehr deine Freundinnen?«, fragt er.

Ich überlege eine Weile. Die Antwort darauf ist kompliziert. Nach dem Sommer fiel ich in eine monatelange Dunkelheit und wachte erst in Süddeutschland wieder auf. Danach habe ich Jelena und Rike nie wieder gesehen.

»Das erzähle ich dir ein anderes Mal«, sage ich.

»Wie fühlst du dich?«, fragt Johan.

»Alles gut«, sage ich, und ich spüre, dass er es nicht glaubt, aber er und ich, wir haben beide unsere Geheimnisse.

Johan saß eines Tages einfach da. So haben wir es uns später oft erzählt. Ich war in der letzten Station des Referendariats. Das zweite Staatsexamen stand an, ich arbeitete, lernte nebenbei. Meine Freunde und Kommilitonen aus dem Studium waren fürs Referendariat möglichst weit weggezogen, aber ich wollte das Gegenteil, wollte in meiner vertrauten Umgebung bleiben. Am liebsten hätte ich weiterhin im Studentenwohnheim gelebt, aber das verstieß gegen die Statuten, also hatte ich mir eine kleine Wohnung am Stadtrand gemietet. Sie war minimalistisch eingerichtet. Die Wände der Wohnung waren mit Zetteln, Karteikarten, Lernhilfen beklebt. Der Fernseher blieb aus, auch Bücher las ich keine mehr. Ich wollte nichts Neues sehen, keine Verführungen haben, keine neuen Bekanntschaften machen, ich vermied Cafés, um nicht in Gespräche verstrickt zu werden. Meine Wege waren täglich dieselben, in die Kanzlei, in die Bibliothek, zum Einkaufen. Ich brauchte diese Routine.

Der einzige Besuch, den ich in den Wochen vor dem zweiten Examen bekam, war der von meiner Kommilitonin. Es war diejenige, die gerade geheiratet und mich eingeladen hatte, deren Hochzeit ich aber wegen der Beerdigung meiner Mutter verpasst hatte. Damals schon war sie besorgt um mich.

Ein paar Tage teilten wir meine kleine Wohnung, wir hatten kein Problem damit, auf engem Raum miteinander zu sein, im Studium hatte sie im Zimmer nebenan gewohnt. Sie war laut und direkt und redete viel, manchmal erinnerte sie mich an Jelena, obwohl ich natürlich nicht weiß, wie Jelena als Erwachsene ist. Die ganze Zeit machte sie Scherze über mich und sagte, ich sei eine Seeanemone, die immer am selben Ort klebe.

Wir kochten gemeinsam, machten Spaziergänge, es war die einzige Veränderung in all der Zeit, ich genoss es so sehr, sie war mir in keinem Moment zu viel, weil ich wusste, dass ich nach ihrer Abreise zurück in meine Anemonenstarre verfallen würde.

An einem Tag nahmen wir einen Bus aus der Stadt heraus. Der Wanderweg führte durch die Hügellandschaft, hoch und wieder herunter, quer durch den Wald. Wir kannten den Weg genau, wir waren ihn früher oft gegangen. Nach etwa fünf Kilometern kamen wir an einen Aussichtspunkt, einen kleinen Turm, von dem man auf die Stadt schauen konnte. Auf die Universität, die juristische Fakultät, die Bibliothek, das Studentenwohnheim, meine Ankerpunkte. Nirgendwo war ein Mensch zu sehen, als ob man die Stadt auf den Bauch gedreht und die Menschen herausgeschüttelt hätte. Als wir aus der Dunkelheit des Turms traten, saß er auf einer Bank. Direkt neben dem Eingang. Fast zwei Meter groß, seine blonden Haare hingen ihm bis zu den Schultern, seine Haut weiß zwischen dem Grün der Farne. Die tiefblauen Augen, die Sommersprossen auf der spitzen Nase, die hohen Wangenknochen. Im ersten Moment hielt ich ihn für eine Frau, dann sprach er uns an, seine Stimme war tief. Er fragte nach dem Weg in die Stadt, sein Deutsch war gebrochen und der schwedische Akzent unverkennbar. Er begleitete uns zurück. Hauptsächlich unterhielt sich meine Freundin mit ihm. Er gefiel ihr, das konnte ich sehen. Sie warf den Zopf zurück, wenn sie mit ihm sprach, und lachte in dieser mädchenhaften Weise, die eigentlich nicht ihre war.

Aber seine Augen suchten meine, und irgendwann begann er zu lächeln, an Stellen im Gespräch, an denen es nicht nötig gewesen wäre. Ich hielt mich zurück, ließ die beiden miteinander sprechen, hatte sowieso nichts beizutragen. Sein Lächeln und die Blicke wurden länger, je näher wir der Stadt kamen, und ich sah zurück, konnte nicht anders. Unsere Augen fanden einander, und seine Pupillen weiteten sich, wenn er mich ansah. Schwarze Pfützen in der blauen Iris. Vielleicht lag es nur daran, dass ich als Erste aus dem Turmeingang gekommen war. Als wir wieder in der Stadt angekommen waren, ließ meine Freundin uns allein. Johan schlug vor, in eine Bar zu gehen, ich antwortete, ich gehe nicht in Bars, nie, also brachte er mich zum Studentenwohnheim. Vor dem Eingang gab es eine Bank, und darauf saßen wir, bis es Abend wurde. Jedes Mal, wenn ich aufstehen wollte, fiel ihm eine neue Geschichte ein, die er mir unbedingt erzählen musste. Sein Deutsch war gut, er kannte alle möglichen Ausdrücke und Redewendungen, nur die Aussprache fiel ihm schwer. Er erzählte, dass er seit zwei Jahren hier lebte und die Sprache in der Schule gelernt hatte. Ich redete kaum. Er fragte nach meiner Familie, und ich erzählte ihm von meinen Eltern, die langsam alt wurden und um die ich mich irgendwann kümmern musste.

»Geschwister?«, fragte er. Ohne meine Antwort abzuwarten, fuhr er fort. »Ich habe sechs«, sagte er.

Johan zählte ihre Namen auf, ich vergaß sie, sobald er sie gesagt hatte. Er erzählte von der Kindheit in Schweden, von der kleinen Stadt, in der er aufgewachsen war. In einem überfüllten Haus, in dem es immer laut gewesen war. Er selbst habe dadurch gelernt, still zu werden. Als er das sagte, sah ich ihn erstaunt an. Still und schüchtern kam er mir nicht vor. Ich wusste ja nicht, dass er nie wieder so viel sprechen würde, wie an diesem ersten Tag. Es war so, als ob er darauf gewartet hatte, mich zu finden, um mir auf einen Schlag alles zu erzählen und danach kaum mehr etwas. Aber in diesem Moment auf der Bank hörte ich ihm einfach nur zu, seinem Akzent, den Geschichten aus seiner Heimatstadt, die an einem See gelegen war. Johan erzählte von seinem Rennrad, auf das er lange gespart hatte, und das er sich mit vierzehn endlich hatte kaufen können. Die anderen Jungs fuhren zu dem Zeitpunkt schon mit Mopeds durch die Gegend, aber er hatte immer von diesem Rennrad geträumt, und als es da war, lieferte er sich mit seinen Brüdern Wettrennen. Als er das erzählte, schreckte ich auf. Ich war drauf und dran, ihm vom Windreiten zu erzählen, von meinen Freundinnen Jelena und Rike. Doch dann machte er weiter und erzählte vom See, und der Moment war vorüber. Er berichtete, wie er im Winter mit seinen Freunden auf Langlaufskiern unterwegs war. Sie wollten auf den See neben ihrer Stadt, obwohl es noch zu früh war. Das Eis war noch zu jung.

»Es sah so fest aus. Fester als die Bäume. Bin gar nicht drauf gekommen, dass es einbrechen kann. Das Eis. Und ich war ja auch mit dem Rennrad immer sicher unterwegs. Schnell, aber sicher. Also ich rauf aufs Eis. Bin richtig gerannt. War mir ja sicher. So sicher wie danach mit nichts mehr in meinem Leben«, sagte Johan.

Dann sah er mich an und lächelte.

»Bis jetzt jedenfalls«, sagte er. Ich senkte den Blick und fand es peinlich und mutig von ihm und wusste, so etwas würde ich niemals sagen.

»Wir also rauf auf den See. Die Skier gleiten so genial über Eis, noch besser als über Schnee. Das Eis hat geknackt. Aber das tut es immer. Es setzt sich nur, das haben wir gedacht. Wir sind raus, ich voran. Ich bin schnell auf Skiern. Weil ich so dünn bin«, sagte er, stand auf und drehte sich für mich, damit ich seinen Körper und den Wahrheitsgehalt seiner Erzählung begutachten konnte.

»War auch da der Schnellste. Wenn man sich richtig abstößt und das Gewicht verlagert und der Untergrund stimmt, ist es wie Fliegen. Meine Stöcke waren zu lang. Waren die von meinem Vater. Ich ramme den Stock ins Eis. Einen Moment passiert gar nichts. Stillstand. Slow Motion. Und dann. Ein lauter Knacks und das Eis bricht unter mir ein. Ich also im Eiswasser. Mit den Skiern an den Füßen. Kann mich nicht bewegen, kann nicht richtig schwimmen. Die Skier verkeilen sich dauernd. Und es ist eiskalt, falls man das noch erwähnen muss«, sagte er. Während er seine Geschichte erzählte, sah er mir in die Augen, und sie leuchteten dabei und sagten mir etwas anderes als der Inhalt der Erzählung, es war ein Spiel, das begriff ich dann, es ging nicht darum, worüber wir sprachen, sondern nur, dass wir sprachen. Hinter den Worten lag das Eigentliche, das er mir mitteilen wollte, und es hatte mit Nähe, Sex und Verbindung zu tun und damit, dass er mich aussuchte und mir vermitteln wollte, dass sich ein Band zwischen uns spannte. Johan erzählte weiter, wie er ins eiskalte Wasser gefallen war und nicht hochkam, weil die Skier sich immer wieder verkeilten.

»Mein Freund Dag kommt endlich. Langsam, aber er kommt. Der war so. Immer 'n bisschen hinterher. Er robbt an das blöde Eisloch heran. Greift mich unter den Armen. Will mich rausziehen, schon klar. Aber geht nicht. Die Skier. Schlagen von unten gegen das Eis. Ich natürlich am Zittern, und mir wurde schwindelig. Und richtig warm. Das ist ein ganz schlechtes Zeichen, wenn einem warm wird. Ich kann mich nicht mehr bewegen zu dem Zeitpunkt. Dag, der langsame Dag, kriegt es nicht hin. Er zerrt und zerrt, wird auch müde. Aber die Skier. Die gehen ja quer. Ich nehm also meine ganze Kraft zusammen. Erkläre ihm, wie er mich rausziehen muss. Die Skier gerade lassen. Ein Bein nach dem anderen. Endlich schafft er es. Mein Gott«, sagte Johan und schüttelte den Kopf. Das Schlimmste sei nicht das Eis gewesen oder die Angst, zu sterben, sagte er. Das Schlimmste sei die Reaktion seiner Schwester gewesen.

»Sie hat geweint und konnte sich nicht mehr einkriegen. Lange nicht. Hat gesagt, beinahe hätte ich meinen Lieblingsbruder verloren. Vor allen hat sie das gesagt«, sagte Johan.

Seine Art zu erzählen gefiel mir. Überhaupt, dass er erzählte. Obwohl wir uns nicht kannten, obwohl wir Fremde waren, aber die Offenheit, mit der ihm diese Geschichten aus seinem Leben über die Lippen kamen. Er war anders als ich, und das faszinierte mich. Er erzählte mir, dass er ein Filminstitut in Kalifornien besucht und dort zu schneiden gelernt habe, dann habe er ein paar Jahre in Amerika gearbeitet. Seit zwei Jahren sei er in Deutschland, jetzt arbeite er gerade an einem Dokumentarfilm zwei Städte weiter. Dokumentarfilm war ihm das Liebste. Irgendwann ließ er mich gehen. Als ich allein in meinem Zimmer war, versuchte ich, zu lernen. Es funktionierte nicht. Meine Gedanken verloren ihren Fokuspunkt und kehrten zu ihm zurück, zu seinen Augen, seinen Händen, wenn er gestikulierte. Mein Körper vibrierte nach der Begegnung. Es war, als ob er schon wusste, was passieren würde, lange bevor ich selbst eine Ahnung hatte. Meine Freundin kam vorbei und sah meine Aufregung, lächelte und sagte, ich solle es genießen, dabei empfand ich das Gegenteil, empfand die Sache als störend. Es passte nicht in meinen Plan. Es sollte jetzt nur ums Examen gehen. Morgen würde sie abreisen, und damit sollte die Veränderung vorbei sein, ihr Besuch sollte eine kurze Liaison mit der Außenwelt sein, die mir Kraft für die Routine geben sollte. Für Verliebtheit war keine Zeit.

Als ich meine Freundin zum Bahnhof bringen wollte, saß Johan wieder auf der Bank neben dem Eingang. So ging es die nächsten Wochen weiter. Er wartete dort auf mich, wir machten Ausflüge, gingen wandern. Er erzählte von seinem Leben, den Erfahrungen, der Familie, schleichend wurden unsere Gespräche weniger.

Mir fiel es nicht auf. Sex ersetzte das Sprechen. Wir schliefen miteinander in meinem schmalen Bett, das von Gesetzestexten und Kommentaren umgeben war, und als er sich auszog, sah ich, wie viele Tätowierungen über seinen Körper verteilt waren. Als er danach neben mir atmete, betrachtete ich die Tätowierungen und dachte, dass dies im Grunde ein Fremder war, trotz der Wochen, und dass er jederzeit wieder verschwinden könnte. Etwas in mir hoffte darauf, dass er verschwinden würde, sehnte sich nach der Eintönigkeit der Tage davor. Gleichzeitig spürte ich, dass unsere Körper einander gewählt hatten. Sie hatten einander erkannt und entschieden, und wir hatten keine Macht mehr über unsere Handlungen, sondern folgten blind unseren Leibern. Er ließ mich in Ruhe, während ich lernte, doch nach ein paar Stunden gab es einen Moment der Ungeduld, wenn er sich hinter mich stelle und meine Schultern streichelte, bis ich mich umdrehte und er mich zu sich zog.

Ich beobachtete ihn dabei, wie er sich in mich verliebte. Ich beobachtete mich dabei, wie ich mich in ihn verliebte. Es war ein Kampf gegen die Zeit, je öfter wir einander sahen, desto stärker entschieden wir uns füreinander. Mein Körper belohnte mich, wenn ich ihn sah und berührte und bestrafte mich, wenn ich es nicht tat. Zwei Wochen vor dem Examen sagte ich ihm, er solle nicht mehr kommen. Er lenkte mich ab, brachte alles durcheinander, ich wollte, dass er verschwand. Er ging ohne ein Widerwort. Einmal rief er an, um mich zu fragen, ob wir einander sehen könnten, ich sagte Nein. Dann hörte ich nichts mehr von ihm. Es erstaunte mich, dass er tatsächlich verschwand. Wie leicht er aus meinem Leben herausgerutscht war. So, als hätte es die letzten Monate nicht gegeben. Dabei tat er nichts weiter, als mir genau zu geben, wonach ich verlangt habe. Zwei Nächte vor dem Examen rief ich ihn an und bat ihn, zu kommen. Von da an blieben wir zusammen. Wir haben nie darüber gesprochen, was zwischen uns ist. Es ist einfach immer weitergegangen. Als nach dem Examen das Jobangebot an İstanbul kam, rechnete ich mit dem Ende. Stattdessen kam er mit in die Türkei. Er sah es wohl als ein Abenteuer. Mit dem Kind war er ähnlich entschieden. Als ich nach einem Jahr in İstanbul schwanger wurde, ging ich davon aus, dass er mir eine Abtreibung vorschlagen würde oder zumindest eine Trennung. Stattdessen heirateten wir.

Es wird Abend, und ich gehe hinaus, um mir einen kleinen Koffer und Kleidung zu kaufen. Mein Rock und die Bluse sind dreckig und verschwitzt. Danach gehe ich zu dem kleinen Reisebüro ein paar Straßen vom Hotel entfernt. Mein Vorhaben, nichts von Konya zu sehen, geht auf. Ich will endlich weiter. Das Reisebüro ist klimatisiert, sodass mir sofort kalt wird, als ich eintrete und zum Tresen gehe, hinter dem ein Mitarbeiter sitzt. Die rot-weiße Uniform der Buslinie spannt über seinen Körper, dazu trägt er auch noch einen gestreiften Hut. Das Ganze sieht förmlich aus und traurig. Als ich sage, wohin ich will, zieht er die Augenbrauen zusammen.

»Was wollen Sie da?«, fragt er. Der militante Ton passt nicht zu seiner grellen Uniform.

»Ich bin geschäftlich unterwegs«, antworte ich.

Er ist nicht überzeugt, und vielleicht muss ich mir eine bessere Antwort einfallen lassen, auch der Taxifahrer hat mir das schon nicht abgenommen. Der Verkäufer sieht mich noch ein paar Mal prüfend an, murmelt etwas darüber, dass eine schwangere Frau nicht in solche Gebiete reisen sollte, nicht allein, und überhaupt, wieso sei ich allein unterwegs, dann wendet er sich seinem Computer zu, tippt die Daten ein und händigt mir ein Ticket für den nächsten Tag aus. Als ich mich umdrehe und gehe, schnalzt er mit der Zunge, wie man es macht, wenn ein Kind ungezogen ist oder eine Katze ihre Milch verschüttet hat. Obwohl ich Lust habe, ihm eine Beleidigung entgegenzuwerfen, halte ich mich zurück, ich habe ja mein Ticket, und darum geht es.

Pflaumen und Amber. Ich stelle mir eine junge Braunhaarige vor, vielleicht Anfang zwanzig, die wenig Schlaf braucht und die sich über die Sonne freut, jeden Tag von Neuem. Wenn Johan ins Bett kriecht, spät in der Nacht, und sich das Parfüm mit Alkohol vermischt, gehe ich ohne eine Stunde Schlaf zur Arbeit, nehme mir fest vor, nun müsse sich etwas ändern, nun müssen wir endlich miteinander sprechen und diesen Zustand auflösen, doch dann komme ich nach Hause, und er ist da, riecht nur nach sich selbst, nach Weizen, und wir essen miteinander, und ich lasse alle Gedanken in mir verschwinden. So ging es die letzten Monate. Mit wem er schläft, ist mir eigentlich egal, was mich traurig macht ist die Vorstellung, dass er mit dieser neuen Frau so viel spricht wie mit mir am Anfang. Vorwerfen kann ich es ihm nicht. Schließlich habe auch ich das Sprechen verlernt, vielleicht schon lange, bevor ich ihn gekannt habe.

IX.

Das Video ist nur wenige Sekunden lang. Es ist Januar, und eine Mutter in Diyarbakır sucht seit Monaten nach ihrer Tochter. Sie vermutet, die Tochter sei bei einer Explosion in der Altstadt gestorben, ihr Körper liege unter den Trümmern. Doch die Gassen sind abgeriegelt, und niemand darf hinein. Die Mutter hat Briefe geschrieben und sich an die Medien gewandt. Sie glaubt nicht, dass ihre Tochter noch lebt, aber sie will ihren Körper bergen lassen.

Ihr Klagelied hallt durch die Gassen. Die Aufnahme ist verwackelt. Ton und Bild sind nicht synchron. Ihr Lied erklingt schon, bevor die verpixelte Mutter ihren Mund öffnet. Es endet, während ihre Lippen noch geöffnet sind.

X.

Wir sind bereits seit sechs Stunden unterwegs, und es ist spät in der Nacht, als es zum ersten Mal passiert. Der Bus hält, das Licht geht an. Ich habe gedöst, es dauert einen Moment, bis ich mich orientiere. Das Aufwachen geht durch die Reihen, Menschen gähnen und strecken sich. Der Fahrer öffnet die zischende Tür, und zwei Soldaten in voller Montur treten ein. Um ihre Schultern baumeln Maschinengewehre. Sie wechseln vorne ein paar Worte mit dem Fahrer, ich recke den Kopf. Einer der Soldaten geht durch den Bus und sammelt die Ausweise ein. Als er vor mir steht, gebe ich ihm meinen deutschen Personalausweis. Der Soldat nimmt den Ausweis und hält ihn gegen die Deckenlampe, als ob er ihn auf seine Echtheit prüft. Dann steckt er ihn ein und geht weiter. Als er alle Ausweise an sich genommen hat, stößt er zu seinem Kollegen, der stumm vorne gewartet hat, die beiden steigen aus und werden von der Dunkelheit verschluckt. Wir warten. Der Platz neben mir ist frei, auf dem Sitz mir gegenüber sitzt eine Frau in meinem Alter, die ihr Kind auf dem Arm trägt. Es wimmert leise vor sich hin, die Soldaten haben es geweckt, und die Frau wiegt das Kind zurück in den Schlaf. Ich rutsche auf den leeren Platz neben mir und beuge mich zu ihr vor.

»Was ist los?«, frage ich.

Sie schaut zu mir hoch, und im Zwielicht des Busses sind ihre Augen schwarz. Als sie antwortet, spricht sie so leise, dass ich es kaum verstehen kann.

»Routinekontrollen«, sagt sie.

Sie sieht aus wie eine Frau vom Land. Das, was ich von ihrem Gesicht erkennen kann, wirkt jung und sanft und weich und vielleicht etwas einfach. Ich vertraue ihr sofort und hinterfrage das Vertrauen doch, denn ich spüre schon, ich bin auf unbekanntem Terrain. Ich habe kein Koordinatensystem für das, was hier passiert, und vielleicht ist mein Vertrauen gefährlich. Es ist das erste Mal in meinem Leben, dass ich in eine Militärkontrolle gerate.

»Ist das wegen der Anschläge?«, frage ich.

Ihre schwarzen Augen springen zur Seite und dann wieder zurück zu mir, und sie nickt kurz. Sie streicht dem Kind über den Kopf, wie um sich seiner zu versichern. Meine Hand fährt über den Bauch. Ruhe bewahren, die Ruhe in meiner Brust halten, wie man einen Kern in der flachen Hand hält. Die Frau dreht sich von mir weg und legt den Kopf an die dunkle Scheibe. Die Soldaten schlendern wieder herein. Sofort richte ich meinen Rücken auf, es knackt in meinem Nacken. Der eine bleibt wieder vorne stehen, während der andere durch den Bus bis ans Ende geht und beginnt, die Ausweise wortlos ihren Besitzern auszuhändigen. Als er bei mir ankommt, hält er an. »Mitkommen«, sagt er. Aus dem Augenwinkel kann ich sehen, wie die Frau sich zu mir dreht. Sie drückt die Hand auf den Kopf des Kindes, und ich spüre, sie verfolgt jede meiner Bewegungen, als ich aufstehe.

»Haben Sie noch ein anderes Dokument?«, fragt der Soldat.

Ich krame den Reisepass aus der Tasche und halte ihn dem Soldaten hin. Er dreht sich um und geht vor, und ich folge ihm nach draußen. Niemand außer mir wird rausgezogen. Er geht voraus, es ist dunkel, ich achte auf meine Schritte. In der Ferne kann ich die Umrisse der Bergketten erkennen, sie säumen die Straße, die wie eine Schneise in den Stein eingelassen ist. Der Soldat führt mich zu einer Art Lager. Ein paar elektronische Leuchten sind darum herum verteilt, die eine Ansammlung von Sandsäcken erhellen. Die Sandsäcke sind in einem Viereck aufgestapelt und verbergen die Sicht auf das, was dahinter ist. Sie erinnern mich an ein Iglu. Für einen Moment erlaube ich mir diesen absurden Gedanken, ein Iglu in der Hitze des Ostens, und wie schnell es schmelzen würde unter der Sonne. Vor dem Eingang des improvisierten Lagers steht zu jeder Seite ein Soldat mit Gewehr. Ein paar Schritte hinter dem Eingang gibt es noch mehr Lampen. Riesige Motten flattern um sie herum, sie landen gierig auf den Glühbirnen, und dann zerreißt ein widerliches Geräusch von versengendem Haar und Fleisch die Luft. Die Härchen auf meinem Arm stellen sich auf, die Motten fliegen nach oben, um sich gleich darauf wieder herunterzustürzen und ihre Leiber zu verbrennen. Das

Kind in mir ist still. Der Raum zwischen den Sandsäcken ist größer, als ich erwartet habe. Ein Zimmer ohne Dach. Die Einrichtung des Zimmers besteht aus Staub und Steinen und einem Schreibtisch in der Ecke. Ein richtiger Schreibtisch aus Nussbaum. Darauf ist eine Leselampe geklemmt. Ein aufgeklappter Laptop steht darauf, daneben sind ordentlich gestapelte Dokumente und Akten. Hinter dem Schreibtisch sitzt ein Mann in Uniform, sein spitzes Gesicht wirkt streng, aber da ist noch etwas anderes in seinem Ausdruck. Als ich näherkomme und das Licht über ihn fließt und er den Kopf hebt, sehe ich, dass es Häme ist. Abzeichen auf seinen Schultern. Ich kenne mich mit militärischen Rängen nicht aus, aber er scheint in seiner Laufbahn viele Auszeichnungen gesammelt zu haben, also nenne ich ihn einen General. Der General greift meinen Pass, ohne mich anzusehen oder mit mir zu sprechen. Er starrt in den Laptop, das blaue Licht mischt sich auf seinem Gesicht mit dem Weiß der Leuchten. Er sieht müde aus, und ich frage mich, wie lange die Soldaten hier schon ausharren, hinter den Sandsäcken. Der General schlägt meinen Reisepass auf, er tippt etwas in den Laptop. Ohne den Blick zu heben, beginnt er, meine Daten vorzulesen. Meinen Namen, Geburtstag, Wohnort, er liest so leise, dass ich ihn kaum verstehen kann.

»Gemeldet bin ich in Deutschland, aber ich wohne in İstanbul«, sage ich.

Das interessiert ihn, denn er schaut auf, und sein Ausdruck ist hämisch.

»Warum wohnen Sie in İstanbul?«, fragt der General.

»Ich arbeite dort. Ich arbeite in einer Kanzlei für internationales Wirtschaftsrecht«, sage ich.

Er kräuselt die Nase und es dauert einen Moment, bis ich verstehe, dass es ein Lächeln sein soll.

»Und was macht eine studierte Deutsche auf dem Weg in den Osten?«, fragt er und benutzt das Wort *Almancı* und meint damit, dass ich hier nichts zu suchen habe. Ich habe nicht damit gerechnet, befragt zu werden, das war naiv, das merke ich jetzt, aber es ist zu spät, ich hätte mir vorher eine Geschichte zurechtlegen und eine Antwort ausdenken sollen. Weil meine Hände zittern, lege ich sie auf dem Bauch ab, und das Kind windet sich etwas, und mir wird schwindelig.

»Meine Mutter liegt dort begraben. Und ich wollte ihr Grab sehen, bevor mein Kind auf die Welt kommt«, sage ich.

Der General zieht eine Augenbraue hoch, sein Blick gleitet über meinen Körper und bleibt bei meinem Bauch hängen, er bleibt dort einen Moment zu lange, aber ich gönne ihm nicht die Genugtuung, meine Scham zu sehen, und als er mich wieder ansieht, versuche ich, ernst und fest zurückzublicken, so wie mein Vater früher geschaut hat. Ob ich es hinbekomme wie er, weiß ich nicht.

»So, so«, sagt der General.

Meine Wangen sind feucht. Die prüfende Hand auf meinem Gesicht bestätigt meine Vermutung; ich weine. Die Nässe der Tränen auf meinen Fingerspitzen glänzt im Licht der Leuchten. Der General betrachtet meine feuchten Finger mit dem gleichen Interesse. Es ist das erste Mal seit dem Tod meiner Mutter, dass ich weine. Mein Körper hat sich den denkbar schlechtesten Moment dafür ausgesucht.

»Sie ist noch nicht lange tot«, sage ich als Erklärung. Der General räuspert sich. Er schaut zurück in seinen Laptop und dann auf meinen Ausweis.

»War ihre Mutter Kurdin?«, fragt er.

»Wir haben in Deutschland gelebt. Ich weiß nur, dass sie dort begraben ist«, sage ich.

»Aber Sie haben einen kurdischen Vornamen«, sagt er.

»Ja, nach irgendwem aus der Familie«, sage ich.

»Sprechen Sie Kurdisch?«, fragt er.

Beinahe muss ich lachen, aber ich beherrsche mich, und außerdem fließen immer noch Tränen, und ich weiß nicht, ob man lachen und weinen gleichzeitig kann. Vielleicht kann man es hier, im Osten dieses Landes.

»Nein«, antworte ich wahrheitsgemäß.

»Und Ihre Eltern, haben die Kurdisch gesprochen?«, fragt er.

»Bei uns wurde Türkisch gesprochen. Oder Deutsch«, sage ich.

»So, so«, sagt der General.

Auf dem Holz im Schreibtisch des Generals sind ein paar Schnitzer. Vielleicht ist er mit einem Brieföffner darauf abgerutscht. Ich würde ihn gern fragen, wie sie den Schreibtisch hergebracht haben. Ob jemand mit einem Laster gekommen und ihn aus seinem Büro in der Stadt abgeholt, ihn eingeladen und hierher gekarrt hat, in die Wildnis zwischen den Bergen, ein paar Stunden vor Diyarbakır. Ob zwei Männer ihn in diese Ecke getragen haben, und der General hat gesagt, nein, etwas mehr nach links. Jetzt steht der Schreibtisch hier, versteckt hinter Sandsäcken. Ich würde auch gerne fragen, ob es ratsam ist, sich hinter einem Lager aus Sandsäcken zu verstecken, weil man sich damit doch so klar als Teil des Militärs markiert. Aber ich weiß zu wenig über das Militär und über Kriegsführung, als dass ich das bewerten könnte. Hinter mir steht noch immer der Soldat, der mich aus dem Bus geholt hat, und um seine Schultern ist das Maschinengewehr geschlungen.

»Eine Frau allein in Diyarbakır zu dieser Zeit, das ist nicht gut«, sagt der General.

Er sieht zu dem Soldaten.

»Austreten«, bellt der General. Ich schaue zurück, der Soldat dreht sich mit einem Ruck um und verlässt das Lager. Der General und ich sind allein. Wir lauschen den knirschenden Schritten auf dem Kies. Dann winkt er mich zu sich heran. Ich stehe schon vor dem Schreibtisch, also kann er nur meinen, dass ich mich zu ihm vorbeugen soll. Sein Gesicht ist nah vor meinem.

»Hören Sie. Wenn Sie nicht unbedingt müssen, fahren Sie nicht dorthin. Kehren Sie um. Es ist gefährlich«, sagt er.

»Wieso ist es gefährlich?«, frage ich.

Er schnalzt genervt mit der Zunge, und ich muss an meine Mutter denken und wie verärgert sie war, wenn ich als Kind zu viele Fragen gestellt habe.

»Sehen Sie keine Nachrichten?«, fragt er.

»Es scheint alles unter Kontrolle zu sein«, sage ich. Ich denke an mein Handy in der Tasche im Bus, nur ein paar Meter entfernt, und ich bin froh, dass ich gewissenhaft meinen Browserverlauf gelöscht habe, obwohl mir das in einem Ernstfall auch nicht helfen würde. Der General starrt mir direkt in die Augen, und dann erkenne ich, dass er sich wirklich wünscht, dass ich umkehre. Vielleicht hat er in seinem Leben Dinge getan, die er bereut, und sieht in mir die Chance, etwas wieder gutzumachen. Leider kann ich ihm nicht dabei helfen, sein Gewissen zu erleichtern.

»Ich muss einmal ihr Grab sehen. Wer weiß, wie lange das noch geht, wenn es so ist, wie Sie sagen. Wissen Sie, ich habe es ihr versprochen, dass ich mein Kind dort hinbringe, und ich kann dieses Versprechen einfach nicht brechen«, sage ich.

Meine Stimme ist jetzt hoch und sanft, weil ich mir denke, dass er das weiblich findet, und vielleicht weicht ihn das etwas auf. Seine Finger trommeln auf dem Schreibtisch herum. Wenn er will, hat er sicherlich seine Mittel, um mir den Weg in die Stadt mit dem rollenden Klang zu versperren. Ich wische mir mit dem Handrücken die Tränen aus dem Gesicht und richte meinen Rücken auf. Zwischen dem General und mir ist wieder eine angemessene Distanz. Er mustert mich noch einmal, dann zuckt er mit den Schultern.

»Als meine Mutter gestorben ist, musste ich ihr versprechen, niemals aus unserem Haus auszuziehen. Sterbende kommen auf seltsame Ideen«, sagt er. Ich nicke und stimme ihm wirklich zu. Er händigt mir meinen Reisepass und meinen Ausweis wieder aus.

»Gehen Sie in ein teures Hotel. Aber nicht das teuerste. Vier Sterne«, sagt er.

Dann reckt er den Hals und schreit an mir vorbei: »Zurückbringen!«

Der Soldat erscheint hinter den Sandsäcken und stellt sich neben mich. Ich nicke dem General zu. Der Soldat geht voraus, ich folge ihm ein paar Schritte, bevor ich mich noch einmal umdrehe.

»Und, leben Sie noch in dem Haus?«, frage ich.

»Nein. Hab's verkauft«, sagt der General.

Ein letzter Blick zwischen ihm und mir, und für einen Moment bin ich mir sicher, dass er mich durchschaut hat, aber jetzt drehe ich mich zum Ausgang aus dem Zimmer im Nichts. Der Soldat geht vor und gäbe es Wind, würde sein breites Kreuz mich davor schützen. Er bringt mich zurück zum Bus, wo er an die Scheibe klopft, und der Fahrer öffnet. Ich setze mich auf meinen Platz, die Frau neben mir blickt mich an, aber ich schaue nicht zurück, mein Blick geht raus, in die Dunkelheit. Meine Hände zittern noch eine halbe Stunde später. Bis wir Diyarbakır endlich erreichen, kommen wir in vier weitere Kontrollen. Bei jeder werde ich in Ruhe gelassen. Trotzdem schnellt mein Puls in die Höhe, sobald die Soldaten in den Bus kommen, und jedes Mal denke ich an den Blick zwischen dem General und mir, und ich habe Angst, dass er in der letzten Sekunde doch alles verstanden hat. Dass er mich durchschaut hat.

XI.

Die Luft in Diyarbakır flirrt. Kleine, silberne Partikel schwirren herum, sie glänzen in der Sonne. Als ich aus dem Taxi steige und aufs Hotel zugehe, sehe ich sie zum ersten Mal. Meine Handflächen sind nach außen gekehrt, so wie bei meinem Vater vor vielen Jahren in einer Nacht im Sommer. Winzige Flocken rieseln herab, setzen sich auf meine Haut. Ein geräuschloser, grauer Regen. Er fällt auf Dächer, auf Straßen.

Das Hotel, vier Sterne, so wie vom General empfohlen, befindet sich zwischen Bürogebäuden und Einkaufsläden. Die Pension trägt den Namen »New Tigris Hotel«. Ausgerechnet. Die Altstadt von Sur, in der es bis in den März Kämpfe gab, ist einige Kilometer entfernt. Obwohl nicht mehr geschossen wird, habe ich mich nicht getraut, ein Hotel in der Altstadt zu nehmen.

An der Rezeption begrüßen mich misstrauische Augen. Anstatt auf die Fragen zu warten, wieso sind Sie hier, kommen Sie aus Deutschland, sind Sie allein, werfe ich das Geld auf den Tresen und reiße den Schlüssel an mich. Mein Zimmer ist zur Straße ausgerichtet und daher laut. Die Konya-Ruhe ist vorbei. Das Kind ist aufgeregt und neugierig. Seit wir in der Stadt angekommen sind, bewegt es sich mehr. Das Kind will hinaus, will nach Sur, in die Altstadt, und ich folge seinem Ruf, obwohl ich ängstlich bin und mich haltlos fühle. Mit dem Dolmuş, dem Sammeltaxi, würde es nur eine Viertelstunde dauern, aber das Kind will, dass ich zu Fuß gehe. Es will, dass ich alles ansehe.

Die Hauptstraße führt vorbei an Hochhäusern, endlosen Fluchten, an Simit-Bäckern und Frühstückshäusern, an Möbelgeschäften, Elektronikhändlern und Cafés, vorbei an vermüllten Brachen, an Parks und Moscheen. Die Hitze ist gnadenloser als in İstanbul, und nach wenigen Minuten rinnt mir der Schweiß. Auf meinem Weg in Richtung der Altstadt sehe ich zwischen den Familien, Männergruppen und Frauen mit ihren Kindern häufiger Menschen in kurdischer

Kleidung, den weiten Hosen und breiten Taillengürteln. Ab und zu tauchte jemand in solchen Kleidern in den İstanbuler Straßen auf, nur um direkt wieder zu verschwinden. Hier gehört diese Kleidung zum Stadtbild. Das Kind und ich lauschen. Kurmancî dringt in Gesprächsfetzen von vorüberziehenden Grüppchen heran, hallt als Ruf durch die Straße, es wird viel hier gesprochen. Irgendwann jedoch wird es von einem Donnern überdeckt. Zwei Militärhubschrauber durchkreuzen den Himmel, sie fliegen dröhnend über die Stadt hinweg.

Nah an der Altstadt zweigt eine Gasse von der Hauptstraße ab. Sie öffnet sich eng und schattig, ich biege hinein und stehe vor einem großen Gebäude. Das Haus ist aus weißem Stein und schwarzem Basalt gebaut, im Stil, für den Diyarbakır bekannt ist. Seit Jahrtausenden wird der Basalt, hergestellt aus der Lava des Schildvulkans Karacadağ, in der Region benutzt. Ich habe über dieses Material gelesen, nachdem ich auf die Dokumentation der zerstörten Altstadt gestoßen bin. Auf den Bildern, die ich im Schutz der Wohnung in İstanbul verfolgt habe, war der Basaltstein aufgerissen von Einschusslöchern. Die Fassade des Hauses, vor dem ich jetzt stehe, ist unversehrt.

Da sehe ich sie wieder. Die Partikel, die in der Luft schweben. Die Hitze hat meine Haut geöffnet, die Partikel dringen in meine Poren. Zwischen den Fingern zerstäuben sie schwarz und klebrig. Es ist Asche. Asche, die vom Himmel herabrieselt. Wieder sind Militärhubschrauber im Himmel, sie bringen die Luft zum Beben mit ihren insektenartigen Bewegungen. Die Asche scheint aus ihnen zu fallen, oder sie wird von ihnen aufgewirbelt, irgendeine Verbindung muss es geben. Sie fällt auf die Gesichter der Menschen, die an mir vorüberziehen, einem Mädchen zerschmilzt sie auf der Iris, es kümmert sie nicht. Niemand außer mir scheint sie zu bemerken, oder die Menschen sind schon lange an sie gewöhnt.

Die Hubschrauber donnern über die Dächer hinweg, sie ziehen wohl in die Berge, wo sich die Kämpfer noch immer verstecken. Der Lärm der Rotoren jagt grelle Nervosität durch meinen Körper. Alles ist neu. Sogar die Farben erscheinen mir in einer Schattierung, die ich nicht kenne. Braun, Khaki, Schwarz, gedämpft und warm. Über den Läden blinken neonfarbene Leuchtreklamen. Alles kommt mir unwirklich vor, weil ich es bis jetzt nur auf Bildschirmen gesehen habe. Die Aufregung zieht meine Beine hinauf, strahlt durch meine Wirbelsäule. Mein Körper spürt, dass er sich in einer neuen, unsicheren Situation befindet, für die er keine Erfahrungen hat. Ohne Orientierung und fremd an einem Ort, an dem mich niemand kennt. Ich würde gern mit jemandem sprechen. Mit meinem Vater. Hätte ihn gern an meiner Seite, denn er kennt diese Stadt, auch wenn er lange nicht hier war.

Durch die Altstadt führt eine lange Straße, von der links und rechts kleine Gassen abzweigen. Buntes Plastik, Schüsseln, Eimer, Möbel sprudeln aus den Geschäften auf den Gehweg. Taschen- und Schuhläden reihen sich aneinander, und dazwischen sind Essensstände, auf deren Grills Maiskolben und Fleisch gebraten werden. Menschen drängen sich, ihre Einkaufstaschen schlagen gegeneinander. Die Salep- und Eisverkäufer rufen, um Kundschaft anzulocken. Von überallher dringen Stimmen, Türkisch, Kurdisch, etwas Arabisch, nur Englisch höre ich nicht. Bis auf die Plastikabsperrungen, die man in einigen Gassen erspähen kann, deutet nichts darauf hin, dass noch vor einigen Monaten Blut durch eben diese Gassen geflossen ist. Die Absperrungen verdecken notdürftig die Spuren des Krieges.

Niemand sieht mir ins Gesicht. Die Menschen senken den Blick, sobald sie einander begegnen. Vielleicht empfinde auch nur ich es so, vielleicht weiß ich nicht, wie lange man den Blick der anderen in dieser Stadt hält, vielleicht verraten meine Augenbewegungen mich als Fremde. So war es am Anfang in İstanbul, als eine Arbeitskollegin mir den Rat gegeben hatte, die Kellner bei Geschäftsessen nicht so intensiv anzusehen, am besten solle ich sie ignorieren, das würde Stärke ausstrahlen.

Ein Panzer rollt an mir vorbei, gefolgt von einem zweiten. Es werden mehr, sie bevölkern das ganze Zentrum. Wer sie fährt, sieht man nicht, die Männer darin sind verborgen von dickem Metall, dunkelgrün bemalt, und so wirkt es, als führen die Panzer von allein, als seien sie eigenständige Wesen, die stumm neben den Menschen leben. Sie fügen sich ins Stadtbild ein wie der schwarze Basaltstein.

Sie sind keine Ausnahme. Die anderen schenken ihnen keine Beachtung, navigieren um sie herum. Ich habe noch nie Panzer gesehen, nicht so nah, nicht mitten auf der Straße. Sie verstärken das Gefühl von dumpfer Panik, das ich spüre, seit ich in der Stadt bin. Mein Körper zieht zurück ins Hotel. Er will weg aus dieser Unsicherheit. Ich zwinge mich, weiterzugehen. Auf der Erde die Panzer, in der Luft die Hubschrauber, in den Gassen Soldaten. Ihre Maschinengewehre um die Schultern geschlungen, patrouillieren sie vor Geschäften und vor Sehenswürdigkeiten, vor dem vierbeinigen Minarett, der alten Karawanserei, vor den Moscheen, der armenischen Kirche. Die jungen Militärs gehen zu zweit oder zu dritt, schnauzbärtig und schwarzhaarig und Arm in Arm. Ihr Gang ist aufrecht. Ihre Blicke ernst und stolz. Die undurchdringliche Maske der staatlichen Macht verdeckt ihre Gesichter. Ihre Namen, Wünsche, Zweifel, Erinnerungen verschwinden hinter der Uniform, und ihre Schritte lassen keine Fragen zu, schließlich marschieren sie im Namen des Staates durch die Stadt. Einige sind erst knapp über achtzehn. Sie sehen mich nicht an. Als schwangere Frau bin ich wohl unsichtbar für sie. Ich frage mich, was der General über sie denkt, der nun sicherlich zu Hause ist, vielleicht lebt er auch hier, zwischen den Halbstarken in Uniformen und Panzern.

Mir fällt die Karte ein, die ich in den Nachrichten gesehen habe, als ich noch in İstanbul war, darauf waren Diyarbakır und die umliegende Region rot gekennzeichnet, das unbegehbare Gebiet, der Fremdkörper, das Geschwür an einem sonst gesunden Körper.

Von der Hauptstraße zweigen Bazare ab, ich schlüpfe in einen hinein, um zu überprüfen, ob sie anders sind als die in İstanbul. Das sind sie. Sie folgen einer anderen Ordnung. Nach einer Weile habe ich die Orientierung verloren und muss eine Verkäuferin nach dem Ausgang fragen. Sie lacht und erklärt ihn mir, und als ich wieder auf die Hauptstraße komme, erinnere ich mich daran, wieso Umwege gefährlich sind. Aber ich spüre, dass dieses Prinzip in mir zu verblassen beginnt.

Draußen rieselt mir die graue Asche aus den Haaren. Sie segelt auf den Pflasterstein, der längst von ihr bedeckt sein müsste, doch er ist es nicht. Die Asche scheint auf dem Boden zu schmelzen wie Schnee.

Die Touristen gehen in die ehemalige Karawanserei, Hasan Paşa Hanı, also folge ich ihnen. Auf zwei Etagen erstreckt sich die Serei, sie ist ein offenes Forum, über das weiße, zerschlissene Planen gespannt wurden. Drinnen ist es kühler, die Steinwände halten die Hitze ab. Früher sind hier Händler auf ihrem Weg nach Syrien oder Europa eingekehrt. Unten gibt es Cafés mit Holzschemeln, die überall verteilt sind, oben auf der Galerie kann man frühstücken, und das tun viele Menschen. Familien, Paare, Geschäftspartner. Das Kind will, dass ich mich an einen der Tische setze und etwas zu essen bestelle, es hat Hunger, und es hat Sehnsucht danach, dass ich mit jemandem spreche, aber ich schaffe es einfach nicht nach oben, dafür habe ich keine Kraft. Die Schemel unten sind gut, ihr dunkles Holz fest und sicher. Hier sitze ich und trinke Tee. Es ist der erste Moment, in dem ich zur Ruhe komme, seit ich in Diyarbakır angekommen bin. Jetzt erst merke ich, dass ich die ganze Zeit flach und schnell geatmet habe, und die Luft nicht bis in den Bauch kam, daher atme ich tief ein und fülle meine Lungen.

Ab und zu höre ich Kurdisch. Es rollt mühelos aus den Mündern der Menschen, die Sprache gehört ihnen, wie sie meinen Eltern gehört hat, und während die nächste Stunde anbricht und neue Menschen in das Café spült, sitze ich und lausche.

Es kommen Touristen, aber auch Stadtbewohner. Keiner bleibt so lange wie ich, und allein ist auch kaum jemand, vor allem keine Frau, vor allem keine Schwangere. Ich bin hierhergekommen, um nicht aufzufallen, aber mir wird bewusst, dass ich überall in der Stadt auffallen werde, sogar an den touristischsten Orten. Der Kellner bemerkt, dass ich nicht hierhergehöre. Er sieht es, aber er lässt es ungesagt und bringt mir einfach weiter Tee, der immer dünner wird. Ich weiß nicht, ob es ein Zeichen der Akzeptanz ist oder eine Aufforderung zu gehen.

Trotz des Stimmengewirrs liegt über uns eine Decke, und selten hört man ein Lachen. Die Menschen vermeiden es, einander in die Augen zu sehen.

Die Karawanserei ist eine Bühne. Was bleibt nach der Angst, wenn nicht die Wiederaufnahme des ältesten Repertoirstückes: Weitermachen.

XII.

Mardin Kebap Evi steht auf dem bescheidenen weißen Schild, das aus der Häuserwand ragt. Das Restaurant ist geschlossen, so wie alle Läden in Sur zu dieser Zeit, im November 2015. Die Kamera schwenkt einige Zentimeter nach rechts. Zwei Männer laufen die Straße hinunter. Sie rennen durch einen Kugelhagel. Einer der Männer wirft im Laufen die Waffe von sich weg, der Kamera entgegen. Die Waffe fliegt aus dem Bild, der Mann fliegt die Straße hinunter, scheinbar unverletzt, obwohl die ganze Zeit geschossen wird. Die Schüsse überlappen sich, gleiten ineinander über. Als ob sie einander bedingen und in einer logischen Abfolge angeordnet sind.

Der zweite Mann läuft weiter um sein Leben, auch er scheint unbeschadet durch den Kugelhagel zu kommen. Es ist beinahe ein Wunder, dass die beiden Flüchtenden überleben, bei all den Schüssen, die abgegeben werden. Am Ende der Aufnahme liegt dennoch ein Körper bewegungslos auf dem Boden. Wann er getroffen wird, ist nicht zu erkennen. Dabei gibt es viele Kameras, doch keine hat den Moment aufgezeichnet, in dem die Kugel den Kopf trifft. Es ist der Kopf eines kurdischen Anwalts, der getroffen wird. Es ist der Körper dieses Anwalts, der zu Boden geht. Es ist das graue Jackett dieses Mannes, das von seinem Blut eingefärbt wird. Nur wenige Sekunden davor hat er eine Rede vor dem vierbeinigen Minarett gehalten. Das Minarett, besonders, weil vierbeinig, war während der Straßenschlachten angeschossen worden, so wie viele historische Gebäude in Diyarbakır den Kämpfen zum Opfer fielen. Der Anwalt hatte es zum Anlass genommen, sich an die Öffentlichkeit zu richten. »Das historische vierbeinige Minarett ruft der Menschheit entgegen: Sie haben mir ins Bein geschossen«, so der Anwalt in seiner Presseerklärung. Sein Gesicht strahlt trotz der emotionalen Rede Gutmütigkeit aus, wirkt beinahe großväterlich. Ein paar Sekunden nach diesem Satz geht erst Verwunderung über sein Gesicht, dann Angst. Seine Lippen öffnen sich kurz, so als wollte er rufen, dann schwenkt die Kamera um auf die Männer, wie sie die Straße hinunterlaufen, um den Schüssen zu entkommen. Eine schwarze Katze springt von einem der Männer weg, eine schwarze Katze ausgerechnet. Unruhig bewegt die Kamera sich mit der Sichtachse des Filmenden. Jetzt schwenkt sie auf den weißen Wagen, der gegenüber dem Mardin Kebap Evi Restaurants geparkt ist. Dort lehnen zwei Männer an der Wand, sie tragen zivile Kleidung, aber es sind Polizisten. Das bestätigt jedes Video, jeder Artikel. Sie sind anwesend, um die Presseerklärung des Anwalts zu schützen. Dass die jungen Männer, die um ihr Leben laufen, kurdische Aktivisten sind, ist auch unbestritten. Sie haben wenige Sekunden vor den Kameraaufnahmen zwei türkische Polizisten auf offener Straße erschossen. Die Straße, in welcher der Anwalt seine Rede hält, sollte ihr Fluchtweg sein. Der Tod geht wie Abwasser durch die Straßen Diyarbakırs in diesen Tagen, er fließt die natürlichen Krümmungen der Stadt entlang, folgt den Kurven der Gassen. In den Kaskaden der Schüsse stirbt der Anwalt, der nur gekommen war, um eines vierbeinigen Minaretts zu gedenken.

XIII.

Seit drei Tagen bin ich in Diyarbakır. Seit drei Tagen habe ich kaum gesprochen. Die Worte würden in meinem Mund zerschellen, wenn ich es versuchen würde. Vielleicht habe ich keine Stimme mehr. Vielleicht hat sie sich im Hals eingenistet, die Stimme, hat sich am falschen Ort niedergelassen wie bei einer Eileiterschwangerschaft. Das Stimmenei schwillt in meinem Hals, drückt von innen gegen die Haut. Stumm brütet es. Erst jetzt fällt mir auf, wie viel ich in İstanbul gesprochen habe. Es waren keine tiefen Konversationen, sondern Oberflächlichkeiten, Bemerkungen übers Wetter, über die Einkaufszentren, die scheinbar über Nacht entstanden, hier und da einige Worte über das Kind in meinem Leib. Doch in diesen ersten Tagen in Diyarbakır verliert meine Stimme ihre Funktion. Kaum ein Wort kommt mir über die Lippen, und wenn ich spreche, sind meine Sätze falsch. Es liegt nicht nur am Dialekt, der das Türkisch einfärbt. Es ist viel mehr so, dass mir die Sprache auf einmal fremd vorkommt. Denn aus den Mündern einiger Menschen dieser Stadt fließt die türkische Sprache, aber dann geht sie ins Kurdische über und wieder zurück. Manchmal ist es nur ein Wort, unbewusst über einen Satz gesprenkelt. Manchmal sind es ganze Gespräche. Sie dringen aus den Cafés und Restaurants herüber und der dunkle Klang spannt sich wie ein Tuch über die Stadt. Das Kurdisch ist so natürlich wie der Lauf des Tigris. Die Sprache wurde lange, Hunderte Jahre an diesem Ort gesprochen, sie verweigert den Zusammenhang mit den Staatsgrenzen. Sie hat keine Ehrfurcht vor der Nation. Stetig fließt sie fort. Niemals zuvor hatte diese Sprache etwas Selbstverständliches für mich. Sie war in meinem Leben und dem meiner Eltern, jedenfalls dem, das sie mit mir geteilt haben, mit Heimlichkeit behaftet. Sie verschwand hinter der vorgehaltenen Hand, wurde eingesperrt in einen verschlossenen Sekretär, ging unter im rostigen Klang der späteren Zeit, in dem meine Eltern sie manchmal Monate, vielleicht Jahre nicht benutzt haben, und schließlich verschwand sie ganz, und in İstanbul habe ich sie nur ab und zu gehört. Es hat immer etwas gedauert, bis ich sie erkannt habe.

Ich denke an Yoldaş. Wahrscheinlich sitzt er in diesem Moment vor seinem Wettbüro unter unserer Wohnung auf dem grünen Plastikstuhl und raucht. Er spricht Kurmancî, ich habe es ab und zu gehört. Er kommt aus Mardin, und als ich ihm auf seine obligatorische Frage nach meiner Herkunft das Dorf meines Vaters in Maraş nannte, hatte er gelacht. Er hatte sofort gewusst, dass mein Vater kurdischer Alevit ist, aber was der Witz war, das hatte ich nicht verstanden. Vielleicht, dass ich in Deutschland aufgewachsen und dann mit einem Schweden in İstanbul gelandet war.

Plötzlich vermisse ich Yoldaş mit einer Zärtlichkeit, die nicht romantisch ist und nicht familiär und nicht freundschaftlich, dafür kenne ich ihn zu wenig, sondern die an den Fluss der Zeit gebunden ist. Dieser Fluss reißt ihn mit sich und meine Eltern und auch mich und die Menschen in dieser Stadt. Die Strömungen beginnen im Tigris, sie winden sich über Landesgrenzen und Kontinente, ich will baden in diesem Strudel, und es kümmert mich nicht, wohin er mich bringt. Yoldaş schwimmt neben mir und lächelt mir zu, seine Zigarette verglüht nicht, trotz des reißenden Wassers.

Eigentlich will ich nicht an Yoldaş denken. Sobald ich das tue, gehen meine Gedanken an dem Wettbüro vorbei in unser Wohnhaus hinein, steigen in den Fahrstuhl und fahren hinauf in die Wohnung, die ich mit einem Mann teile oder geteilt habe. Wenn ich an diesen Mann denke, mit dem ich die letzten drei Jahre verbracht habe, dessen Kind ich in mir trage, bin ich mir nicht sicher, ob ich ihn besser kenne als Yoldaş. Yoldaş und ich, wir sind durch den Fluss der Zeit verbunden. Wir könnten nie wieder ein Wort miteinander wechseln und blieben dennoch verwoben. Wo Johan in diesem Strömen Platz findet, weiß ich nicht, und ich frage mich zum ersten Mal, wieso wir nie darüber gesprochen haben. Nicht vor, nicht nach der Hochzeit, nicht in Bezug auf das Kind. Denn auch das Kind schwimmt mit mir, neben Yoldaş mit seiner Zigarette.

Seit ich in der Stadt bin, ist das Kind ruhiger geworden. Ausgerechnet hier, wo ich von einer Nervosität in die andere stolpere, wo ich jede Minute das Gefühl habe, von einem Ascheregen erdrückt zu werden oder in eine Schusslinie zu laufen. Das Kind versteht nichts von der Situation, versteht nichts von den Absperrungen und der Wut in den Bergen, nichts von der Unbarmherzigkeit der jugendlichen Militärs. Vielleicht will es meine Anspannung ausgleichen, vielleicht will es dagegenhalten und bildet deswegen diese kleine, ruhige Zelle in der Mitte meines Körpers. So, als ob es mich trägt, wo es doch andersherum sein sollte. Möglich auch, dass es mehr versteht, als ich denke. Möglich, dass es weiß, wieso wir hier sind. Vielleicht wusste es schon lange vor mir, was es zu tun gibt und hat sich entschieden, mir dafür etwas Sicherheit zu geben.

Das Kind mag die Luft in Diyarbakır, die anders als in İstanbul ist, wärmer, weicher, flirrender. Sie trägt den Geruch von Heidekraut und Feuer mit sich. Es mag die Stimmen der Menschen, es mag das Kurdisch, es mag den Basalt und den Pflasterstein der engen Gassen. Ihm gefällt das Essen, und ich habe wieder Appetit bekommen und esse jeden Tag drei Mahlzeiten, und ich habe angefangen, über alles Zitrone zu geben, und wenn ich mich in ein Restaurant setze, will ich immer, dass sie eine Zitrone dazulegen, und es kommt sogar vor, dass ich eine zweite bestelle. Das Kind will mehr. Dem Kind reichen die Zitronen nicht. Auch die Gänge durch die Stadt sind nicht genug, oder das Betrachten der Architektur, nicht das Kurdisch reicht dem Kind. Es weiß, dass ich wegen des Sommers hier bin. Der Sommer nimmt mich an die Hand und zieht mich durch die Gassen.

Der Sommer in Norddeutschland, mit seinen Tagen ohne Struktur, mit meinen Freundinnen auf der Straße und mit meinem Bruder im Zimmer nebenan.

Es gibt ein Restaurant, in das ich jeden Tag gehe, und ich muss aufpassen, dass man mich dort nicht als Stammkundin wahrnimmt, denn das hieße unweigerlich, dass die Kellner anfangen, Fragen zu stellen.

Es liegt unter der Stadt am Tigris. Man kann die große Steinbrücke sehen, die über das Wasser führt. Es ist ein touristischer Ort, daher fällt es umso mehr auf, dass ich den dritten Tag in Folge komme. Aber die Stühle sind gut, klein und bunt, und der Tigris ist nah. Jetzt sitze ich nah am Wasser und kann den Fluss riechen. Er schwappt gegen den Stein.

Kurdischer Kaffee schmeckt anders als türkischer. Die kleine, bronzefarbene Tasse hat einen spitzen Deckel, und darauf verschlingen sich zarte Blätter und Blüten in ein Muster, dessen Anfang und Ende ich nicht erkennen kann. Milch und Haselnüsse und Kardamom. Er ist so würzig und süß, dass meine Zunge anfängt, zu prickeln. Am Tisch nebenan spricht eine Gruppe junger Frauen auf Kurdisch miteinander. Der Inhalt ihres Gesprächs ist mir verschlossen. Meine Ohren rauschen von der kehligen Sprache, von den harten Tönen und der singenden Melodie. Ich sitze und lausche und bestelle noch einen Mokka. Ab und zu strecke ich den Rücken durch, es knackt in meinen Gliedern, aber mein Körper fühlt sich viel besser an als die letzten Tage in İstanbul, wo meine Muskeln verhärteten. Der Kellner sagt mir, dass ihm der Kaffee nicht schmeckt, er sei wie eine Süßigkeit, und ihm fällt auch niemand ein, der ihn mag. Aber ich könne davon so viel trinken, wie ich wolle, denn es sei kein Koffein darin. Der letzte Schluck ist der beste, unten am Boden der Tasse sammeln sich die Gewürze und durchtränken diesen letzten Schluck. Ich frage mich, ob mein Vater kurdischen Mokka gern getrunken hat. Ob er in Deutschland den Geschmack von Kardamom vermisste, und meine Mutter früher gebeten hat, ihn unter den Kaffee zu mischen, um festzustellen, dass man den Geschmack nicht imitieren kann.

Heute spielen sie Musik auf der Brücke. Lachen, Rufen, Schreien. Vielleicht tanzen sie.

Ich versuche mir vorzustellen, wie mein Vater durch die Straßen dieser Stadt ging, über die Brücke, 1981. Wenn ich vom Restaurant aus auf den Tigris blicke, funktioniert es für einen Moment, dann steht er vor mir. Sein Rücken ist lang, er ist kräftig und ernst, Ende zwanzig, er war immer schon groß, und seine Schultern sind geöffnet, wenn er geht. Er kennt seine Straßen genau. Er weiß, wohin er will. Manchmal sehe ich in den Straßen einen jungen Mann und denke, das ist er, aber es gibt viele junge Männer in diesen Straßen, und sie gehen in die Cafés und Teestuben und in die Universität, und ich vermute, einige von ihnen verschwinden in Hinterräumen und geheimen Wohnungen. Auch meine Mutter sehe ich in den Gassen. Ihre schmalen Schultern, das geglättete, parfümierte Haar und ihr perfektes Make-up, das sie auch zu Hause trug, für wen eigentlich. Wenn ich sie so in der Stadt vor mir sehe, stelle ich mir vor, dass sie sich für den Fluss zurechtgemacht hat, auch später noch, auch in Deutschland noch. Der Tigris ist der Mittelpunkt meines Empfindens. Für meine Eltern ist er vielleicht nichts als eine Jugenderinnerung. Trotzdem, durch die Nähe zum Wasser bin ich mit ihnen verbunden, der Tigris reflektiert die Brücke, und mich, und auch meine Eltern hat er gespiegelt, vor vielen Jahren. Etwas von ihnen ist jedoch auf den Grund des Tigris gesunken, es muss so sein. Dauernd, jederzeit, orientiere ich mich an ihm. Wenn ich in den Gassen unterwegs bin, ist er genauso präsent wie in der Nacht. Er rauscht in meinen Träumen. Schon in İstanbul habe ich von ihm geträumt. In mir ist ein großes Verlangen, die Hand in den Fluss zu halten. Zu sehen, wie mein Körper die Strömung unterbricht, wenigstens für eine Sekunde.

Bevor ich meine Hände im Tigris waschen kann, muss ich etwas tun. Das, wofür ich hergekommen bin. Das Kind fordert es. Ich denke an den General, es tut mir leid, dass ich ihn angelogen habe, aber im Grunde war es nicht einmal eine Lüge. Meine Mutter ist nicht in Diyarbakır begraben, aber das Leben meiner Eltern ist es. Ihr Leben, das stattfand, bevor es mich gab, liegt unter den Staubschichten dieser Stadt, und je länger ich warte, desto mehr Asche fällt von den Hubschraubern und verdeckt diese Vergangenheit.

Ich versuche, Parallelen aufzustellen.

Meine Eltern, die in den Achtzigerjahren in dieser Stadt waren, in denen eine blutige Militärdiktatur herrschte. Ich, die als touristische Katze jetzt beobachtet, wie die Häuser eingerissen werden.

Das Berechnen fällt mir schwer, ich weiß zu wenig über sie. Das Elternleben muss zuerst vermessen werden, bevor ich unsere Parallelen betrachten kann.

Die Universität scheint mir ein guter Ort für den Anfang zu sein, denn wenn mein Vater Jurist in der Türkei war und als Anwalt in dieser Stadt gearbeitet hat, muss er studiert haben.

Rauschendes Laub in den Bäumen, ein Himmel, der sich blau biegt, die Laternenpfähle spitz wie Lanzen. Die Welt spiegelt sich in den Fenstern der Universität, es ist dieselbe Welt, nur verzerrter. Ich muss an unseren Dachboden in Norddeutschland denken. Der Dachboden gehörte auch zur Welt. Die Konturen des Raums waren allerdings nur erahnbar. Ähnlich sind die Tage in Diyarbakır. Die Zeit vergeht anders, seit ich hier bin, sie franst an den Rändern aus, zieht sich in die Länge und staucht plötzlich wieder. Es sind Spiegeltage, und ich will untersuchen, was sie reflektieren wollen.

Die Sonne zeigt sich tief in den Fensterscheiben, es ist Nachmittag geworden. Den ganzen Tag habe ich herausgezögert, herzukommen. Den Mittag habe ich im Restaurant verbracht, *vertrödelt,* und auf den Tigris geschaut, bin durch die Stadt gelaufen, vorbei an Bazaren, Cafés, Bäckereien und Schlachtern.

Auf dem Platz gehen Studenten in Gruppen herum, Jeans und Sportjacken, Röcke und bemalte Münder, Zigaretten zwischen den Lippen, bücherbefüllte Rucksäcke. Eine Studentengruppe steht draußen, sie reden laut und lachen. Sie sprechen Kurdisch. Nicht einmal richtig vorstellen könnte ich mich auf Kurdisch. Leider rauche ich nicht, sonst hätte ich mich dazustellen und eine Zigarette nach der anderen anzünden können und mich fühlen wie in einem Film, und vielleicht wäre ich Cary Grant und auf der Flucht vor etwas, das ich nicht kenne, vor einem Feind, der mich verwechselt. Aber ich bin nicht Cary Grant, und es gibt auch keine Eva Marie Saint, die mich verführen will. Ich gehe hinein. Die Eingangstüren der Universität schwingen automatisch auf. Es gibt einen Empfang, ich lehne mich daran, mein Bauch wird vom Tresen verdeckt.

»Gibt es hier ein Archiv?«

Der Mann am Empfang ist älter als die Studenten. Sein weißes Hemd ist bis oben zugeknöpft, und er trägt eine Krawatte. Beinahe muss ich lachen. Die Förmlichkeit in diesem Land überrascht mich noch immer. Sie kommt mir manchmal wie ein Relikt aus einem anderen Jahrhundert vor. Die Fahrer, die Angestellten, der Service im Restaurant, alle sind darauf bedacht. Der Mann am Empfang lehnt sich langsam zu mir vor, offensichtlich hat er alle Zeit der Welt. Sein Bauch ist groß wie meiner, aber weicher, und ich bin neidisch auf ihn, weil er viel Zeit zu haben scheint und weil es aussieht, als ob die Haut seines Bauches nicht so spannt wie meine. Ich überlege, ihn zum Essen einzuladen. Er sieht aus, als ob er gern isst. Seit gestern ist mir das Essen ohne Begleitung langweilig geworden, aber wenn ich ihn jetzt anspreche und frage, wird er es wahrscheinlich falsch verstehen. Der Mann kratzt seinen Bart, der an den Seiten unsauber ausrasiert ist. Er hat kein unfreundliches Gesicht, seine Stirn glänzt. Ich denke an meinen Vater. Ihn habe ich nie verschwitzt gesehen. Er hatte immer ein Taschentuch bei sich, um sein Gesicht abzutupfen. Hinter dem Schreibtischstuhl hängt ein gerahmtes Foto an der Wand, darauf sind ein Mann und eine berühmte Schauspielerin zu sehen, die ein herzförmiges Gesicht und blond gefärbtes Haar hat. Ich kenne die Schauspielerin, sie spielt in der Serie über den Sultan mit, für die Johan arbeitet. Ich habe sie in einigen Folgen gesehen, die ich mit ihm geschaut habe. Gerade ist sie eine der beliebtesten Schauspielerinnen, sie ist manchmal in verschiedenen Produktionen auf mehreren Sendern gleichzeitig zu sehen.

»Sind Sie das?«, frage ich und deute auf das Foto und meine den Mann neben der Schauspielerin.

»Mein Kollege«, sagt der Mann und leckt sich über die Lippen.

»Was für ein Archiv meinen Sie?«, fragt er.

Ich mag seine Stimme. Ich könnte ihm meine Situation erklären und ihn doch zum Essen einladen, nur zur Gesellschaft, es könnte gut sein, dass er sich darauf einlässt.

»Ein Archiv eben«, sage ich. Er schaut mich an, ohne mir in die Augen zu sehen, er blickt über meinen Kopf hinweg.

»In dem die Geschehnisse der Universität festgehalten werden. Wer hier studiert hat, was für Arbeiten geschrieben wurden, Lehrstuhlwechsel, Diplome, solche Dinge«, sage ich.

»Mh«, sagt er.

Sein Schreibtischstuhl quietscht, er schiebt sich weg vom Tresen zum Tisch, wo ein Computer steht. Ganz ohne aufzustehen. Er macht es richtig, er ist entspannt und träge, ich hingegen bin hastig, unruhig und spüre, wie müde meine Beine sind, ich bin durch zu viele Gassen gegangen in den letzten Tagen. Immer, wenn die Erinnerung kam, oder meine Eltern in meinem Kopf waren, bin ich aufgestanden und herumgelaufen. Meine Beine sind schwer, er hingegen nimmt sich Zeit. Also warte ich mit ihm, es macht mir nichts aus, ich bin die letzten dreißig Jahre gut ohne dieses Archiv und was es beinhaltet ausgekommen, wer sagt, dass ich nicht hier noch etwas stehen kann, die Fenster sind groß und an den Wänden hängt moderne Kunst, und ein paar Studenten laufen lachend vorbei. Es ist nicht der schlechteste Ort zum Warten. Der Mann im Stuhl schiebt sich am Schreibtisch entlang zum Tresen.

»Es gibt ein Archiv, tatsächlich. Das gibt es durchaus. Nur, und hier liegt das Problem, ist das Archiv ein staatliches. Es ist dementsprechend in staatlicher Hand. Und die staatliche Hand sieht nicht vor, dass Menschen wie Sie, also Privatpersonen, Zugang zu einem staatlichen Archiv des Universitätsbetriebs bekommen«, sagt er.

Seine förmliche Art zu sprechen verunsichert mich. Sie passt nicht zu seiner Erscheinung. *Staatliche Hand.* Meine Haut spannt. Er lehnt in seinem Schreibtischstuhl.

»Was, wenn ich so frei sein darf, wollen Sie denn in diesem Archiv?«, fragt er.

Das Kind drückt von innen gegen meinen Leib. Beinahe kann ich seine Finger spüren, obwohl ich weiß, dass das unmöglich ist.

»Ich möchte etwas nachsehen«, sage ich.

»Sie sind doch Ausländerin. Deutschland, richtig?«, fragt er und benutzt das deutsche Wort für Deutschland.

»Sie müssen mir doch sagen können, und da trete ich Ihnen nun wirklich nicht zu nahe, wieso Sie in ein staatliches Archiv wollen. Irgendeinen Grund muss es dafür ja geben, das vermute ich. Sie würden mir meine Arbeit erleichtern, wenn Sie, wie man so salopp sagt, mit der Sprache herausrücken würden«, sagt er. Jegliche Freundlichkeit ist verschwunden. Mein Mund ist verschlossen.

»Sind Sie von der Presse?«, fragt er.

Sofort schüttle ich den Kopf, dabei will ich das gar nicht, will am liebsten gar nicht reagieren, und ich denke wieder, für diese Situation habe ich kein Koordinatensystem, es ist wie mit dem General, hier gelten andere Regeln, nur kenne ich diese Regeln nicht, und laufe kopflos in Gefahren. Das ärgert mich, weil ich mich für eine besonnene Person halte, die keine Bauchentscheidungen trifft, aber vielleicht ändert sich das gerade, denn ich muss mir eingestehen, dass ich in den letzten paar Tagen, seit ich mich an den Sommer erinnere, mehr Bauchentscheidungen getroffen habe als in meinem ganzen Leben. Ich frage ihn nicht, ob er mit mir essen gehen will, so viel ist sicher. Mein Trotz bringt mir nichts, aber er tut gut.

»Auf Grund meiner Funktion als ordentlicher Mitarbeiter fordere ich Sie auf, mir Ihren Ausweis auszuhändigen«, sagt er.

»Wofür?«, frage ich.

Jetzt lächelt er, und sein Lächeln zerschneidet das Gesicht.

»Wofür. Sie würden mir doch zustimmen, dass es verwunderlich ist, geradezu seltsam, eine ausländische Frau, wie Sie es sind. Eine Fremde. Die das Archiv unserer Universität aufsuchen will, keine Erklärung dafür parat hat und mir nun, seit drei Sätzen, die Antwort verwehrt«, sagt er.

Keine Freunde auf weiter Flur, denke ich, sehe mich nach den Studenten um, die plötzlich, als hätten sie sich abgesprochen, alle verschwunden sind. Dann fällt mir mein Trumpf wieder ein. Es wölbt sich unter mir und es verändert, wie die Menschen mich sehen. Ich trete vom Empfang zurück. Der Trumpf zeigt sich in voller Pracht. Der Mann hinter dem Tresen schaut darauf, seine Augen wandern wie heiße Punkte von meinem Gesicht hinunter, die Brüste hinab bis zum Bauch. Unruhig rutscht er auf seinem Stuhl hin und her. Ich würde mich gern bei meinem Kind bedanken, aber das Kind hat sich nicht ausgesucht, in meinen Leib zu kommen und auch nicht, dass ich es als Mittel für meine Zwecke benutze.

»Ausweis«, sagt der Mann hinter dem Tresen.

Also habe ich die falsche Karte gespielt. Oder er eignet sich nicht als Spielpartner. Seine Rolle als Staatsdiener macht ihn unempfänglich für andere Spiele außer das eigene. Aus der Tasche krame ich die Brieftasche hervor und gebe ihm den Ausweis.

»So schwer war das nun nicht, oder«, sagt er, während er tippt.

Er schreibt meine Daten auf und lässt sich Zeit damit. Ich will ihn fragen, was er eigentlich den ganzen Tag macht, sich zu bewegen scheint nicht dazuzugehören. Wofür werden Sie eigentlich bezahlt, will ich sagen, und sein verdattertes Gesicht sehen.

»Arbeitsstelle?«, fragt er.

»İstanbul«, sage ich und nenne ihm den Namen meiner Kanzlei.

Er starrt auf den Ehering an meinem Finger.

»Mit wem sind Sie verheiratet?«, fragt er.

»Mit einem Schweden«, sage ich. Das bereue ich sofort, denn er denkt, ich mache mich über ihn lustig. Das stimmt nur halb, aber dass es ein wenig stimmt, ist schon schlimm genug.

»Doch, er ist wirklich Schwede. Wir haben uns in Deutschland kennengelernt«, sage ich schnell, und frage mich, warum ich ihm das erzähle, aber sobald er mich gefragt hat, war die Erinnerung da, an den Wald, den modrigen Geruch des Turms, Johan, seine Tätowierungen, die gemeinsame Zeit, die Stille.

»Warum sind Sie mit einem Schweden verheiratet?«, fragt er.

»Hat sich einfach so ergeben«, sage ich.

Er holt sein Handy hervor, zieht es aus der Tasche wie einen Colt, und wiegt es für einen Moment in der Hand. »Dann wollen wir das doch einmal überprüfen«, sagt er.

Er blickt zu mir. »Nummer.«

Ich nenne ihm seine Telefonnummer, aber Johan wird auf der Arbeit sein, wird nicht abnehmen. Vielleicht ist er auch unterwegs.

Irgendwo in İstanbul klingelt sein Telefon. Unsere Wohnung liegt wohl im Stillen, die Jalousien sind heruntergelassen, damit sich die Räume über den Tag nicht aufheizen. Der Fernseher läuft nicht, aber vielleicht der von den Nachbarn. Sie sehen die Bilder aus dem Osten nicht an. Ihr Fernseher lacht nur, spuckt sentimentale Geschichten aus und zeigt Nachrichten, die wie das Unterhaltungsfernsehen gefilmt und geschnitten sind. Ich habe zuletzt mit Johan gesprochen, als ich in Konya war, das war vor ein paar Tagen. Seitdem hat er jeden Abend zur gleichen Zeit angerufen, jedes Mal beobachte ich seinen Namen auf dem Handydisplay, bis es aufhört, zu klingeln. Ich nehme nicht ab, weil es nichts Neues zu sagen gibt. Ich bin hier. Er ist in İstanbul. Die Vergangenheit steht um mich herum, und Johan kann mir nicht dabei helfen, sie zu ordnen, das ist allein meine Aufgabe, und was danach ist, ist danach. Der Mann hat die Freisprechanlage angestellt und das Handy auf den Tresen gelegt. Am liebsten würde ich lachen. Oder weinen. Plötzlich klickt es, und dann höre ich Johans Stimme auf der anderen Seite. Sogar über all die Distanz, all die Kilometer und die Verzerrung, ist seine Stimme unverkennbar. Sie ist viel tiefer, als man erwarten würde, wenn man ihn so ansieht, schlaksig und groß, mit den hohen Wangenknochen und den androgynen Zügen. Dass er abnimmt, damit habe ich nicht gerechnet. Der Mann beschreibt Johan die Situation auf Türkisch, er sagt, ich stehe hier, seine Frau, bin schwanger und allein in Diyarbakır. Ich könnte zu jeder dieser Aufzählungen nicken. Recht hat er, recht hat er. Voller Genugtuung sieht sich der Mann bestätigt. Er denkt, er hat mich geschnappt und erkannt, was ich für eine bin. Abgehauen von meinem Mann, vielleicht auf dem Weg zu einem neuen. Es freut mich, dass er seiner falschen Befriedigung aufsitzt, aber das hilft wohl kaum in dieser Situation, denn er hat meinen Ausweis in seiner staatlichen Hand. Erwartungsvoll lauscht er auf eine Antwort von der anderen Seite.

»I don't speak Turkish«, sagt Johan trocken und unaufgeregt. Das Gesicht des Mannes entgleist. Er beginnt zu stottern. Sein Englisch ist schlecht. Er findet die Worte nicht. Jetzt, wo er keine Sprache mehr hat, muss er in seinen Aussagen konkreter werden. Tatsächlich versucht er, Johan zu erklären, dass ich eine Ausreißerin und Ehebrecherin bin. Er kann sich nicht mehr hinter seinem blumigen Amtstürkisch verstecken. Plötzlich hallt Johans Stimme durch die Empfangshalle der Universität. »I'm sorry. Is there a problem with my wife?«

Das erste Mal benutzte Johan das Wort *wife* eine Woche nach unserer Hochzeit, zu der wir niemanden eingeladen hatten. Wir waren in einem Imbiss essen. Ich saß hinten an einem orangen Plastiktisch, und Johan ging vor, um die Suppe zu holen. Der Koch fragte ihn, ob wir Salat dazu wollten, Johan zog die Schultern nach oben, drehte sich halb zu mir und sagte es.

»Let me ask my wife«, und mir wurde heiß, denn das Wort stand plötzlich zwischen uns und zwang uns, Bezug zueinander zu nehmen, das Band zwischen uns war unübersehbar, und wir beide schämten uns und sahen einander nicht an. Auch Johan wurde wohl plötzlich bewusst, dass er nun Verantwortung für einen anderen Menschen hatte. Er, der nicht einmal die Bilder ernst nahm, die er bis zu seinem Tod auf der Haut tragen würde.

Der Beamte wird unruhig. Er starrt mich an, ich lese seine Augen genau, er überlegt tatsächlich, mich zu fragen, ob ich übersetzen kann. *Come on*, denke ich auf Englisch. Er weiß es. Er kann nur verlieren. Diese Blöße will er sich nicht geben. Er knallt den Hörer auf. Für einen Moment sagen wir nichts. Dann greift er nach meinem Ausweis und schiebt ihn mir zurück.

»In welchem Hotel übernachten Sie?«, fragt er. Ich nenne ihm eines am anderen Ende der Stadt, er schreibt es sich auf.

»Also dann«, sage ich. Er sieht mir perplex dabei zu, wie ich mich rückwärts aus der Tür mache, er sagt nichts, hält mich nicht zurück.

XIV.

In der Dokumentation der Filmemacherin, deren Equipment verbrannt wurde, geht es um die Zerstörung von Sur. Die ersten zehn Minuten behandeln aber Hasankeyf. Die antike Stadt, direkt in den weichen Tuffstein gehauen, im Osten der Türkei. Häuser, Kirchen, Bibliotheken, vor über zweitausend Jahren der Steinlandschaft abgetrotzt. Die Stadt aus Stein ist noch bewohnt. Es gibt eine ähnliche Landschaft in Kappadokien, in Anatolien. Kappadokien ist in der ganzen Welt berühmt. Im Sommer steigen jeden Morgen bunte Heißluftballons über der Steinstadt auf. Tausende Paare und Familien zahlen für den »einzigartigen« Blick auf die »fairy chimneys«, das »love valley« oder das »pigeon valley«. Busse spucken die Touristen vor den uralten Höhlen aus, die Touristen schießen Fotos und schlagen sich die Bäuche voll in Restaurants, die deutsche und englische Namen haben. Sie stopfen sich die Taschen voll mit orientalischen Lampen aus chinesischer Herstellung und maschinell gefertigten Teppichen (»handgeknüpft!«).

In Hasankeyf bleiben die Touristen fern. Von der Stadt wird kaum etwas übrig sein, sie soll geflutet werden. Der Staudamm vor der Stadt wird geöffnet, und dann wird der Tigris die Häuser verschlingen. Dafür soll das neue Hasankeyf einfach oberhalb der antiken Stadt gebaut werden. Mehrstöckige glänzende Hochhäuser werden die Steinhäuser ersetzen, den Bewohnern wird eine dieser frischen Wohnungen geschenkt. Einige der jahrhundertealten Monumente und Moscheen sollen aus Hasankeyf gerettet werden, sie werden ausgegraben und auf Lastern nach oben in die neue Stadt gekarrt.

Der Staudamm sei nötig, man brauche die Wasserversorgung in der Region dringender als die paar Steinhäuser. Traurig, aber es gehe nicht anders. Schade um die Erinnerung, aber der Staat könne sich nicht mit Sentimentalitäten aufhalten. Die Zerstörung von Hasankeyf passiert schließlich im Namen des Wohlstands. Das Voice Over der Filmemacherin ist bissig und ironisch. Die Beiträge auf ihrem Twitter-Account klingen genauso. Den scharfen Humor teilt sie mit vielen Aktivisten ihrer Generation.

Sie sagt: Ein weiterer Teil unserer Kultur, der aus Versehen in die Schusslinie der Modernisierung geraten ist. Und sie sagt: Das ist alles nichts Neues. Der Kampf gegen das Erinnern auf allen Ebenen. Jetzt in der Architektur. Altes einreißen, Neues bauen, und die Frage, ob dabei die Bauvorschriften beachtet werden oder ob die Häuser einstürzen könnten bei einer Erschütterung. Mal sehen, was als Nächstes kommt.

XV.

Der Mann vom Universitätsempfang könnte mir jederzeit begegnen, auf der Straße, im Café. Genauso gut kann ich angehalten und kontrolliert werden, von einem Militär, das Gewehr geschultert, die Mütze in die Stirn gezogen. Wenn mich im Gehen jemand mit der Schulter berührt, denke ich, das sind sie, sie kommen, und jetzt werde ich bestraft. Dabei tue ich nichts Verbotenes. Ich lese die Stadt, beobachte, erforsche sie. Mein Blick streift über Absperrungen, Bulldozer, staatliche Baumaßnahmen. Gleitet über die Zeichen der Kämpfe. Einschusslöcher, verschüttete Straßen, die Graffitis an den Wänden. Dass mein Kopf die Gedanken zusammensetzt und versucht, ein stimmiges Bild zu formen, aus den Spuren und den abgewandten Gesichtern und den Nachrichten, den offiziellen und inoffiziellen, dafür kann ich nichts, der Körper tut es von allein. Der Körper muss sich zu der steten Unsicherheit verhalten. Es ist seine einzige Aufgabe, und was für ein Körper wäre das, der das nicht täte. Die Nachrichtensprecher und Berichterstatter im Fernsehen scheinen diese einfache Wahrheit über den Körper nicht zu kennen. Sie zeigen nichts von der dumpfen Panik, die unter der Stadt fließt. Sie konzentrieren sich auf den Fortschritt. Der Aufbau, der geht voran, sagen sie, und die Vergangenheit ist vorbei. Die Stadt hat viel erlebt, jetzt muss sie sich erholen. Die Stadt bekommt einen Neuanstrich, sie wird modern, sie lässt das Alte hinter sich.

Ich sehe die Nachrichten, und dann gehe ich auf Streifzug. Vergleiche die Fernsehbilder mit meinen eigenen Beobachtungen, die Berichterstattung mit den Rufen in der Nacht, mit den Gesprächsfetzen, die ich aufschnappe. Die Gespräche fragen sich, wie soll das weitergehen, wie soll man das aushalten, und wohin mit allem, was passiert ist. Wo findet es Platz, was passiert ist, wenn über das Vergangene frischer Beton gegossen wird. Was geschieht mit den Verbrechen, den Toten, den Verschwundenen. Die Stadt wirft mir diese Fragen praktisch ins Gesicht.

Am Nachmittag gibt es eine Explosion. Sie ereignet sich nicht weit von mir, vielleicht fünf Kilometer entfernt, und ich kann die Erschütterung fühlen, das Geräusch von berstendem Stein. Die Stadt bebt. Die Explosion saugt alle Geräusche aus der Luft. Für einen Moment steht die Welt still, und ich mit ihr. Dann steigt eine Rauchsäule in der Ferne auf und zieht über die Dächer in den Himmel. Mit dem aufsteigenden Rauch geht das Leben weiter. In der Gasse ist nicht viel los, nur ein paar Frauen ziehen Einkaufstaschen auf Rollen hinter sich her, und alte Männer gehen Arm in Arm miteinander. Als die Geräusche wieder über uns fließen, sehe ich zu den Frauen hinüber, die ihre Einkäufe an die Häuserwand gestellt haben. Während der Explosion waren ihre Gesichter ausdruckslos. Jetzt nehmen sie ihr Gespräch wieder auf. Die Menschen bewegen sich weiter, schneller als davor, so als wollten sie eiligst ihre Dinge erledigen, bis es zu einer neuen Erschütterung kommt. Mein Körper ist taub, und ich bin erschrocken darüber, wie mühelos die Frauen zu dem übergehen, was sie vor der Explosion gemacht haben. Sie kennen das Beben der Erde, den ohrenbetäubenden Lärm, den Rauch, für sie ist es nichts Besonderes. Ihre Körper sind an die Sekunde des Stillstands gewöhnt. An einer Wand lehnt ein Mann und raucht.

»War das eine Bombe?«, frage ich ihn.

Er betrachtet mich abschätzig, scheint in nur wenigen Sekunden ein Urteil über mich zu fällen.

»Sie sprengen nur ein paar marode Gebäude«, sagt er.

In seinen Augen kann ich erkennen, dass wir das Gleiche denken, nämlich dass die maroden Gebäude nicht marode sind. Der Mann in der Gasse zieht noch einmal an seiner Zigarette, dann wirft er sie auf den Boden und tritt sie aus.

»Lang lebe die Nation, was«, sagt er.

Vielleicht hätte mein Vater gewusst, was man darauf antworten könnte. Einen Code, der genauso ironisch ist, genauso unangreifbar. Aber der Vater ist nicht hier, seit Jahrzehnten nicht mehr. Er versteckt sich an einem anderen Ort. Nicht vor Bomben und Straßenschlachten, sondern vor etwas Unbennenbarem. Das verstehe ich jetzt, wo ich durch die engen Gassen gehe und die Angst spüre, die aus jedem Zwischenraum kriecht. Vielleicht hat er sich seit seiner Ankunft in Deutschland versteckt. Er hat sich vor der Türkei versteckt, vor seiner Geschichte, vor seiner Vergangenheit. Später hat er sich vor uns versteckt, meiner Mutter, meinem Bruder und mir. Und dann hat er sich vor Deutschland versteckt. Bei all dem Verstecken hat er vergessen, mir beizubringen, welche ironische Antwort man auf so einen Kommentar gibt.

Die Reaktion meines Körpers lässt meine Tarnung auffliegen. Die Erschütterung bebt noch Stunden danach in mir. Auch das Kind zittert.

Die Stadt wird wieder von einem Ascheregen überzogen. Das stete, sanfte Rieseln. Die Asche haftet an nichts. Auch auf mir löst sie sich auf. Es sind keine Hubschrauber am Himmel. Nur die Angst unter dem Boden.

Obwohl ich dem Wächter an der Universität ein falsches Hotel genannt habe, suche ich mir ein neues. Die Frau am Empfang ist neugierig, stellt viele Fragen, und das geht mir auf die Nerven. Sie will wissen, wieso ich hier bin. Für die Menschen ist unverständlich, wieso ausgerechnet jetzt eine Touristin in die Stadt kommt. Dazu noch eine Frau, allein, schwanger. Auf der Straße die unsichtbarste ihrer Spezies, in einem Hotel ein seltenes Tier vom anderen Ende der Welt, das man einsperren, betrachten, sicherstellen will. Ein Tier, dem man nicht vertraut.

Es muss sich etwas verändern. Ich muss mich neu denken. Die Stadt lehrt mich, dass ich eine Geschichte brauche, eine neue Montage. Dabei könnte mir Johan helfen. Der Schlüssel in Diyarbakır scheint zu sein, die passende Geschichte für mein Gegenüber zu finden. Dafür muss ich die anderen lesen, und wenn ich eins kann, dann das. Die Frau am Empfang stört es nicht, dass ich schwanger bin, aber es stört sie, dass ich Türkisch spreche. Und so verändere ich meine Sprache, verschlechtere sie, hole den deutschen Akzent heraus, wenn ich mit ihr spreche, und erkläre, halb auf Türkisch, halb auf Englisch, dass ich eine Archäologin aus Deutschland sei und Teil einer internationalen Ausgrabung. Leichter als erwartet geht mir das über die Lippen. Leichter als erwartet, glaubt sie mir, und ihre lästigen Fragen verstummen.

In den nächsten Tagen in Diyarbakır übe ich, meine Identität an der Naht aufzutrennen und neu zusammenzusetzen. Beängstigend beinahe, wie schnell alles, von dem ich dachte, es sei fest in mir eingeschrieben, neu verhandelt werden kann. Ich mache mich zum Märchen. Ich kann eine Heldin sein oder ein Opfer, mich anpassen, die Fakten verändern, Reales mit Fiktion vermischen. Es beginnt bei der Empfangsdame, sie ist mein erstes Publikum, dann trage ich die Methode in die Stadt. Am nächsten Tag beginne ich damit, kleine Gespräche zu führen, an den Verkaufsständen oder in den Cafés, nur um den Identiätswechsel auszutesten, und ich stelle fest, dass es gut geht. Nach ein paar Tagen in dieser Stadt lerne ich, welche Geschichte zu wem passt, ich werde schnell gut darin, so als ob alle diese Persönlichkeiten die ganze Zeit in mir geschlummert hätten. Ich gehe in eine der Einkaufsstraßen und verschwinde für zwei Stunden zwischen den Ständen. Als ich zurückkehre, habe ich neue Kleider. Grau und Schwarz und Braun. Aschefarben. Ich denke an meine Mutter, sie würde sich für mich schämen, meine Mutter, die ich nie, auch im Alter nicht, ungeschminkt und nicht zurechtgemacht gesehen habe, die Farben liebte und alles Weibliche an sich herauskehrte und mich indirekt lehrte, es auch so zu tun, und obwohl ich nie gern auffiel, wie sie es tat, habe ich doch in İstanbul darauf geachtet, weiblich und modern auszusehen. Hier will ich das Gegenteil erreichen, je unscheinbarer, desto besser. Ich mache mich zur Leinwand. Mein Gang verändert sich, wird hart und entschieden, mein Blick verändert sich, ich trainiere mir das Staunen ab.

Als ich Johan anrufe, ist seine Stimme blank und nackt. Schon seit dem Tag an der Universität wollte ich mit ihm sprechen, sicherlich hat er sich nach dem seltsamen Telefonat mit dem Beamten Sorgen gemacht. Doch die Stadt zog mich mit sich, und ich folgte ihr, und das Kind und ich lauschten den Geräuschen der Straße.

Johan wirft mir nicht vor, dass ich mich nicht gemeldet habe. Er ist beherrscht. Wir haben uns noch nie gestritten, ich wüsste nicht einmal, wie das mit ihm geht. Doch als er mich fragt, was in der Universität passiert ist, schwelt hinter seiner ruhigen Stimme ein leiser Vorwurf. Ein paar Sätze lang spielen wir dieses Spiel, das neu für uns ist. Bei anderen Paaren habe ich es oft beobachtet. Unter den Worten liegt die Wut, die Angst, unausgesprochen gärt sie in unseren Aussagen. Unser Spiel war sonst, alles zu verdecken, die Angst in sich verschwinden zu lassen. Dass sie jetzt an den Rändern des Gesprächs hervorquillt, das ist ungewohnt. Johan weiß, dass durch diese Stadt Panzer rollen, wie nebenbei fragt er mich, ob noch geschossen wird.

»Wenn, dann nur nachts«, sage ich.

Er spürt, dass ich mich über ihn lustig mache, das verrät seine Pause. Dann erzähle ich von der Brücke über dem Tigris, die ich besuchen will, von den Bazaren und dem kurdischen Kaffee, den kaum jemand außer mir zu mögen scheint.

»Denkst du eigentlich, du bist nur für dich allein verantwortlich?«, fragt er, und jetzt sprudeln die Worte hart aus ihm heraus. In der Zeit, die ich mit ihm verbracht habe, hat er noch nie so mit mir gesprochen. Es gefällt mir.

»Hast du vergessen, dass du schwanger bist?«, fragt er.

Das trifft mich, aber auch das ist ein gutes Gefühl. Er hat recht, mich das zu fragen, und ich spüre, wie sich die feste Masse, unter der wir uns beide versteckt haben, etwas auflockert. Wäre er hier, könnten wir jetzt miteinander schlafen.

Und dann spricht Johan, es sind alltägliche Dinge, die er sagt, aber ich höre zu und es ist gut, denn wir haben lange nicht mehr so viel miteinander gesprochen, und worüber wir uns austauschen, ist beinahe egal. Als er fertig ist, erzähle ich. Vom Mandat, das im Büro liegt und um das sich jemand anderes kümmern muss. Von den syrischen Geschwistern, von der Reise nach Konya und dem General. Nur die Asche, die vom Himmel über Diyarbakır fällt, erwähne ich nicht.

Er hört zu und fragt nach, und dann sagt er, dass seine Familie in Schweden die Nachrichten verfolgt und dass sie sich Sorgen machen. Sie wollen, dass wir zu ihnen ziehen.

»Und, gehst du zurück?«, frage ich.

»Nein. Natürlich nicht«, sagt er. Er sagt es mit einer solchen Sicherheit, dass ich es nicht in Frage stelle.

»Ich bin für dich nach İstanbul gegangen, weißt du. Ich wollte bei dir sein«, sagt er. Darüber habe ich noch nie nachgedacht. Dass er für mich kam und nicht aus Abenteuerlust. Dann fragt Johan nach meinem Vater, ob ich mich bei ihm gemeldet hätte und ob er wisse, dass ich hier bin, im Osten, und ich muss zugeben, dass ich ihn zu lange nicht gesprochen habe.

»Er hat hier angerufen«, sagt Johan.

Unter mir die Straßenschluchten Diyarbakırs. Lieber wäre ich am Tigrisufer.

»Bin nicht rangegangen. Hab aber seine Nummer erkannt«, sagt er.

Erst erleichtert es mich. Doch sie hätten miteinander sprechen können. Dann hätte mein Vater von Johan erfahren und gleichzeitig davon, dass ich in diese Stadt gereist bin, die mit ihm zu tun hat. Sie hätten miteinander gesprochen, und Vater hätte herausgefunden, dass es jemanden gibt, eine Person. Eine Person, die mitverantwortlich für mich ist. Die anstatt meiner mit ihm sprechen kann. Die für mich das Sprechen übernimmt.

»Wir sollten ihn bald besuchen. Wenn das Kind da ist«, sagt Johan.

Über meine Handfläche zieht sich eine graue Spur. Die Asche hat sich in mir festgesetzt. Ich lecke darüber, es schmeckt verbrannt.

»Mein Vater stand mal bei uns im Garten und hat mir etwas über Nachtigallen erzählt. Er stand da, mitten in der Nacht, und ich war neben ihm, und wir hörten den Vögeln zu. Und im Haus schliefen meine Mutter und mein Bruder.«

TEIL 2
1999

Bevor ich richtig wach war, saß ich schon aufrecht im Bett. Ein Knall hatte mich aufgeweckt. Draußen war Nacht, und nachdem das Echo verklungen war, nur Stille. Das Fenster war am anderen Ende meines Kinderzimmers, ich wollte aufstehen, nachsehen, denn etwas Großes war passiert. Das Geräusch hatte die ganze Straße ausgefüllt. Im Zimmer nebenan erhoben sich die Stimmen meiner Eltern. Doch der klebrige Schlaf zog mich zurück.

»Bleib«, hörte ich meine Mutter sagen, aber bevor ich darauf lauschen konnte, ob mein Vater auf sie hörte oder nicht, floss die Schwärze des Schlafs über mich und ließ mich erst am Morgen frei. Als ich aufwachte, hatte ich das nächtliche Geräusch vergessen.

Es waren Ferien, also konnte ich etwas länger liegenbleiben. Wie lange, das wusste ich genau. Es gab keine Zeitabmachung, aber ich konnte *hören*, ob ich aufstehen musste oder nicht. Denn ich orientierte mich an meiner Mutter. Sie war jeden Morgen um sechs Uhr wach, und sie ging als letzte ins Bett, egal, ob Ferien waren oder Sonntag, Winter oder Sommer. Es war immer so gewesen. Die Dinge, die sie tat, waren Tag für Tag, Jahr für Jahr die gleichen. Das Essen vorbereiten, einkaufen gehen, das Haus sauber halten. Sie war vorhersehbar. *Wie* sie die Dinge tat, das wiederum war nicht vorhersehbar. Ihre Stimmungen änderten sich manchmal im Minutentakt, dann gab es Wochen, wo sie jeden Tag unverändert von einem Gefühl beherrscht wurde. Es gab energiegeladene Dezember, in denen sie sang und hüpfte und Musik durchs Haus donnerte, es gab wütende Frühlinge, in denen jeder Fehltritt eine Strafe nach sich zog und ein falscher Blick sie in Rage brachte, es gab Hochsommer, in denen ihre Traurigkeit tiefe Furchen in ihr Gesicht grub und uns alle erstickte, es gab September, in denen sie stündlich in eine neue Richtung gerissen wurde. Trotz ihrer wechselnden inneren Zustände verhielt sie sich immer gleich. An ihren Handlungen richtete ich mein Leben aus. Wenn sie den Staubsauger benutzte, musste ich anfangen, mein Zimmer aufzuräumen. Wenn sie den Fernseher ausstellte, sprang ich die Treppe hinunter in die Küche, weil wir mit dem Kochen beginnen würden. Wenn sie den Fernseher nach dem Essen wieder anstellte, machte ich Hausaufgaben, oder wenn ich frei hatte, so wie jetzt, konnte ich tun, was ich wollte, meist den ganzen Nachmittag lang, bis es Zeit zum Abendessen war.

Mein Vater hingegen war unberechenbar. Mal war er da, mal verschwand er tagelang, ab und zu wollte er ganze Tage mit mir verbringen. Er arbeitete viel, dann musste er manchmal mehrere freie Tage am Stück nehmen, weil er Überstunden angehäuft hatte. Die Bank, bei der er angestellt war, konnte ich zu Fuß erreichen, so wie alles in unserer Stadt fußläufig war. Ein paar Mal hatte ich meine Mutter begleitet, wenn mein Vater zu Hause etwas vergessen hatte und sie es ihm in die Bank brachte. Jedes Mal kam er mir fremd vor, wie er in dem schwarzen Anzug hinter dem Schalter stand und in die Gegend lächelte. Er lächelte über alles hinweg.

Für mich war es sicherer, sich an den Handlungen meiner Mutter zu orientieren. So auch jetzt, in den Ferien. Denn ich hatte zwar keine Schule, aber die Hausarbeit ging unverändert weiter.

Eines Tages drangen dumpf Stimmen herauf, und es dauerte einen Moment, bis ich erkannte, dass mein Vater an der Haustür mit jemandem sprach. Jetzt fiel mir das Geräusch aus der Nacht ein, das so laut gewesen war, dass es die ganze Straße gehört haben musste, und ich sprang aus dem Bett und hockte mich auf die mit Teppich belegten Treppenstufen. Durchs Geländer hatte ich einen guten Blick auf die Haustür.

Dort standen zwei Männer, es waren Nachbarn von uns. Ab und zu tranken sie mit meinem Vater im Garten ein Bier, wenn Sommer war und die Tage so lang, dass sie nur zäh in die Nacht überglitten. Meiner Mutter gefiel das nicht, sie mochte keinen Besuch, außer, wenn sie ihn selbst einlud, was sie schon eine ganze Weile nicht mehr getan hatte. Aber meinen Vater kümmerte es meist nicht, wenn sie etwas störte. An den hellen Abenden saß er stundenlang mit den Männern im Garten, doch er trank meist nur ein Bier, die anderen vier oder fünf, bis sie so laut lachten, dass die Vögel aus den Bäumen aufschreckten, wobei das Lachen meines Vaters das ruhigste war.

Die Männer an der Haustür nickten meinem Vater zu und verschwanden. Bevor er mich entdecken konnte, presste ich den Rücken an die Wand. Unten wechselte er ein paar Sätze mit meiner Mutter. Sie sprachen auf Kurmancî miteinander, es ging also um etwas, von dem ich nichts mitbekommen sollte. Die Stimme meiner Mutter wurde entschiedener, wenn sie Kurmancî sprach. Ich liebte die Melodie dieser Sprache, obwohl sie mir verschlossen war. Wie eine Decke aus einem anderen Land, die einem jemand als Geschenk mitgebracht hatte, und die einen seit Jahren begleitete und trotzdem fremd blieb, weil sie jemand anderes ausgesucht hatte. Kurz nach dem Gespräch ging mein Vater aus dem Haus, die Tür fiel hinter ihm zu.

Mein Zimmer war zum Garten ausgerichtet. Von hier würde ich nichts sehen können. Also schlich ich nach unten in die Küche, wo ich so tat, als würde ich das Waschbecken putzen. Tatsächlich hatte ich, wenn ich mich auf die Zehenspitzen stellte, hier den besten Blick nach draußen. Dann konnte ich sehen, was das Geräusch in der Nacht verursacht hatte. Eine riesige Fichte lag quer über unserer Straße, der Stamm war in der Mitte auseinandergebrochen. So, als hätte jemand den Baum mit einem riesigen Messer zerschnitten. Männer aus der Nachbarschaft hatten sich um die Fichte versammelt, mein Vater stand bei ihnen, hatte die Hände in die Hüften gestemmt und erklärte den anderen etwas, während er ihnen direkt ins Gesicht sah. Er sah einen meist durchdringend an und hatte kein Problem, den Augenkontakt lange zu halten. Ich wusste, dass mein Vater mit allen Menschen in unserer Straße in Beziehung stand. Jeder grüßte ihn, manchmal blieb er stehen und führte kleine Gespräche, wenn ich dabei war, langweilte mich dieser scheinbar nichtssagende Austausch ungemein, aber es gefiel mir, dass mein Vater jemand war, mit dem die Menschen gern sprachen. Er war jemand in unserer Straße, und das schien ihm wichtig zu sein, also war es auch mir wichtig.

Er ging um den Baum und begutachtete den Schaden von allen Seiten. Die Rinde hielt nur am Fuß des Stammes zusammen. Vielleicht war der Blitz eingeschlagen, das war die einzige Erklärung, die mir einfiel.

Mein Vater kehrte ins Haus zurück und holte eine Motorsäge aus dem Keller. Gern wäre ich ihm zur Hand gegangen, doch dies war keine Arbeit für mich, und obwohl ich kein Kind mehr war, sah mein Vater mich doch als eines an, und käme ich dazu, würde es ihn stören. Es hatte auch mit meinem Geschlecht zu tun, das begriff ich, obwohl ich nicht wusste, wie ich es hätte benennen sollen. Also blieb ich, genau wie meine Mutter, im Haus.

Seit einigen Tagen war sie unruhig, und diese Nervosität flatterte um sie herum und machte auch mich aufgekratzt und abgelenkt. Ihr fielen Dinge aus den Händen, sie lief in Möbel hinein, und vor allem machte sie sich Sorgen um alles. Sobald mein Vater nach draußen ging und anfing, Anweisungen zu geben, wie der Baum zersägt werden sollte, sprang der Sorgenmotor meiner Mutter an. Sie stand neben mir, seufzte und kippte ihren Ärger in mich hinein: »Wenn jetzt ein Unfall passiert. Wenn jemand anderes sich verletzt. Wenn die Polizei vorbeikommt. Wie er da steht und wichtig tut und eigentlich keine Ahnung vom Bäumezersägen hat, anstatt hier zu sein, bei uns, denn auch wir brauchen Hilfe, gerade heute, ich brauche Hilfe, aber nein, er ist lieber dort und löst die Probleme anderer Leute«.

Wenn sie so über ihn sprach, was öfter passierte, versuchte ich, ihn aus ihren Augen zu betrachten, und dann aus seinen eigenen, um die Wahrheit zu finden. Die Wahrheit interessierte mich ungemein. Vor einem Jahr hatte ich in einem Buch gelesen, dass sie meist »dazwischen« liegt, die Wahrheit, und seitdem ging mir der Satz nicht aus dem Kopf und ich hielt jeden Tag Ausschau nach dem »Dazwischen«. Sie hatte recht, mein Vater schien nicht genau zu wissen, was er tat. An der Fensterscheibe klebend, beobachtete ich, wie er auf verschiedene Stellen am Stamm zeigte. Dort, wo er hingezeigt hatte, stellten sich die anderen auf und begannen, die Motorsägen anzusetzen. Das Viertel vibrierte vom Dröhnen der Maschinen. Das Geräusch füllte die erste Hälfte des Tages aus. Meine Mutter wandte sich ab, ich blieb und beobachtete. Gerne hätte ich ihn gewarnt, aber auch er kannte die Mutterstimmungen, er sah ihre Unruhe und war trotzdem draußen, also musste er wissen, dass er sie damit verärgerte. Später machten wir zusammen Brote, meine Mutter kochte Kaffee und lud alles auf ein rundes Tablett, mit dem sie mich nach draußen schickte.

Die Anspannung meiner Mutter war anders als an den Sommerabenden, an denen mein Vater Bier im Garten trank. Die Mutteranspannung war eine eigene Sprache, die in jeder Situation anders klang. Man konnte diese Sprache niemals perfektionieren, egal, wie viele Jahre man sie studierte, und doch wusste ich, das Essen war eine Warnung an ihn. So war es oft mit ihr. Wenn sie einen bestrafte, tat sie trotzdem alles. Sie sorgte sich um uns, kochte und wusch, tat alles, was von einer Mutter in unserer Straße erwartet wurde und noch mehr, und in diesem Pflichtbewusstsein lag die Strafe im Verborgenen. Lieber hätte ich es gehabt, wenn ihr Ärger sich auf mich gerichtet hätten. Während ich das Tablett nach draußen trug, überlegte ich, ob ich absichtlich stolpern und alles verschütten sollte, um ihre Wut umzulenken, aber ich traute mich nicht, und ich wollte bei den Männern sein.

Eine Hälfte des Baumes war schon zersägt. Die Straße war zu beiden Seiten mit einem roten Band abgesperrt. Als mein Vater mich aus der Tür kommen sah, stellte er seine Maschine aus. Die anderen Männer taten es ihm gleich. Er richtete sich auf, sein Körper eine lange, gerade Linie. Er legte die Motorsäge auf dem Boden ab, allen Männern stand der Schweiß auf der Stirn, nur ihm nicht. Er tupfte sich immer wieder das Gesicht mit einem Tuch ab. Als ich bei den Männern ankam, stellte ich die Platte mit den Broten auf dem Boden ab. Sie setzten sich in einem Kreis auf den Asphalt darum, dann lief ich wieder rein, holte die Thermoskanne mit dem Kaffee und die Becher, und brachte alles nach draußen. Die Männer nahmen sich von den Broten, und ich wartete ruhig ab, ob ich wieder hereingeschickt werden würde oder bleiben dürfte.

»Schenk uns mal ein«, sagte mein Vater, ohne mich anzusehen. Ich goss den schwarzen, dampfenden Kaffee in die weißen Papierbecher und reichte sie einen nach dem anderen weiter. Meinem Vater gab ich zuletzt. So hatte ich es gelernt. Eine halbe Stunde durfte ich zwischen den Männern sitzen, die aßen und miteinander besprachen, wie sie weiter vorgehen würden. Dabei wehte der Geruch des frisch zersägten Holzes zu uns herüber. Auch das Harz konnte ich riechen, der unter der festen Rinde floss und süß roch und der sich mit dem Geruch des Kaffees vermischte. Der Asphalt war mit gelben Holzpartikeln bedeckt. Mit dem Finger malte ich eine Schneise in die Späne. Die Stimmen der Männer waren tief, ab und zu machte einer einen Witz, und das Lachen meines Vaters war für mich sofort erkennbar, obwohl ich den Blick auf den Boden gerichtet ließ. Die hellen Holzspäne auf dunklem Asphalt. Mein Vater machte keine Witze, aber er lachte mit, und ich merkte an seiner Stimme, dass er Bescheid wusste. Er wusste von der Mutterunruhe und dem Streit, der kommen würde, aber er entschied sich dazu, draußen zu bleiben, und irgendwann schickte er mich wieder ins Haus. Für einen Moment sahen wir uns an, und ich lächelte, denn es gefiel mir, dass er den Ton angab, und er lächelte auch, einfach so, weil ich da war. Trotzdem verstand ich nicht, wieso er etwas tat, von dem er wusste, dass es sie traurig machte. Vor allem jetzt. Denn es waren Sommerferien, und bald würde mein Bruder für einige Wochen kommen, und das machte uns allen Angst, auch wenn niemand es aussprach.

Am Abend war die Arbeit getan. Ordentlich aufgestapelt lagen die Baumteile am Straßenrand, die Zweige und das Laub waren aufgekehrt, und das Absperrband war verschwunden. Die Männer gingen in ihre Häuser zurück, auch mein Vater kam. Meine Mutter hatte ihm einen Teller hingestellt, sie ließ ihn allein essen. Ich saß zusammengekauert und still auf der Treppe im Verborgenen. Als er mit dem Essen fertig war, hörte ich, wie sie sich zu ihm setzte. Sie sprach schnell, die Worte flossen aus ihrem Mund, ohne Unterlass. Das war der Rakı. Er ließ sie alles sagen, was sie dachte, alles, was sich über Wochen in ihr gesammelt hatte. Sie sagte, er solle sich nicht fremder Aufgaben annehmen, denn die Stadt kümmere sich um Naturschäden, und wäre jemandem etwas passiert bei der Arbeit, hätte das keine Versicherung übernommen. Sie warf ihm vor, vor lauter Sorge den ganzen Tag nichts gegessen zu haben, und dann sprach sie plötzlich über ihre Stadt. Sie sprach über das umliegende Land, das braun war im August, sie sprach über den Fluss und die Brücken, über den Stein und die Hitze. Sie sprach darüber, dass sie nach Flügen geschaut hatte, und wie gut es ihm tun würde, meinem Bruder, diese Stadt zu sehen und die Berge. Wie sie von den Straßen der Stadt träumte.

Mein Vater antwortete nicht, zumindest konnte ich es von der Treppe aus nicht hören, aber ein paar Sekunden später wusste ich, dass er aufgestanden, meine Mutter gepackt und ihren Arm verdreht hatte, denn sie machte ein hohes Geräusch wie ein Tier, ich hatte dieses Geräusch schon ein paar Mal gehört. Dann sah ich meinen Vater den Flur entlanggehen, er zog sich die Schuhe an, streifte die Jacke über und ging aus dem Haus. Es war zehn Uhr abends. Ich legte mich ins Bett und löschte das Licht. Schlafen konnte ich nicht, ich lag und wartete. Als er zurückkam, wurde es hell.

Sie entschuldigten sich nicht beieinander. Das taten sie nie. Am nächsten Abend saßen wir gemeinsam am Tisch und aßen. Meine Eltern sprachen aneinander vorbei, sie redeten mit mir und sahen sich nicht an. Es war, als wären fremde Menschen in die Körper meiner Eltern geschlüpft, die keine Verbindung hatten, weder zueinander noch zu mir. Diese höflichen Gespräche nach solchen Ereignissen machten mir am meisten Angst. Nach dem Essen blickte meine Mutter auf ihren Teller. Dem Teller sagte sie, dass mein Bruder morgen kommen würde.

Nachdem sie es gesagt hatte, fühlte ich mich den ganzen Abend unruhig. Später rief ich Jelena an. Mir fielen auf einmal viele Dinge ein, die wir machen konnten. Ausflüge, Erkundungen, Orte, die wir besuchen konnten. Wir schmiedeten Pläne, und ich ließ sie erst auflegen, als sie versprochen hatte, die gesamten nächsten Wochen mit mir zu verbringen. Wir waren vierzehn, verhielten uns im Gegensatz zu den anderen aber noch wie Kinder. Das wussten wir, wir hatten sogar darüber gesprochen. Jelena und ich hatten am Anfang der

Ferien entschieden, sie genau wie die letzten Jahre zu verbringen: draußen, auf den Rädern, in Bäumen. Andere in unserem Jahrgang gingen schon auf Partys, das wollten wir nicht. Vielleicht hatten wir gewusst, dass es mit der Kindheit ohnehin bald vorbei sein würde.

Am Morgen drehte ich die Musik auf. Der Bass der Tanzkassette hämmerte in meinem Zimmer. Ich riss die Arme nach oben, hob das linke Knie an, brachte die Arme nach unten, dann wiederholte ich die Bewegung auf der anderen Seite. Der Schweiß lief mir die Stirn herunter, meine Haare waren völlig durchnässt. Um den Kopf hatte ich ein rotes Stirnband geknotet, so wie die Frauen in den Sportvideos. Die Stimme von der Kassette war schrill und treibend. Ich kannte die Kassette auswendig, hatte oft danach getanzt, seit ich sie vor ein paar Monaten zu meinem Geburtstag geschenkt bekommen hatte. In die Popmusik und die Bewegungsanweisungen mischte sich plötzlich eine andere Stimme, mitten im Schritt hielt ich inne, die Arme in die Höhe gestreckt, und lauschte. »Dilan!«

Meine Mutter war es, die nach mir rief. Im Flur sah ich, dass die Treppe zum Dachboden heruntergelassen war. »Gel!«

Der Dachboden war ein Spiegel des zweiten Geschosses: Der Grundriss war der gleiche wie ein Stockwerk darunter. Es gab dort Möbel, den alten Esstisch, die halb aufgebauten Regale, Stühle, es gab einen wuchtigen Sekretär in einer Ecke, der immer verschlossen war. Lauter Kisten standen herum. Trotz der vielen Sachen hielt meine Mutter Ordnung und räumte regelmäßig auf. Dabei sollte ich dann helfen, musste zwischen den Kisten herumkriechen, Spinnennetze entfernen, Staub saugen und den Boden wischen. Ich verstand nicht, wieso wir den Dachboden so sauber halten mussten. Niemand außer meiner Mutter und mir ging je hier hoch, und es war auch nicht so, als ob es wertvolle Gegenstände gab, jedenfalls wusste ich von keinen. Meine Mutter hievte die Gästematratze hervor, die wir meist für Verwandtenbesuch herunterholten. Wir trugen sie bis vor das Zimmer neben meinem, in dem mein Bruder während der Ferien lebte. »Mach Tee«, sagte meine Mutter.

Die zweibäuchige Teekanne stand auf dem Herd. Im Haus gab es nur wenige Hinweise auf die Herkunft meiner Eltern, und die Teekanne war einer davon. Wir hatten helle Kiefernmöbel und Küchengeräte aus Plastik und Chrom. Ich glaube, dass es mein Vater war, der entschieden hatte, dass es bei uns möglichst aussehen sollte wie bei den Nachbarn. Dafür hatte er sogar kleine Dekomuscheln aus dem Möbelhaus mitgebracht, die immer in der gleichen Anordnung auf der Fensterbank lagen. Da standen auch Kerzenhalter mit Kerzen, die nie angezündet wurden, und es gab blaue Glasflaschen, die mit Seilen umwickelt waren und wohl wie Flaschenpost aussehen sollten, und all das fanden wir, auch mein Vater, im Grunde grässlich, aber es musste sein. Nur von einigen Dingen konnten meine Eltern sich nicht trennen. Die rostige Teekanne, die schlanken Gläser für den Çay, die roten Kissenbezüge auf dem Sofa. Darüber der geknüpfte Teppich an der Wand mit dem Schlangenmuster, von dem mir schwindelig wurde, wenn ich es zu lange ansah. Meine Mutter besaß viele Bücher auf Kurdisch. Vor ein paar Jahren hatte es einen Streit zwischen meinen Eltern gegeben, weil mein Vater die Bücher aus dem Wohnzimmer geräumt hatte, damit die Nachbarn sie nicht sahen.

Es gab eine Fußmatte vor der Eingangstür und im Flur einen Schuhschrank, in den wir unsere Straßenschuhe stellten und Pantoffeln herausholten, oder umgekehrt, je nachdem, in welche Richtung wir uns bewegten, mein Vater, meine Mutter und ich. Früher kamen ab und zu die Freunde meiner Mutter vorbei. Eine Gruppe von jungen Frauen und Männern. Sie ließen ihre Schuhe in einer Reihe vor der Eingangstür stehen. Mein Vater räumte sie wortlos ins Haus, während sie mit ihren dunklen Freunden im Wohnzimmer saß und sich auf Kurmancî unterhielt. Mein Vater hielt sich von diesen Treffen fern, und auch ich durfte nie dabei sein. Noch Tage danach war sie ruhig und warm mir gegenüber, doch irgendwann kamen die Freunde nicht mehr, und ich vermute, dass mein Vater dies entschieden hatte.

Während der Tee kochte, sah ich aus dem Küchenfenster auf die Straße. Mein Vater würde eine Weile nicht nach Hause kommen, er arbeitete in der Bank und kam meist erst zum Abendessen. Die Teekanne dampfte. Aus dem Regal nahm ich ein Çayglas und goss den braunen Tee ein, den ich dann mit heißem Wasser auffüllte. Meine Mutter mochte es lieber, wenn ich beides gleichzeitig eingoss, Tee und heißes Wasser, aber ich fand, es machte keinen Unterschied im Geschmack. Von oben hörte ich Geräusche. Etwas knackste, Schritte, dann noch ein Knacksen. Im Zimmer meines Bruders klappte sie das Metallgestell des Bettes auf. Nach ein paar Minuten kam sie runter und probierte von dem Tee.

»Du kannst dir aussuchen, ob du das Bad putzen oder einkaufen gehen willst«, sagte sie, aber das stimmte nicht, ich musste das Bad putzen, sie wollte nur, dass ich es selbst sagte. Die Regeln in unserem Haus blieben unausgesprochen. Es war meine Aufgabe, sie vorauszudeuten. Beim Haushalt war es leicht, denn ich wusste, dass ich gleichermaßen wie sie dafür verantwortlich war. Es war keine Frage, dass ich gemeinsam mit meiner Mutter darauf zu achten hatte, dass unser Haus sauber war, Essen gemacht und Wäsche gewaschen wurde. Als ich das erste Mal bei Jelena zu Hause gewesen war, konnte ich es kaum glauben, als sie mir erzählte, dass weder sie noch ihre Mutter Hausarbeit machten, weil sie eine Frau aus Polen dafür bezahlten. Selbst wenn mein Vater genug Geld dafür verdient hätte, was er wohl nicht tat, würde meine Mutter das nie erlauben. Seit die Spülmaschine vor einem Jahr kaputtgegangen war, wuschen sie und ich das Geschirr wieder von Hand ab. Damit hatte ich von selbst angefangen, das hatte meiner Mutter gefallen, denn sie mochte es, wenn ich mich nützlich machte, nützlich, das nannte sie so, und das gefiel mir und gleichzeitig nicht, weil ich mir dann vorstellte, ich sei eine Ziege im Stall. Aber ich wusste, dass die Hausarbeit, bei der ich ihr half, nichts war im Vergleich zu der, die sie als Kind hatte verrichten müssen. Sie sprach selten über ihre Kindheit. Nur der Rakı erinnerte sie daran. Dann redete sie darüber, wie hart die Arbeit gewesen war. Sie war am Rand einer Stadt aufgewachsen, der Ort lebte hauptsächlich von Landwirtschaft. Sobald sie laufen konnte, habe sie angefangen zu helfen. Habe Tiere gehütet, Botengänge erledigt, kochen, waschen, säen, ernten müssen. Einmal hat sie erzählt, wie sich ein Onkel beim Mähen mit der Sense aus Versehen selbst den Finger abgehackt hatte. Danach habe meine Mutter das Mähen übernommen. Stolz erwähnte sie, dass sie durch die Nähe zur Stadt früh die neusten Landwirtschaftsmaschinen hatten. Damit wurde die Arbeit immer sicherer.

Mein Vater kam an diesem Tag später als sonst nach Hause. Das Abendessen war schon kalt, als er kam, wärmte meine Mutter die Bohnensuppe auf. Er sah uns nicht in die Augen, weder meiner Mutter noch mir. Als er sich setzte, knackte sein Rücken, er rieb sich den Nacken. Wir saßen am Tisch und aßen. Kaum ein Wort wurde gesprochen, wodurch das Klirren des Bestecks noch lauter war. Kaum hatte er aufgegessen, schob er den Stuhl zurück. Meine Mutter sah zu ihm auf.

»Ich geh schlafen«, sagte mein Vater.

»Wollen wir nicht noch einen Rakı trinken?«, fragte meine Mutter. Mein Vater schüttelte den Kopf. Sie sahen einander nicht in die Augen. »Weck mich, wenn etwas ist«, sagte er und ging. Wortlos räumten meine Mutter und ich den Tisch ab. Sie nahm einen weiteren Teller aus dem Schrank und füllte ihn mit dem Essen, dann deckte sie den Teller mit Plastikfolie ab und stellte ihn in den Kühlschrank. Ihre Hände zitterten, und ich dachte, dass ihr ein Rakı guttun würde.

Mein Bruder kam ein paar Stunden später. Bevor er klingeln konnte, öffnete meine Mutter schon die Tür. Mit angehaltenem Atem verfolgte ich alles aus meinem Zimmer mit. Seine Schritte klangen genauso wie vor einem Jahr, als er uns zum letzten Mal besucht hatte. Schlurfend, schwer, langsam. Das Knarzen des Bettes im Zimmer nebenan. Die leise, sanfte, lallende Stimme meiner Mutter, die ihm eine gute Nacht wünschte. Dann wurde es Morgen, ohne dass ich eine Stunde geschlafen hätte. Trotzdem war ich nicht müde, sondern voller Energie. Je schneller ich das Haus verlassen würde, desto geringer die Wahrscheinlichkeit, ihm zu begegnen.

»Heute ist ein perfekter Tag zum Windreiten«, sagte Rike, als ich die Haustür öffnete. Keine Begrüßung, und auch sonst nichts weiter. Hinter ihr stand Jelena, die Ellenbogen auf das Lenkrad ihres Fahrrads gestützt. Rike hatte ihres auf den Boden geworfen, das Vorderrad drehte sich noch, es sah aus, als wäre sie gerade gestürzt.

An Rikes Gesicht war alles klein, die Augen, die Lippen, die Nase. Sie sah jünger aus als vierzehn. Damit zogen wir sie auf. Davon ließ sie sich nicht aus der Ruhe bringen und blieb ernst. Das mochte ich. Es gab in unserer Stadt kaum etwas, das man ernst nehmen musste, deswegen fiel sie aus der Reihe. Wenn wir nicht mit den Rädern herumfuhren, gingen wir schwimmen, oder wir kletterten über den Zaun auf die Rinderwiesen am Stadtrand, schaukelten bis zum höchsten Punkt und überlegten, wie es wäre, dort abzuspringen, von ganz oben. Dauernd lud Rike uns auch auf die Insel ein, von der sie kam. Ihre Eltern lebten noch dort, aber Rike wohnte mit ihrer großen Schwester in einer Wohnung auf dem Festland.

»Einen Moment«, sagte ich.

Die Tür zum Zimmer meiner Eltern war angelehnt. Wie erwartet, lag meine Mutter im Bett, neben sich ein Buch. Sie war eingeschlafen. Ihr geschminktes Gesicht war ruhig und glatt, und ihre rosa Lippen waren leicht geöffnet. Sie schlief oft geschminkt, aber nie habe ich die Schminke auf dem Kissenbezug gesehen.

»Ich gehe fahrradfahren mit Jelena und Rike«, sagte ich.

»Mh«, sagte meine Mutter.

Mehr brauchte ich nicht. Bevor ich die Treppe hinunterlief, sah ich kurz die Tür an, hinter der mein Bruder war. Ich rannte die Treppe hinunter, riss die Haustür auf und schüttelte die Hausschuhe von den Füßen.

»Na endlich«, sagte Rike.

Wir fuhren im Dreieck. Jelena vorne, Rike und ich nebeneinander hinterher. Jelena war die Schnellste. Sie spielte Handball und Fußball und kletterte und konnte einen Rückwärtssalto aus dem Stehen machen. Ihr Körper war immer in Bewegung, alles an ihr war fest und stark, besonders ihre Schenkel. Die Bahnhofstraße verzweigte sich, links ging es aus der Stadt hinaus, geradeaus zum Wasser. Wir folgten der Straße über die Brücke. Unter uns war der Kanal, zu unserer Rechten der Hafen und dahinter die Stadt mit ihren Giebeldächern und Backsteinen. Wenn ein großes Schiff durchwollte, klappte die Brücke hoch und ragte in die Luft wie zwei Teile eines gebrochenen Arms. Nach der Brücke kam der Bahnübergang. Dahinter führte eine schnurgerade Straße bis zum Meer, die links vom Deich gesäumt wurde und rechts von den Feldern. Wir hatten Ferien, und wir hatten Flut. Es war Mittag, Salz in der Luft. Wir sahen Bekannte, aber wir grüßten nur und hielten nicht an. Als der Gehweg zu voll wurde, wichen wir auf die Straße aus. Einen Fahrradweg gab es nicht. Wir folgten der Straße Richtung Wasser, den Deich hinauf, dicht an Schafen vorbei, die sich nicht für uns interessierten. Aufwärts musste man strampeln, aber schieben kam nicht in Frage, das wäre peinlich gewesen.

Das Chrom von Jelenas Rennrad blitzte in der Sonne. Wir mussten einander kein Zeichen geben, wir kannten die Regeln. Mein Blick klebte auf Jelenas Beinen, die rhythmisch das Fahrrad bewegten, denn an ihren Bewegungen konnte ich erkennen, wann es losging. Sie trat heftiger in die Pedalen. Mein Fahrrad war schwerfällig, und ich musste kämpfen. Unter mir knirschte der Asphalt, kleine Steine flogen hoch und knallten gegen meinen Fahrradrahmen. Die Muskeln wurden müde und übersäuerten, egal, ich entschied mich dazu, den Schmerz nicht zu fühlen. Wir waren fast an der Stelle, an der das Windreiten beginnen konnte, ganz oben auf dem Deich. Jelena kam als Erste an. Sobald sie die Spitze erreicht hatte, trat sie noch zweimal. Dann wurde das Fahrrad nach unten gerissen. Sie ließ alles los. Streckte die Arme und Beine von sich, ihr Hintern noch auf dem Sattel. Dann kam auch ich oben an, und ich hatte gut Fahrt aufgenommen. Vor mir ging es steil bergab. Für einen Moment wurde alles ruhig. Still verharrte ich auf diesem obersten Punkt. Dann raste ich. Der Wind setzte ein, und wie er einsetzte, er drückte mich mit voller Kraft den Abhang hinunter, und Rike hatte recht, es war ein guter Wind heute. Der Wind trägt einen, wenn man ihn lässt. Es schnitt mir die Luft ab. Hinter mir kam Rike auch an die Spitze, und ich hörte sie kreischen, als sie nach unten gerissen wurde. Im nächsten Moment war sie neben mir und wir jagten, Arme und Beine von uns gestreckt, dem Meer entgegen. Ein graublaues Tuch, das größer wurde, je schneller wir uns darauf zu bewegten. Jelena drehte sich zu uns um, ihr lachendes Gesicht, die Augen weit aufgerissen. Sie würde gewinnen, so wie jedes Mal. Dabei ging es beim Windreiten nicht ums Gewinnen. Heimlich spielte es aber doch eine Rolle. Wir steuerten auf das große Holzgatter am Ende des Weges zu. Ich legte meine Hände wieder ans Lenkrad, aber Jelena tat das nicht. Sie fuhr immer noch mit höchster Geschwindigkeit, dabei gehörte es zu unseren ungeschriebenen Regeln, dass wir an diesem Punkt langsamer wurden. Es war zu gefährlich, man könnte gegen das Holzgatter knallen und der Körper würde nach vorne gerissen und durch die Luft geschleudert werden. Ich wollte rufen, aber der Fahrtwind verschloss meinen Mund. Dann endlich griff Jelena nach dem Lenker und zog die Bremsen an. Kurz vor dem Gatter kam sie zum Stehen. Es roch nach heißem Gummi. Noch einmal würden ihre Reifen das nicht mitmachen, aber Jelena war das egal, so wie ihr alle Gegenstände egal waren, was vielleicht daran lag, dass sie so viele davon hatte. Rike und ich sprangen von den Rädern und schoben sie neben uns, während wir auf Jelena zugingen. Ich zeigte ihr einen Vogel, aber sie lachte bloß. Wütend drängte ich mich an ihr vorbei und schubste sie zur Seite, um das Gatter zu öffnen.

»War doch lustig«, sagte Jelena.

»Willst du verrecken«, sagte ich. Eine Weile gingen wir stumm nebeneinander, ich stierte auf den asphaltierten Weg und hätte ihr gern noch mehr Dinge an den Kopf geworfen. Rike hielt sich, wie immer, aus all dem heraus. Schließlich warf Jelena ihr Fahrrad auf den Boden. Sie griff nach meiner Schulter und drehte mich so zu sich, dass ich sie ansehen musste.

»Es ist doch meine Sache, ob ich mir wehtu oder nicht«, sagte sie.

Darüber dachte ich einen Moment nach und konnte nicht entscheiden, ob sie recht hatte. Sie hielt mich so fest, dass ich mich nicht von der Stelle bewegen konnte.

»Ich hab keine Angst. Vielleicht passiert mir was. Na und? Uns allen passiert irgendwann irgendwas«, sagte sie und lachte ein wenig.

»Man muss es aber nicht herausfordern«, sagte ich.

Jelena legte ihre Hände an meine Wangen, sie hielt mein Gesicht fest, es wurde warm unter ihren Fingern.

»Sei kein Feigling, Dilan«, sagte sie.

Keine von uns ging schwimmen, keine zog sich aus. Wir saßen auf dem grasbewachsenen Strand und schauten aufs Wasser, jedenfalls blickte ich dorthin, was Jelena und Rike sich ansahen, wusste ich nicht. Das Meer war grau und schwer, und ich wusste, es würde kalt sein, trotz der Sommerhitze. Um uns herum gab es viele Familien. Ich war noch nie mit meinen Eltern hier gewesen und konnte es mir nicht vorstellen. Auch Jelena kam nicht aus einer Familie, die gemeinsam an den Strand ging, aber Rike schon, und daher wussten wir, Jelena und ich, dass wir einander am ähnlichsten waren, obwohl uns so viel unterschied. Darüber sprachen wir nicht, aber ich spürte es. Oft fragte ich mich, ob Jelena insgeheim auf Rike eifersüchtig war, denn ich war es. Ich beneidete sie auch um ihr Aussehen, ihre kleine, geschwungene Nase, die hellen Augenbrauen, etwas an ihr war *ordentlich*.

Sie hatte einige Verehrer, und auch das unterschied sie von mir und Jelena. Aber Rike bemerkte es nicht einmal.

Jelena rauchte eine Zigarette, von der Rike einen Zug nahm und sofort husten musste.

»Ich dachte, wir hatten eine Abmachung?«, sagte ich, und meinte damit unser Versprechen, die Sommerferien wie immer zu verbringen. Jelena zuckte mit den Schultern und saugte an der Zigarette. Jetzt sah ich nicht mehr das Wasser, sondern ihre Lippen an.

»Dein Bruder ist wieder da, oder?«, fragte Rike.

Auf Jelenas Oberlippe glitzerte ein Speicheltropfen. Der Tag war laut und aufgeregt um uns herum. In mir war ein Stein, weil ich an meine Mutter denken musste, und daran, dass sie mit meinem Bruder allein zu Hause war, ich hatte sie zurückgelassen, hatte um jeden Preis verschwinden wollen. Der Stein war so schwer, dass ich sicher war, von ihm unter den Rasen gedrückt zu werden. Die Zärtlichkeit, die ich für meine Mutter empfand, machte meine Haut durchlässig wie Seidenpapier. Sie war dort, und ich vertrieb mir die Zeit, und war regelrecht geflüchtet.

»Nein, ist er nicht«, sagte ich.

Jelena drückte die Zigarette im Gras aus. Der Stummel glühte noch, und kurz hoffte ich darauf, dass ein Brand entstehen würde.

»Ihr seid so komisch«, sagte Jelena.

»Lass sie«, sagte Rike.

Jelena sah mich jetzt an, sie wischte den Spucketropfen von der Lippe.

»Wenn du nicht so feige wärst, hättest du schon längst rausgefunden, was mit ihm los ist. Und mit deinen Eltern. Die sind auch komisch«, sagte Jelena.

»Ich weiß, was mit ihm los ist«, sagte ich und wollte die Erklärung wiedergeben, die ich von meinen Eltern bekommen und auswendig gelernt hatte, aber dann brach ich ab. Meine Haut wurde steinern, mein Kopf schwer. Ich versuchte, mir den Vorort vorzustellen, in dem meine Mutter aufgewachsen war, aber es war unmöglich, und ich hoffte noch mehr, dass Jelenas Zigarette dafür sorgte, dass der Strand Feuer fing, aber sie war aus, die Zigarette.

Trotz der Schuldgefühle ihr gegenüber konnte ich nicht schnell genug das Haus verlassen. In den nächsten Tagen klingelten Jelena und Rike vor zwölf Uhr an unserer Tür. Bevor meine Mutter etwas sagen konnte, rannte ich aus dem Haus, war aber jeden Abend rechtzeitig zurück, um beim Kochen zu helfen. Sie machte keine Bemerkung, daher schien es in Ordnung zu sein, solange ich weiterhin die Hausarbeit erledigte. Mit jedem Tag wurde meine Mutter schwerer, und ich spürte, dass eine Flut von Dunkelheit auf sie zukam. Ich fragte mich, ob mein Vater es auch voraussah, er machte jedenfalls keine Anstalten, die Welle abzuwenden. Während das Blei sich in ihr ausbreitete, war ich mit meinen Freundinnen im Sommer unterwegs. Weder Jelena noch Rike erwähnten meinen Bruder wieder, aber er war die ganze

Zeit da, am Rande meiner Wahrnehmung. Feige hatte Jelena mich genannt, und nach einigen Tagen wusste ich, dass sie recht damit hatte.

Das Haus roch nach Fleisch und Fett. Wir hatten lahana sarması, Weißkohlrouladen, gemacht, mein Leibgericht. Manchmal kochte auch mein Vater, aber er liebte Innereien. Leber und Hirn, solche Dinge. Von der weichen Textur der Leber wurde mir schlecht, dabei war sie gesund und eine Delikatesse, wenn man meinem Vater glauben konnte. Bei solchen Dingen glaubte ich ihm meistens. Meine Mutter und ich hassten diese Innereien und aßen nur aus Höflichkeit ein paar Bissen mit, wenn er sie machte.

Ich trug den Teller ins Esszimmer und stellte ihn auf dem Tisch ab. Die lahana sarması dampften, und die Aromen aus Gewürzen und Zitrone kitzelten meine Nase, jetzt merkte ich, dass ich wirklich hungrig war. »Hol deinen Vater«, sagte meine Mutter.

Als ich die Treppe hinaufkam, sah ich, dass die Klappe zum Dachboden offenstand. Die Holzleiter war heruntergelassen. Kein Geräusch war zu hören, aber das Dachbodenlicht brannte. Trotzdem ging ich zuerst ins Schlafzimmer meiner Eltern. Für einen Moment stand ich da und sah durch die halb offene Tür. Die rosafarbene Tagesdecke auf dem Bett, unter der meine Mutter verschwand, wenn sie ihren Mittagsschlaf hielt. Daneben auf dem Nachttisch ein paar Familienfotos, ein Hochzeitsfoto und das Bild von Hazreti Ali.

Mein Vater war auf dem Dachboden. Er kniete vor dem Sekretär in der Ecke, der sonst verschlossen war, aber jetzt war er das nicht. Die unteren Schubladen waren halb herausgezogen und ich konnte sehen, dass sie voller Akten waren. Um ihn herum lagen Dokumente und Fotos auf dem Boden. Er hatte sich über etwas gebeugt, was es war, konnte ich nicht sehen, auch sein Gesicht war nicht erkennbar.

»Baba«, sagte ich.

Er hätte mich hören müssen, aber er reagierte nicht. Als ich näherkam, sah ich, dass er große, schwarze Kopfhörer aufhatte. Das Kabel der Kopfhörer war an dem Kassettenrekorder angeschlossen, der sonst im Wohnzimmer stand und mit dem meine Eltern manchmal Jazz hörten. Jetzt sah ich auch, dass neben den Blättern und Akten noch Kassetten verteilt waren. Einige waren Musikkassetten, auf ihnen Bilder von kurdischen und türkischen Künstlern, ein paar mit Instrumenten. Ein paar der Kassettenhüllen waren einfach weiß und von Hand beschriftet.

Mein Vater bemerkte mich nicht, obwohl ich direkt hinter ihm stand. Er betrachtete ein mit Schreibmaschine getipptes Blatt, auf dem Logos und Stempel waren. Es dauerte einen Moment, bis ich erkannte, dass das Blatt zweisprachig beschrieben war, auf Kurmancî und auf Türkisch. Plötzlich drehte sich mein Vater zu mir um. Er nahm die Kopfhörer ab.

»Schnüffelst du herum?«, fragte er mich. Sein Gesicht war unbeweglich. Der Humor meines Vaters war schwer zu verstehen, ich konnte mir nie sicher sein, ob er sauer war oder nur Spaß machte. Ich schüttelte schnell den Kopf.

»Wir wollen essen. Es gibt Sarmas«, sagte ich. Ich ärgerte mich, denn meine Stimme brach und klang hoch, so als ob ich doch geschnüffelt hätte. Er kniete unter mir. Die Locken fielen ihm über die gebogenen Augenbrauen, die dunklen Augen, die herausfordernd zu mir hochschauten. Jetzt sah ich, dass er lächelte, nur ein klein wenig. Er machte also nur Spaß. Das hieß, ich hatte ihn an einem guten Tag erwischt und konnte mich vorwagen.

»Was ist das?«, fragte ich und zeigte auf das Blatt in seiner Hand.

Er sah mich an, für einen Moment kam es mir vor, als ob er etwas sagen wollte, aber dann legte er das Blatt weg und richtete sich auf. Mein Vater war einen Kopf größer als meine Mutter und wesentlich größer als ich. Ich mochte es, dass er so groß war, als Kind dachte ich, es ist gut, jemanden in der Familie zu haben, der den Überblick hat. Jemanden, der sehen kann, wer auf uns zukommt. Mein Vater legte eine Hand in meinen Nacken und schloss seine Finger darum. Das hatte er nicht mehr getan, seit ich ein kleines Mädchen war. Er drehte mich weg von dem Sekretär, weg von den Kassetten und den Papieren, die geheim waren oder zumindest nicht für meine Augen bestimmt.

»Geh schon mal vor«, sagte er. Er nahm die Kassette aus dem Rekorder und zog die Kopfhörer ab. Dann drückte er mir den Rekorder in die Hand, damit ich ihn ins Esszimmer mitnahm.

»Neugier ist nichts für Mädchen«, sagte er und grinste, und ich lächelte zurück.

Er drehte mir wieder den Rücken zu. In dem Moment bemerkte ich die Kassette, die er herausgenommen hatte. Sie lag direkt vor meinen Füßen. »Amed cehennemi, 1981« stand darauf geschrieben.

Ich dachte an Jelena und daran, was sie gesagt hatte, dass sie mich einen Feigling genannt hatte, und dann dachte ich an ihre Schenkel, die sich anspannten, wenn sie noch einmal mit aller Kraft in die Pedalen trat, kurz vor dem höchsten Punkt.

Ich fixierte den Rücken meines Vaters. Dann bückte ich mich und griff nach der Kassette. Schnell steckte ich sie in den Hosenbund. Das Plastik drückte gegen meine Haut, während ich vom Dachboden hinunterstieg.

Beim Essen lief das Radio. Die Stimme der Nachrichtensprecherin füllte den Raum, sie erzählte von den Vorbereitungen auf das neue Jahrtausend. Überall auf der Welt sorgten sich die Menschen, dass die Umstellung der Jahreszahl des Millenniums zu Computerabstürzen führen würde. Ein Reporter fürchtete den kompletten Zusammenbruch der Wirtschaft, weil die Börsencomputer durchdrehen würden. Ich konnte mir nicht vorstellen, dass eine Zahl so große Auswirkungen haben konnte. Aber dann dachte ich an die Kassette, die ich an mich genommen hatte, auf der auch eine Zahl stand, 1981, und ich fragte mich, ob sie zu Abstürzen führen würde, diese Zahl. Ich würde einen guten Moment abpassen, in dem meine Eltern nicht zu Hause waren. Dann würde ich mir anhören, was auf der geheimen Kassette war. Jelena würde stolz auf mich sein.

Die Sarmas waren verdammt gut, meine Mutter tat Kumin und Petersilie an das Gericht, die sich mit dem herzhaften Geschmack des Fleischs vermischten.

Nach dem Essen gab meine Mutter mir einen Teller für meinen Bruder, den ich vor seiner Tür abstellen musste. Später wusch ich ab, ohne dass sie mich darum bitten musste. Morgens schon ordnete ich im Kopf, was ich zu erledigen hatte. Die Bettwäsche waschen, den Küchenboden saugen, das Fleisch fürs Abendessen marinieren, die Spiegel polieren. Die Aufgaben fügten sich wie von selbst in meinem Kopf zu einer logischen Abfolge zusammen. Der Teller und die Dinge, die ich für meinen Bruder tat, gliederten sich ein. Zwischen meiner Mutter und mir gab es eine unausgesprochene Abmachung. Wenn ich alles gewissenhaft erledigte, durfte ich den ganzen Tag draußen sein.

In der Nacht lag ich wach, bis aus dem Zimmer meiner Eltern kein Geräusch mehr zu hören war. Es musste nach Mitternacht sein. Es war dunkel, durch die Vorhänge drang nur etwas Licht von der Straßenlaterne. Früher hatte die Dunkelheit mir Angst gemacht, inzwischen mochte ich sie. Sie half beim Denken, weil mich nichts ablenken konnte. Aber ich wollte mein Zimmer eigentlich nicht verlassen. Wenn er da war, ging ich nachts ungern durchs Haus. Sogar das Pinkeln verkniff ich mir, ich hielt stundenlang an mich, um nicht an seinem Zimmer vorbeigehen zu müssen.

Ich hielt die Kassette vom Dachboden in der Hand und versuchte, mich an den Sekretär zu erinnern und die Dokumente mit der kurdischen Schrift. Die Schriftzeichen tanzten vor meinen Augen. Nie hatte ich mich gefragt, *wieso* meine Eltern Kurmancî sprachen und wieso ich die Sprache nicht beherrschte. Mit mir sprachen sie Türkisch und Deutsch. Jetzt, als ich im Bett lag und grübelte, kam ich darauf, dass sich hinter dieser Sprache etwas verbarg. Ihr Klang war mir vertraut, aber die Bedeutung der Worte blieb mir verschlossen. Es gab also etwas, zu dem ich keinen Zugang hatte, etwas, das mit dem Leben meiner Eltern zu tun hatte. Ein Leben vor mir. »Ihr seid komisch«, hatte Jelena gesagt. Darüber dachte ich nach, während die Dunkelheit versuchte, mich in den Schlaf zu ziehen. Sie trugen etwas mit sich herum, meine Eltern, und natürlich war mir aufgefallen, dass es in unserer Straße keine anderen Menschen aus der Türkei gab. Bis jetzt hatte ich es nie hinterfragt. Vor allem hatte ich nie darüber nachgedacht, was meine Eltern erlebt haben, bevor ich geboren wurde. Ich schwang die Beine aus dem Bett, verharrte für einen Moment, die Füße auf dem Teppichboden, der vom Tag noch warm war. Ich zog die Vorhänge auf und öffnete das Fenster. Das orangene Licht der Straßenlaterne und das weiße Licht des Mondes und die Frische der Nacht fielen in mein Zimmer. So leise wie möglich schlich ich in den Flur. Die Kassette in meiner Hand.

Die Dunkelheit machte das Sehen schwer, aber ich wusste genau, wie viele Schritte das Geländer der Treppe von meiner Zimmertür entfernt war. Plötzlich knarrte das Holz. Ich blieb stehen. Jemand war auf der Treppe. Eine Gestalt wankte auf mich zu, groß und schlank, die Haare kurz. Die Statur war der meines Vaters ähnlich, sein Rücken war ebenso lang, die Schultern schmal. Aber ich erkannte sofort, dass es mein Bruder und nicht mein Vater war, denn sein Geruch stand in der Luft, sauer und beißend. Es war der Geruch von getrocknetem Schweiß. Mir fiel plötzlich ein, dass ich den Geruch erst neulich in der Stadt wahrgenommen hatte, als ich an dem einzigen Obdachlosen vorbeiging, den es bei uns gab und der auf einer Decke am Marktplatz saß.

Der Gang meines Bruders war schleppend. Ich kannte sein Gesicht, wusste, dass es dort Narben gab, weil er sich die Haut zerkratzt hatte. Er blieb stehen, direkt vor mir. Im Zwielicht sahen wir uns an. Seine Wangen waren schmaler als meine, aber er hatte den gleichen Höcker im Bogen seiner Nase, wie ich und meine Mutter ihn hatten. Sein Gesicht passte zu meiner Erinnerung. Doch irgendetwas an ihm war anders. Vielleicht sanfter, vielleicht ängstlicher. Es war schwer, das Neue zu erkennen, denn die Angst vibrierte durch meinen Körper. Wir standen voreinander, keiner sagte ein Wort. Dann setzte er sich wieder in Bewegung, schob sich nah an mir vorbei, der Geruch blieb an mir haften. Eine Weile lang konnte ich mich nicht bewegen. Die Luft aus meiner Lunge entlud sich in einem Schwall.

»Dilan«, sagte jemand neben mir. Vor lauter Schreck wirbelte ich auf dem Absatz herum. Mein Vater stand im Türrahmen des Elternschlafzimmers. Auch seine Gestalt wurde von der Dunkelheit halb verschluckt, aber die Stimme meines Vaters war für mich unverwechselbar.

»Komm«, sagte er und ging die Treppe hinunter.

Er trug seinen blauen Pyjama, barfuß ging er in den Garten. Ich folgte ihm. Ich ging zur Terrassentür und lehnte mich gegen den Rahmen. Es war warm, aber der Wind ließ mich frösteln. In unserer Stadt war der Wind ein ständiger Begleiter auch im Hochsommer, und ich konnte mir ein Leben ohne den Wind nicht vorstellen. Mein Vater winkelte die Arme an und drehte die Handflächen nach oben zum Himmel, so als wolle er fühlen, ob es regnete. Er schloss die Augen. So stand er da, und es dauerte einen Moment, bis ich es auch hörte. Die Nachtigallen. Ihr pelziger, tiefer Gesang erfüllte unseren kleinen Garten, der nichts weiter war als ein spitz zulaufendes Dreieck, an das sich, nur mit Steinen abgegrenzt, die größeren Nachbarsgärten anschlossen. Überall standen Bäume, die jetzt im Hochsommer voller Laub waren, das im Wind rauschte. Aus dem dichten Blattwerk sangen die Nachtigallen, es mussten viele sein. Ihr kehliges Lied hallte von überall wider. Ich stellte mich neben meinen Vater. Er lauschte, die Handinnenflächen nach oben gedreht, die Augen geschlossen. Ich sah ihn an, er sah die Dunkelheit seiner Lider an, und die Nachtigallen sangen, und falls sie uns ansahen, so wussten wir es nicht. Meine Füße waren klein gegen seine, unsere Zehen waren wenige Zentimeter voneinander entfernt. Schließlich öffnete er die Augen und drehte sich zu mir.

»Weißt du, wieso die Nachtigall singt?«, fragte er.

Ich schüttelte den Kopf.

»Weißt du, dass viele Gedichte über Nachtigallen geschrieben wurden?«

Wieder schüttelte ich den Kopf. Er betrachtete mich, und ich konnte mich nicht daran erinnern, wie laut die Welt am Tag war, denn jetzt gab es kein anderes Geräusch als diesen kehligen Gesang und das Rauschen der laubschweren Baumkronen.

»Sie singt die Berge und Buchenwälder / der Bukowina / Wiegenlieder / singt mir Nacht um Nacht / meine Nachtigall / im Garten meines schlaflosen Traumes«, sagte mein Vater.

Er lächelte, ich konnte es kaum erkennen, denn der Mond verschwand hinter den Wolken, und ich spürte, dass meine Augen feucht waren. Jetzt bemerkte ich auch, dass das Lied der Nachtigallen mich tief berührte und dass ich es kaum aushielt, mit meinem Vater hier zu stehen und sein Gesicht zu sehen, halb vom Mondlicht erhellt, halb im Schatten verborgen.

»Rose Ausländer hat das geschrieben«, sagte er.

Ich kannte Rose Ausländer nicht. Mein Vater legte eine Hand auf meine Schulter. Die Schwere seiner Hand, ihre Vertrautheit, half gegen die Tränen. Ich schämte mich, denn ich wusste nicht einmal, wieso ich weinen wollte, ich wusste nur, dass es etwas mit dem Vogelgesang zu tun hatte und mit der kurdischen Sprache meiner Eltern, die ich nicht beherrschte.

»Früher dachte man, die Weibchen würden singen«, sagte mein Vater. Ich fragte mich, ob er meine Tränen bemerkte und mir deswegen die Hand auf die Schulter legte, oder einfach so.

»Heute geht man davon aus, dass es die Männchen sind. Diejenigen, die noch keinen Partner haben. Sie singen wahrscheinlich, um ihre Vaterqualitäten zu zeigen, aber sicher ist es nicht. Aber das ist in Ordnung, oder nicht? Es ist vielleicht gut so«, sagte er.

Er nahm mein Gesicht in seine Hand und drehte es, sodass ich ihn ansehen musste. Er beugte sich zu mir, und hinter ihm zeigte sich der Mond. Schnell wischte ich mir mit der Hand über die Augen.

»Was ist gut so?«, fragte ich.

»Du musst nicht alles verstehen. Einige Dinge solltest du auf sich beruhen lassen. Das musst du lernen, Dilan. Egal, was du in der Schule lernst, es geht nicht um die Wahrheit. Es gibt keine Wahrheit, es gibt nur Dinge, die passieren. Wenn du anfängst, nach einer Wahrheit zu suchen, verlierst du dich, und dann verpasst du dein ganzes Leben«, sagte er.

Ich vermutete, er sprach über die Kassetten und Ordner auf dem Dachboden und darüber, dass sie auf Kurmancî geschrieben waren und irgendetwas zu bedeuten hatten, er wusste, dass ich sie gesehen hatte, und vielleicht hatte er bemerkt, dass ich in den letzten Wochen neugieriger geworden war. Ich ahnte auch, dass er über meinen Bruder sprach. Über den Besucher aus einer anderen Welt, den Geist aus Fleisch und Blut. Den Menschen am Rande meines Lebens.

»Es ist wie mit den Nachtigallen. Wieso sie singen, ist nicht wichtig. Hör einfach zu, und wenn du weinen musst, so wie jetzt, dann weinst du, aber wieso du weinst, ist nicht wichtig. Wenn die Nachtigall singt, hörst du zu und lässt die Wahrheit, die dahinter liegt, in Ruhe«, sagte er.

Mein Vater strich mir über die Wange, dann ließ er mich los. Er sah hinauf, zu den Baumkronen, wo die Vögel sich vor uns versteckten, oder vielleicht bemerkten sie uns gar nicht.

»Geh schlafen«, sagte er. Ich gehorchte ihm und ging durch die Terrassentür hinein ins warme Haus. Bevor ich das Wohnzimmer verließ, drehte ich mich noch einmal zu ihm um. Er stand wieder genauso da wie vorher, in der gleichen Haltung, die Handflächen zum Himmel gerichtet.

Die Wahrheit schlafen lassen, fiel mir schwer. Was mein Vater mir gesagt hatte, hallte in mir nach. Er wollte etwas vor mir verbergen. Über vieles wurde in unserem Haus nicht gesprochen, aber jetzt hatte ich einen Anhaltspunkt, ich hatte die Kassette, und zwei Tage nach dem Gespräch im Garten kam der richtige Moment. Meine Mutter hatte sich schlafen gelegt. In der Küche roch es nach Rakı, nur ganz leicht, aber ich erkannte den Geruch sofort, und das hieß, dass sie nun mindestens eine Stunde schlafen würde. Was konnte schon geschehen? Es war nur eine Aufnahme. Was konnten Worte schon anrichten. »Amed cehennemi, 1981« stand auf der Kassette. Die Handschrift erkannte ich als die meines Vaters. Das zweite Wort bedeutete »Hölle«, das wusste ich, aber das erste Wort hatte ich noch nie gesehen. Auch im Türkischwörterbuch konnte ich es nicht finden.

Im Wohnzimmer stand der Kassettenrekorder. Mein Ohr lag am weichen Überzug vom Lautsprecher, dahinter konnte ich die kleinen Plastikwaben fühlen. Langsam drehte ich den Ton lauter. Eine Frau sang ein trauriges Lied. Dazu spielte eine Bağlama. Beinahe enttäuscht stellte ich fest, dass auf der Kassette kurdische Musik gespielt wurde. Ich verstand nichts, aber ich erkannte die Sprache. Enttäuscht war ich, weil ich mehr erwartet hatte. Wegen der Aufschrift, und des Verstecks. Gerade wollte ich die Kassette schon wieder aus dem Fach holen, als die Musik abbrach. Ein Kratzen setzte ein, darauf folgte ein hohes Geräusch, das mir im Ohr schmerzte, und dann surrte es plötzlich, bis es für einen Moment still wurde. In diese Stille hinein erhob sich eine männliche Stimme. Sie räusperte sich und begann zu sprechen. Langsam, bedacht, auf Türkisch. Ich drückte mein Ohr gegen den Lautsprecher, als ob ich so in die Aufnahme hineinfallen könnte wie in einen Teich. Da im Hintergrund waren andere Geräusche. Das Kratzen eines Stiftes über Papier, das leise Tippen einer elektrischen Schreibmaschine, tak, tak, tak wie eine Nähmaschine, jemand hustete. Ich schloss die Augen, und dann setzten sich die Geräusche zu einem großen Raum zusammen, in dem jemand stand und sprach und angesehen wurde, während die anderen still waren. Was genau gesagt wurde, war schwer zu verstehen. Die Aufnahme war schlecht, und das Türkisch kam mir fremd vor. Ich kannte den Dialekt nicht. Ich presste die Augenlider aufeinander, das half beim Konzentrieren. Vorfall, Ablauf, Mitglied, Seminar, Gefährdung der Sicherheit. Ich verstand hier und da ein paar Worte. Mit juristischen Dingen kannte ich mich nicht aus. Mir fehlte das Vokabular. Dauernd knisterte und knackte es mitten in den Sätzen. Der Sprecher in der Aufnahme hielt einen Vortrag, ich vermutete, dass er den Fall, um den es ging, vortrug, oder zumindest Teile davon. Seine Rede endete. Es rauschte, dann war es für ein paar Sekunden still. Kurz darauf das Geräusch eines Stuhls, der zurückgeschoben wird. Als die neue Stimme sprach, fiel mir beinahe die Kassette aus den Händen. Es war die Stimme meines Vaters. Im Gegensatz zu seinem Vorredner war sein Vortrag nicht träge. Seine Stimme war kräftig und fest, und ich erkannte sie erst nach ein paar Worten als seine, sie war höher und mir wurde klar, dass er auf der Aufnahme ein junger Mann sein musste. Aber es war eindeutig mein Vater, daran bestand kein Zweifel. Ich drückte auf den Stoppknopf, die Aufnahme hielt an. Ich spulte zurück. Wieder der langsame und schwermütige Vortrag des ersten Mannes. Ich wusste, dass gleich die Übergabe kommen würde und presste meinen Kopf so fest an den Lautsprecher, dass meine Ohrmuschel warm wurde. Der Name meines Vaters wurde gesagt und dann: Ceza avukatı. Strafverteidiger. Das war neu. Für mich war mein Vater ein Bankangestellter, ich wusste nicht, dass er studiert hatte. Ich drehte die Kassettenhülle in den Händen und betrachtete das Datum; 1981, vier Jahre, bevor ich geboren worden war.

Die Stadtbibliothek war ein großes Backsteingebäude, dessen Dach über den Eingang ragte. In die Fassade waren drei Figuren eingelassen, ein Pferd, ein Hahn und ein Bulle. Ich sah zu ihnen auf, als ich die Treppen zur Bibliothek hochging, und stellte mir vor, sie würden auf mich herunterfallen und mich unter ihren riesigen Steinkörpern begraben. Das taten sie aber nicht. In der Bibliothek ließ ich mir einen Ausweis ausstellen. Für Kinder unter sechzehn Jahren war der Ausweis umsonst. Ich kam mir sehr jung und unwissend vor. Früher war ich ab und zu mit meinem Vater in die Bibliothek gegangen. Er hatte stundenlang dasitzen und lesen können. Dann war ich allein durch die Gänge gestreift, hatte mir Videos oder Magazine angeschaut und immer gewusst, wo ich ihn finden konnte, nämlich bei den Geschichtsbüchern. Er hatte sich in die Historie irgendeines Landes eingegraben, und wenn er dort nicht war, fand ich ihn bei den naturwissenschaftlichen Magazinen, meistens bei der Physik. Vielleicht ging mein Vater noch immer in die Bibliothek und ich wusste nur nichts davon, das war möglich, er könnte vor oder nach der Arbeit gehen und uns nichts davon erzählen. Jedenfalls waren wir lange nicht mehr zusammen hier gewesen.

Die Regale waren umgestellt worden, und es dauerte etwas, bis ich mich orientiert hatte. Es war eine große Bibliothek. Unten war die

Kinder- und Jugendbuchabteilung, die mich überhaupt nicht interessierte. Ich war oben bei den Romanen, Sachbüchern, Magazinen und Videos für Erwachsene. Das Gefühl, jung und unwissend zu sein, kam zurück, als ich an den Bücherreihen vorbeiging, die Titel im Gehen las und sie mir nicht merken konnte. Am Ende des Raums im oberen Stockwerk, vor zwei riesigen Fenstern, befand sich der Bereich für geographische Bücher. Atlanten, Reiselektüre und Karten. Außer mir waren nur eine alte Frau und ein Mann um die Fünfzig, die sich keinen Deut für mich interessierten, was mir nur recht war. Ich ging zum Buchstaben »T«. Tschad, Tschechien, Tunesien. Vor den Büchern zur Türkei blieb ich stehen. Ich nahm einen großen Atlas aus dem Regal, in dem jede Region der Türkei detailliert kartographiert war. Es gab größere und kleinere Karten, welche von Städten, von einzelnen Vierteln, welche von Gebirgsketten, Hochebenen, Tälern und Flüssen. Ich blätterte wahllos in dem Atlas herum und hoffte auf einen glücklichen Zufall, dann blieb ich beim Abschnitt über İstanbul hängen. Darin gab es auch Bilder, ein Foto vom Bosporus zog mich besonders an. Darauf war eine Fähre zu sehen, die gerade anlegt hatte, und eine junge Frau, die das Deck betrat. Sie war modern gekleidet, ihr Rock reichte nur bis zu den Knien, die Haare hatte sie hochgesteckt. Ich blätterte weiter, fand Bilder von Kappadokien, der weißen Tuffsteinlandschaft in Anatolien, las über Van, die Stadt an der Grenze zu Armenien, betrachtete ein Klimadiagramm von Trabzon am Schwarzen Meer. Ich las das Wort »Zweistromland«, welches das Land zwischen den Flüssen Euphrat und Tigris bezeichnete und auch einen Teil der heutigen Türkei miteinschloss. Das Wort klang in mir nach.

Doch es gab nichts über Amed. Ich schlug das Register auf und ging die alphabetische Ortsliste durch, aber auch darin konnte ich den Namen nicht finden. Ich klappte den Atlas zu und presste ihn gegen meine Brust. Am liebsten hätte ich mich zum Nachdenken auf den Boden gesetzt. Ich blätterte jede einzelne Seite des Atlas auf und suchte nach dem Namen der Stadt, aber ich fand ihn nicht. Vielleicht lag die Stadt in einem anderen Land, aber ich konnte mir nicht vorstellen, wo mein Vater sonst ein Anwalt gewesen sein konnte, denn sie hatten ja vor Deutschland nur in der Türkei gelebt. Amed, flüsterte ich vor mich hin, brachte den Atlas zurück an seinen Platz und verließ das Gebäude, meinen neuen Bibliotheksausweis in der Tasche, ohne etwas ausgeliehen zu haben. Draußen war es heiß, und als ich die Steinstufen hinunterging, überlegte ich, ob ich mich trauen könnte, meinen Vater nach der Stadt zu fragen. Doch zunächst würden wir erst einmal auf die Insel fahren, auf der Rikes Eltern lebten. Also hatte ich Zeit, darüber nachzudenken. Während ich durch die Sommerluft nach Hause fuhr, sagte ich den Namen der Stadt noch ein paar Mal auf, und ich sagte auch die anderen Namen, die ich heute gelesen hatte, Van, Trabzon, İstanbul, die Namen leuchteten, und ich mochte es, wie sie sich auf der Zunge anfühlten.

Mit dem Fahrrad konnte man die Insel innerhalb von zwei Stunden umrunden. Es gab einen Einkaufsladen, zwei Kirchen, eine Kneipe und ein Restaurant. Einige Straßen hatten Risse. Wir fuhren mit den Rädern aus Rikes Haus. In meiner Hosentasche war die Kassette. Ab und zu klimperte es, wenn das Plastik gegen den Fahrradrahmen schlug. Rike fuhr ein Stück voraus, denn sie kannte jeden Zentimeter der Insel, sie war hier aufgewachsen. Die Häuser lagen weit voneinander entfernt, umgeben von Feldern. Ein paar der Backsteinhäuser standen auf Warften, thronten auf dem aufgeschütteten Land und waren so vor dem Wasser besonders gut geschützt. Ich fragte Rike, wieso einige Häuser auf den Warften standen und andere nicht.

»Früher haben da die wichtigen Familien drin gelebt, wegen Schutz«, sagte Rike, und es war beinahe nicht zu verstehen, weil sie schnell vorausfuhr.

»Und jetzt leben da ganz normale Familien?«, fragte ich.

Sie drehte sich kurz zu mir um und sah dann wieder nach vorne.

»Nö, immer noch die Wichtigen«, sagte sie.

»Von so ’nem Ding runter könnte man Windreiten«, rief Jelena.

Sie meinte die Warft, an der wir gerade vorbeifuhren und auf der ein großes Bauernhaus stand. Jelena und ich wechselten einen Blick, ihr war langweilig, das erkannte ich sofort.

Eine ganze Weile fuhren wir geradeaus, es gab keine Häuser mehr, und auch die Felder waren verschwunden. Wir bogen ab und erreichten einen Weg, der am Meer entlangführte. Vor uns kam eine Kirche in Sicht, ein schiefer Turm daneben. Rike fuhr jetzt schnell darauf zu, Jelena und ich zogen nach. Der Turm sah brüchig aus und alt. Er neigte sich zur Seite, so als ob er jeden Moment abrutschen und in die Fluten fallen würde. Nebeneinander schoben wir die Fahrräder zum Turm, der abgesperrt war. Das Band flatterte gelb im Wind.

»In so zehn Jahren ist der weg«, sagte Rike.

Jelena nickte, und sie zeigte aufs Ufer, über das die Wellen schwappten. Die Gischt glänzte weiß.

»Ist nicht das ganze Ding hier bald weg?«, fragte Jelena und meinte die Insel.

Rike sah verletzt aus, aber zuckte nur mit den Schultern. So wie das Wasser über das Ufer leckte und dabei immer etwas Land abtrug, dürfte Jelena recht haben, dachte ich. Aber mir tat es leid für Rike, wie Jelena es gesagt hatte.

Jelena hob das Band an.

»Na, los«, sagte sie und sah mich dabei an.

»Der kann zusammenbrechen, wenn man reingeht«, sagte Rike knapp, aber Jelena war schon am Turm.

»Das ist total dumm«, sagte ich.

»Mir egal«, sagte sie.

Ich bückte mich und ging unter dem Absperrband auf sie zu. Als ich neben ihr stand, konnte ich in den Turm hineinsehen. Es gab eine Treppe. Sie war genauso brüchig wie die Außenfassade.

»Guck mal, da fehlen Stufen«, sagte ich. Das hatte Jelena längst gesehen, und wahrscheinlich spornte es sie umso mehr an. Sie machte einen Schritt in den Turm hinein, aber ich hielt sie am Arm fest. Sie sah auf meine Hand, die ihren Arm umklammerte, und dann wieder in meine Augen.

»Ich weiß, dass du mich für einen Feigling hältst, aber das bin ich nicht, und ich kann's dir beweisen«, sagte ich und zog Jelena mit.

Später lagen wir zu dritt auf dem Heuboden. Das Heu war weich und zugleich kratzig und aufgeheizt vom Tag. Wir gruben uns so tief ein, dass nur noch unsere Gesichter herausragten. Rike schlief ein, das hörte ich an ihrem langgezogenen Atem. Durch das schiefe Bodenfenster fiel Nachmittagslicht. Das Heu reflektierte das Licht und machte aus dem Raum ein gelbes Feld. Ich kroch auf die Einbuchtung zu, in der Jelena lag. Sie war direkt unter dem Fenster und starrte nach oben, in die Sonne. Ich legte meinen Kopf neben ihren, den Körper in die andere Richtung ausgestreckt. Wir waren eine Linie, leicht versetzt an den Köpfen, die Wangen nur wenige Zentimeter voneinander entfernt.

»Schau nicht direkt in die Sonne«, sagte ich.

Ich flüsterte, um Rike nicht zu wecken. Dann reckte ich den Kopf, um zu sehen, ob Jelenas Augen noch geöffnet waren. Das waren sie. Ich streckte die Hand aus und legte sie über ihre Augen. Sie lächelte. Für einen Moment war meine Hand dort, und ich war mir nicht sicher, wie sie darauf reagieren würde. Dann schob sie meine Hand beiseite, und dann schlang sie ihre Finger in meine.

»Ich werde dieses ganze Jahr in die Sonne schauen«, sagte sie.

Ihre Hand, meine Haut, die pulsierte, wo ihre sie berührte. Alles war warm, von der Sonne, und von ihren Fingern. Mein Daumen strich über ihre Haut. Die Sonne strahlte vom Fenster über unsere Körper und legte sich wie eine Decke darüber.

»Wieso?«, fragte ich.

»Weil ich wissen will, was passiert, wenn man hinschaut«, sagte sie.

»Du wirst blind, das passiert«, sagte ich.

Mit meiner freien Hand griff ich in die Hosentasche, holte die Kassette hervor, strich das Heu von Jelenas Bauch und legte die Hülle darauf ab. Als sie sich aufrichtete, um nach der Kassette zu greifen, konnte ich ihre Bauchmuskeln an meiner Handinnenseite spüren.

»Was ist das?«, fragte sie.

»Ich weiß es nicht. Aber es hat irgendetwas mit meinem Vater zu tun. Ich muss rausfinden, was das erste Wort bedeutet«, sagte ich.

»Amed«, flüsterte sie, »ist das ein Ort?«

Sie drückte meine Hand. Ein Windstoß zog über den Boden und verteilte den Heugeruch. Ich sog den Geruch ein, das Heu war überall, neben mir, auf mir, in meinen Lungen. Ich musste meine Augen schließen, denn auch hinter meinen Lidern sammelten sich kleine gelbe Partikel, und wenn ich länger hierbliebe, würde auch ich zu Heu werden.

»Ich glaube das mit dem Blindsein erst, wenn es mir passiert«, sagte Jelena.

Jelena war mitgekommen, ohne dass ich sie darum bitten musste. Schweigend nahmen wir die Treppe zur Bibliothek. Da waren sie wieder, das Pferd, der Hahn, der Bulle. Plötzlich wünschte ich mir, dass Rike bei uns wäre. Es war schön, mit Jelena allein zu sein, wenn wir zu dritt waren, suchte ich nach heimlichen Momenten, die ich nur mit Jelena teilte und die wir vor Rike versteckten. Doch nun, da Rike nicht da war, fühlte ich mich nackt und ausgesetzt und hatte das Gefühl, Jelena nicht zu genügen. Vielleicht erwartete sie, dass etwas Spannendes passierte, so wie sie immer wollte, das etwas passierte. Sie kam auf mich zu und nahm mich bei den Schultern. Ihr Gesicht wieder nah vor meinem, ich konnte die feinen Poren auf ihren Wangen erkennen.

»So schlimm wird's schon nicht sein. Und wenn schon«, sagte sie.

Sie ging voraus, und nach einem Moment folgte ich ihr. In der Bibliothek war es nicht kühler als draußen. Jelena stand am Informationstresen. Eine hagere Frau lehnte in ihrem Stuhl, sie kaute Kaugummi. Sie hatte Ringe unter den Augen. Jelena räusperte sich, die Frau blickte auf. Jelenas Hand schloss sich um meine, der Tresen verbarg die Berührung. Der Druck der Jelenahand, der Druck in meinem Kopf.

»Haben Sie einen Atlas in türkischer Sprache?«, fragte ich.

Die Bibliothekarin lehnte sich zu mir vor und stützte die Arme auf dem Tresen ab. Ich konnte ihren Atem riechen.

»Einen Atlas in …«, setzte sie an und brach ab. Sie sah uns an und schüttelte den Kopf.

Knarzend lehnte sie sich im Stuhl zurück und verschränkte die Arme. Das Gespräch war für sie beendet. Durch Jelena ging ein Ruck, so wie er manchmal durch mich ging, wenn ich meine Mutter aufwachen hörte und wusste, gleich würde eine Aufgabe auf mich zukommen, der ich zuvorkommen wollte, bevor sie ausgesprochen war. Jelena streckte den Rücken durch und begann zu malen. Sie malte eine Geschichte in die Luft vor der müden Frau, die mit uns bereits abgeschlossen hatte, und in dem Bild war ich eine benachteiligte Schülerin »aus schwierigem Hause«, die unbedingt Hilfe bräuchte, und daher habe man sie, Jelena, beauftragt, sich um mich zu kümmern. Sie bepinselte meine Familie mit Problemen und Tragik. Das Gemälde von uns beiden, von Jelena und mir, fasste sie in den Rahmen eines Schulprogramms, an dem wir beiden teilnehmen würden und das sie, Jelena, an meine Seite berufen hätte. Es gehe um ein Projekt über unsere Herkunft, und wie man sehe, sei meine Herkunft nicht hier. »Herkunft.« Das Wort zerfloss an den Seiten und spitzte sich in der Mitte zu. Es spitzte sich auch in mich hinein und stach durch die Leinwand von Jelenas Bild, in das sie mich gegen meinen Willen hineingemalt hatte. Ihre Geschichte wirkte. Die Frau sah mich mitleidig an und blickte anerkennend auf Jelena. Das ganze Bild war stimmig für sie, und so tippte sie in ihrem Computer herum, bis sie fündig wurde.

»Tatsache. Na, das ist ja ’n Ding«, sagte sie. Ich schob meinen Bibliotheksausweis über den Tresen, so wie es Cary Grant in »North by Northwest« getan hätte. Den Film hatte ich vor ein paar Monaten heimlich nachts im Fernsehen gesehen, und seitdem ging er mir nicht aus dem Kopf. Gern hätte ich lässig »Bestellen«, gesagt, aber das ging zu weit. Jelena sagte »Danke«, und ich sagte »Teşekkürler«, woraufhin die Frau mit schmalen Lippen lächelte. Wir lachten und ließen sie zurück wie eine zertrampelte Eintrittskarte auf den Museumsfliesen. Auf der Treppe vergrub Jelena ihr Gesicht in meinem Nacken, ihre blonden Haare rochen nach Lehm.

Nach drei Tagen kam ich zurück in die Bibliothek, und der Atlas wartete auf mich. Er enthielt Karten und landeskundliche Artikel. Er war das Erste, das ich mit meinem Ausweis auslieh. Ich fuhr nach Hause und versteckte ihn unter meiner Jacke, als ich nach oben in mein Zimmer ging. Ich schloss die Tür, legte mich mit dem Atlas aufs Bett und drapierte die Kissen so, dass ich das Buch jederzeit darunter verstecken konnte, wenn jemand hereinkam. Aber es kam niemand. Vieles in dem Atlas verstand ich nicht. Die Worte blieben mir verschlossen, aber das war nicht verwunderlich, es waren ja Worte, die ich auch im Deutschen nicht wirklich verstand, sie hatten mit Erdschichten und Bodenbeschaffenheit und Klima zu tun, und mit Mineralien und Aufforstung. All das interessierte mich nicht, ich blätterte zum Ortsregister. Enttäuscht stellte ich fest, dass die Städtenamen die gleichen waren wie in dem deutschen Atlas. Ich war kurz davor, das schwere Buch durch mein Zimmer zu werfen, doch dann blätterte ich weiter und stieß auf einen Abschnitt, in dem es um Namensänderungen von Städten ging. Ich setzte mich im Bett auf und beugte mich über das Buch. Ich konnte herauslesen, dass gewisse Ortsbezeichnungen in der Türkei über die letzten Jahrzehnte verändert worden waren. Es gab eine Auflistung der Orte mit alternativer Schreibweise, und ich ging jeden einzelnen Namen durch. Auf einmal stand es dort: Amed, Amid, Amedu, Diyarbakır. Ich blätterte im Atlas nach vorne, zu einer Karte mit den wichtigsten Städten. Dort, im Osten, nah der syrischen Grenze, lag Diyarbakır. Es war eine große Stadt, und ich fragte mich, wie man den Namen einer so wichtigen Stadt einfach ändern konnte, aber dann las ich, dass auch İstanbul seinen Namen oft geändert hatte, und dachte mir, vielleicht ist es in der Türkei einfach so. Diyarbakır. Ich sagte den Namen auf. Dann schrieb ich ihn auf einen Zettel. Ich wollte ihn auf keinen Fall vergessen. Ich blätterte zu einer Karte mit dem gesamten europäischen Kontinent, inklusive Deutschland. Obwohl unsere kleine Stadt natürlich nicht namentlich genannt wurde, wusste ich genau, wo ich sie finden konnte. Sie lag dort, wo sich die Nordsee zu einem Halbmond krümmte. Einen Finger legte ich auf unsere Meerstadt, mit dem anderen zog ich die ganze Linie entlang bis in den Osten der Türkei, bis nach Diyarbakır, wo mein Vater in einem Raum vor vielen Menschen gesprochen hatte, auf der Kassettenaufnahme, und ich konnte mir diese Stadt, die beinahe in Syrien lag, nicht vorstellen, und die Spanne zwischen meinem Daumen und Zeigefinger reichte nicht aus, um die Entfernung zu messen.

Die verschiedenartigen Namen der Stadt schmeckten im Mund alle anders. Ich lernte sie auswendig und sagte sie mir vorm Schlafen auf. Meine Eltern haben in einer Stadt gelebt, deren Namen sie sich nie sicher sein konnten. Ich fragte mich, wie dieses Leben ausgesehen haben musste, und wie es sein musste, wenn auf nichts Verlass war, nicht einmal auf den Namen.

Etwas in unserem Haus verschob sich. Es war beinahe so, als ob das Haus seine Winkel änderte. Jeder Raum fühlte sich kleiner an und schief. Möglich, dass es mit mir begann. Dass ich diejenige war, die ihre Position änderte, und sich daher alles neu berechnen musste. Auch meine Eltern sahen anders für mich aus. In der Mutteranspannung blitzte nun ab und zu etwas anderes auf, eine junge Frau, Zorn, sogar Trotz. Die Vaterhände sah ich plötzlich nicht nur zum Himmel, sondern nach unten gerichtet, etwas unter die Oberfläche drückend, ertränkend, verdeckend.

Zwischen den Eltern und mir entstand ein Abstand wie ein Priel, von außen konnte niemand sehen, wie tief er ging, nur ich wusste es. Gewissenhaft sorgte ich dafür, dass der Priel voll Wasser war, dass ich mich verhielt wie zuvor, damit sie nichts mitbekamen. Doch es war wie bei den Gezeiten, ich konnte den Wasserstand nicht beeinflussen.

Jelena und Rike an der Haustür. Hinter meinen Freundinnen leuchtete der Sommertag, hell, heiß, herausfordernd. Jelena trug ein kurzes, grünes Oberteil, ihr Bauch war braun gebrannt und mit lauter hellen Härchen besetzt. Einen Moment zu lange starrte ich auf die

Muskeln, die sich klar abzeichneten, er war über den Sommer fester geworden, ihr Bauch.

»Kommst du?«, fragte sie. Wir sahen einander an, und ich dachte an den Heuboden. An die Nähe zwischen ihr und mir, der Wärme unserer ineinander verschlungenen Hände. Wir würden nicht darüber sprechen, dass wir den Atlas ausgeliehen hatten, jedenfalls nicht vor Rike. Das wussten wir beide, ohne dass wir es sagen mussten.

»Flut ist nicht«, sagte Rike.

Der Wind verraschelte die Baumkronen, brachte sie durcheinander wie Haare, und ich dachte an den Baum, den mein Vater vor einigen Tagen mit den Männern aus der Nachbarschaft zersägt hatte. Es kam mir lange her vor.

»Westwind«, sagte ich.

»Wieder gut heute«, sagte Rike.

Ich gab ihnen ein Zeichen, einen Moment noch, und schloss die Tür. Dann huschte ich die Treppe nach oben. Meine Mutter hatten den Rücken zu mir gedreht, ihre schmalen Schultern sahen hübsch aus in dem gelben Kleid.

»Ich bin draußen«, sagte ich und war weg, bevor sie antworten konnte.

Auf der Deichstraße war nicht viel los. Die Reifen meines Fahrrads surrten auf dem Asphalt. Er war grau und fest und körnig, und neben mir war der Deich, rund und grün, und darauf die Schafe, rund und weiß.

Die Sonne blendete uns, wir fuhren direkt darauf zu. So war es mir am liebsten, in die Sonne zu fahren, denn dann musste ich an E.T. denken und an die Szene, in der Elliott mit E.T. im Korb dem Mond entgegenradelt, sie heben einfach ab und fliegen davon. Wenn die Sonne sich vor uns wie ein Tor öffnete, stellte ich mir vor, wir würden von der Luft getragen werden, in einem hübschen Bogen der Sonne entgegen, und die Menschen würden hochschauen und auf uns deuten. Es bemerkten uns tatsächlich einige Leute, was an unserer guten Laune lag. Jelena hatte sie mitgebracht und Rike und mich damit angesteckt. Vielleicht lag es am Fahrtwind an ihrem nackten Bauch. Sie radelte voraus, war aber nicht so erpicht wie sonst, als Erste oben anzukommen. Sie drehte sich oft zu uns um, lachte und zog uns auf.

»Inselkind, Bergtürkin, macht schon!«, rief sie, und Rike und ich traten heftiger in die Pedale, wir wollten es ihr beweisen. Rike und ich wussten um die Aussichtslosigkeit, Jelena beim Sport zu besiegen. Trotzdem fuhren wir so schnell wir konnten. Den Wettbewerb nicht einzugehen, Jelena widerstandslos siegen zu lassen, das war keine Option. Jeder Zentimeter, den ich Jelena abtrotzte, spornte mich an. Tatsächlich brachte ich mein Fahrrad auf die Höhe von ihrem, was uns beide überraschte. Mit der rechten Hand griff ich in ihren Lenker.

»Lasst das, das ist dumm«, rief Rike von hinten, aber ich ignorierte sie.

»Wer ist lahm?«, fragte ich, und Jelena und ich sahen uns an. In ihren Augen blitzte etwas und in meinen auch, wir tauschten ein Geheimnis. Ich riss an ihrem Lenker, das Lachen auf ihrem Gesicht erstarrte. Ihr Fahrrad schlingerte, sie verlor beinahe das Gleichgewicht, fing sich aber im letzten Moment.

»Wenn du Angst hast, hör ich auf«, sagte ich und hatte eigentlich schon aufgehört, meine Hand schwebte nur noch über dem Lenker. Jelena räusperte sich und zog Rotze hoch. Sie grinste mich an, und plötzlich spürte ich etwas Kühles, Nasses auf meiner Hand. Ihre feuchte Spucke glänzte auf meiner Haut.

»Was!«, rief ich und sah zu ihr, sie wischte sich im Fahren den Mund an der Schulter ab. Rike und ich jagten Jelena hinterher, während sie uns alle möglichen Beleidigungen zurief.

Da sah ich es. Ein paar Meter vor uns auf dem Asphalt lag ein abgebrochener Ast. Er ragte genau in Jelenas Fahrtlinie. Ich machte den Mund auf, um sie zu warnen, dafür war es aber zu spät. Jelenas Körper wurde nach vorne gerissen. Sie flog ein Stück, es sah unwirklich aus, ihr Körper in der Luft. Dann knallte sie auf, und es gab ein ratschendes Geräusch, als ihre Haut über den Asphalt schrammte.

Ich stieg ab und rannte zu Jelena. Sie lag zusammengerollt auf der Straße. Ihre Augenlider flatterten. Ihr Arm war verdreht. Die Schulter aus dem Gelenk herausgekugelt, der Arm in einem ungesunden Winkel abgespreizt. Die Haut des Ellenbogens war aufgerissen. Darunter war der Knochen erkennbar, gebrochen und abgesplittert. Die Knochenteile ragten ein paar Millimeter aus der Haut hervor. Ich musste mich abwenden, mir wurde schlecht, aber ich schluckte die Übelkeit herunter und kniete mich zu Jelena. Ihr Gesicht war bleich, die Augenlieder klappten auf und zu wie bei einer Puppe. Rike kam zu uns, sie presste eine Hand auf den Mund, um ihr Wimmern zu unterdrücken.

»Hol Hilfe. Wir brauchen einen Krankenwagen.«

Sie nickte und lief die Straße hinunter, ich konnte hören, wie sie Menschen ansprach und fragte, ob jemand ein Mobiltelefon hatte. Ansonsten müsse sie bis zum Anfang der Deichstraße laufen, zu den Fischrestaurants, um zu einem Telefon zu kommen. Zu Fuß würde es eine Viertelstunde dauern. Auf Jelenas Stirn stand der Schweiß, und er mischte sich dort mit dem Dreck. Sie atmete flach und ruhig, wie kurz vor dem Einschlafen.

»Tut es sehr weh?«, fragte ich.

Ihre Lider flatterten auf. Ich wusste nicht, ob sie mich gehört hatte, denn sie antwortete nicht. Stattdessen hob sie den Kopf an und versuchte, aufzustehen. Sanft drückte ich sie zurück. Sie wehrte sich nicht, vielleicht merkte sie gar nicht, was sie tat. Winzige Speicheltropfen benetzten ihre Lippen. Sie seufzte mit einem hohen, sanften Geräusch, das ich von ihr nicht kannte. Sie schien unter Schock zu stehen. Letztes Jahr in der Schule hatten wir über den Schockzustand gelernt, dass er Opfer von Autounfällen ereilen kann, oder dass die Seele Schaden nimmt, wenn man irgendetwas Schmerzhaftes erlebt, für das man nicht gerüstet ist und das einen bis ins Mark erschüttert. Im Unterricht haben sie uns erklärt, das Wichtigste beim Schock ist, dass das Opfer nicht aufhört zu sprechen. Es darf nicht in Schweigen versinken, dann könnte es ohnmächtig werden und einem entgleiten, und dann wird es gefährlich. Also setzte ich alles daran, Jelena in ein Gespräch zu verwickeln.

»Weißt du noch, früher, als wir gespielt haben? Besonders dieses eine Spiel. Da haben wir uns eine Welt ausgedacht«, sagte ich.

Sie drehte den Kopf zu mir. Jetzt hatte ich ihre Aufmerksamkeit.

»Du weißt schon, wir haben uns immer in diese Welt geträumt«, sagte ich.

Sie blinzelte ein paar Mal und schluckte. Es machte ein klickendes Geräusch beim Schlucken, ihr Mund war ausgetrocknet. In der Ferne heulten Sirenen. Offenbar hatte Rike ein Telefon gefunden. Jelena schien den Zustand ihres Arms noch nicht bemerkt zu haben. Insgeheim war ich erleichtert, dass der aufgerissene Teil abgespreizt war und ich ihn nicht sehen musste. Um uns wurden Gespräche laut. Eine kleine Traube von Menschen hatte sich um uns gesammelt. Eine Familie mit zwei kleinen Kindern kam nah heran, eines der Kinder, der Junge, versteckte sich hinter den Beinen seiner Mutter, seine Schwester starrte neugierig herüber.

»Was haben wir gespielt? Du musst mir helfen, ich weiß es nicht mehr«, sagte ich.

Jelena machte wieder dieses sanfte, gurrende, seufzende Geräusch. Ich mochte das Geräusch ganz und gar nicht. Ihre Zunge leckte über die Lippen und befeuchtete sie.

»Wie sind wir in die Welt reingekommen?«, fragte ich.

»Wir mussten schaukeln. Bis zum höchsten Punkt. Und dann abspringen«, sagte sie.

Ich nickte enthusiastisch, als ob ich mich jetzt erst daran erinnern würde.

Sie atmete tief und heftig ein, ihr Brustkorb hob sich, ich starrte auf den Arm, doch sie hielt ihn ruhig. Das Sprechen funktionierte, sie konzentrierte sich auf die Erinnerung.

Das Sirenengeheul wurde lauter, der Krankenwagen raste die Straße herunter, auf uns zu. An der Deichseite blieben die Leute stehen und starrten dem Wagen hinterher. Er hielt am Bürgersteig an. Die Türen wurden aufgerissen.

»Wir hatten Angst«, sagte sie.

Hinter mir konnte ich Rufe und das Knallen der Türen hören.

»Vor deinem Bruder. Weil er verrückt ist«, sagte Jelena.

Dann erreichten uns die Rettungssanitäter. Zwei junge Männer, deren rot-weiße Kleidung im Sonnenlicht reflektierte. Sie knieten sich zu Jelena und drängten mich beiseite. Ihre weißen Rücken versperrten mir die Sicht. Ein dritter Sanitäter schob die Bahre heran. Sie hoben Jelena darauf. Ich ging zu Rike. Wir standen beieinander und sahen zu, wie die Bahre mit Jelena im Krankenwagen verschwand, die Türen zugeworfen wurden und sie davonfuhren. Rike und ich blickten dem Wagen so lange hinterher, bis er nicht mehr zu sehen war.

Vielleicht war das der Moment, in dem ich zum ersten Mal diesen Gedanken hatte. Dass einige Dinge so einschneidend sind, dass alles, was man vorher gedacht und gewollt hatte, bedeutungslos wird. Einige Dinge verändern den ganzen Lauf. Der Plan, den Wind zu reiten und den Tag am Strand zu verbringen, war dahin. Zum ersten Mal spürte ich, wie stark die Geschehnisse einen aus der Bahn werfen konnten. Die Familien lösten sich aus ihrer Starre. Für sie hatte sich nichts geändert, gleich würden sie mit ihren Füßen Abdrücke im schwarzen Watt hinterlassen, und was Jelena passiert war, würde für sie nichts weiter sein als eine Geschichte, die sie sich auf dem Rückweg gegenseitig erzählten. Für Rike, Jelena und mich hingegen hatte sich alles verändert.

Der Teller in der Mikrowelle drehte sich, genau in der Sekunde, bevor das Gerät piepte, riss ich die Tür auf. Die Hitze des Essens gegen die Haut meiner Hand und der Geruch des alten Essens und der Elektronik aus der Mikrowelle. Oben im zweiten Geschoss stand ich lange herum. Spürte der Wärme nach, spürte sie verschwinden. Die Wärme des Tellers, die durch meine Hand in den Körper überglitt. Die Maserung des Holzes auf der Brudertür schien sich zu bewegen. Die feinen Linien wurden zu Würmern, dann zu Wellen. Das Essen war kalt geworden. Hinter der Tür wurde geschossen. Die Würmer tanzten zum

Schussorchester quer über die Tür. Dann verstummten die Schüsse. Sofort stellte ich den Teller auf den Boden, rannte in mein Zimmer, warf die Tür zu und presste von innen den Rücken dagegen, so als ob jemand hinter mir her wäre, und dabei fühlte ich mich wie Cary Grant. Doch niemand kam. Niemand versuchte, von außen meine Zimmertür aufzustemmen. Seine Tür ging auf und schloss sich direkt danach wieder. Ruhig atmend stellte ich mir vor, Eva Marie Saint würde auf meinem Bett sitzen und einen ihrer vieldeutigen Sätze sagen, und ich antwortete mit dem Blick von Cary Grant, berechnend und eine Spur hochmütig. Die Vorstellung half mit der Aufregung, ich setzte mich dorthin, wo Eva sitzen würde, flüsterte den Namen der Stadt, den ich auf der Kassette gelesen hatte, Amed, Diyarbakır. In ein paar Minuten würden die Schüsse wieder anfangen. Er aß langsam, ich kannte die Länge der Stille, wenn er aß. Seine Geräusche gehörten in den Sommerferien zum Orchester des Hauses. So wie die Rakıflasche, die aufgedreht wurde, so wie das Zufallen der Tür, wenn mein Vater das Haus verließ, und so wie das Klingeln an der Haustür, das mich erlöste. Ein neuer Sound war dazugekommen, es war das Rollen meiner Zunge und das Klacken meiner Lippen, wenn ich die Namen der Stadt aussprach.

Am Tag nach dem Unfall wollten wir Jelena im Krankenhaus besuchen, aber wir wurden nicht in ihr Zimmer gelassen. »Nur Familie«, sagte die Stationsschwester. So lungerten wir die nächsten zwei Tage im Warteraum herum, bis sich die Schwester erbarmte und uns vorließ, aber nicht, ohne uns zu erklären, dass sie eine Ausnahme machte und das bedeutete, dass wir ihr Vertrauen nicht ausnutzen durften, still sein mussten und ruhig und so weiter. Jelena schaute fern, sie war allein, und außer ihrer Kleidung über dem Stuhl am Fenster wies nichts darauf hin, dass sie hier lag und nicht jemand anderes. Ich weiß nicht genau, was ich erwartet hatte, aber mehr als das, vielleicht ein paar Blumen oder Schokolade oder Bücher. In dem Moment begriff ich, dass das »nur Familie« der Krankenschwester nicht bedeutet hatte, dass Jelenas Eltern es in den drei Tagen geschafft hatten, sie zu besuchen. Vielleicht freute sie sich deshalb so, uns zu sehen, und wollte, dass wir so lange blieben wie möglich. Der Geruch von Desinfektionsmitteln und Mittagessen hing in der Luft, denn Jelenas Zimmer lag genau über der Cafeteria des Krankenhauses, und sie kochten irgendetwas mit Kohl und Kümmel. Wir hatten ihr nichts mitgebracht, weder Blumen noch sonst irgendwas, das kam mir jetzt falsch vor. Sie zeigte uns ihren Arm, der in einen dicken Gips verpackt war.

»Der Bruch ist sehr kompliziert«, sagte sie, und es klang, als sei sie stolz darauf. Wir saßen eine Weile herum und redeten, und dann starrten wir in den Fernseher. Rike und ich rückten die zwei Stühle, die es im Zimmer gab, neben das Kopfende von Jelenas Bett. Zum Glück war sonst niemand im Zimmer untergebracht, sodass wir die Lautstärke des Fernsehers voll aufdrehen konnten. Nach ein paar Minuten wurde die Tür aufgerissen, die Stationsschwester stand da, ihr Gesicht vor Wut verzerrt.

»Ich hab euch gesagt, ihr sollt mein verdammtes Vertrauen nicht ausnutzen«, schrie sie, und ihre Stimme war schrill. Jelena stellte leiser und entschuldigte sich und sagte, dass sie einfach vorher nichts habe verstehen können, vielleicht habe sie einen verspäteten Hörsturz vom Schock, aber nun gehe es wieder. Die Wut der Krankenschwester konzentrierte sich jetzt auf Jelena, aber sie konnte sie ja schlecht rauswerfen, und so stapfte sie davon und knallte die Tür hinter sich zu. Wir drei brachen in Gelächter aus. Aber wir drehten den Ton nicht mehr voll auf. Stattdessen saßen wir auf unseren Stühlen und Jelena halb aufrecht im Bett. Wir blieben bei einer Gerichtsserie hängen. Sie war erst vor ein paar Wochen angelaufen, ich hatte von ihr gehört, aber sie noch nie gesehen. Die Staatsanwältin las die Anklage vor. Sie saß links von der Richterin hinter einem wuchtigen Eichenschreibtisch, blickte aus aufmerksamen, blauen Augen auf den Angeklagten hinunter und trug vor, was er verbrochen haben sollte. Sie hatte rotes, kurzes Haar, eine spitze Nase und eine klare Stimme. Als sie zum ersten Mal gezeigt wurde, ging ein Ruck durch meinen Körper, und ich setzte mich auf. Während sie las, ruhte ihr Blick auf dem Angeklagten, es kam mir vor, als ob in dem Blick echte Neugier lag, als ob sie wirklich herausfinden wollte, ob er schuldig war oder nicht. Es war alles gespielt, das wusste ich. Die Angeklagten und Zeugen waren Laienschauspieler. Die festen Rollen wie die der Richterin, der Staatsanwältin und des Verteidigers waren mit echten Schauspielern besetzt. Die Fälle waren ausgedacht. Trotzdem sollte alles echt wirken. Die Mischung aus Realität und Fiktion machte mich schwindelig. Rike fand die Serie schrecklich. Mich fesselte das Spiel aus Echtem und Erzähltem, die Serie bewegte sich genau im Zwischenraum. Während die Folge lief, dachte ich über diesen Zwischenraum nach und versuchte einzuordnen, wann das Gespielte ins Echte überging und umgekehrt. Die Staatsanwältin belehrte den Angeklagten.

»Sie haben das Recht, zu schweigen«, sagte sie, und als sie es aussprach, fröstelte mich. Dieser Satz prägte sich mir ein. Irgendwann fiel mir auf, dass der Rolle der Staatsanwältin außer der Ruhe und Klarheit keine andere Eigenschaft gegeben wurde. Bei der Rolle der Richterin und des Verteidigers war es anders, etwa wenn die Richterin wie eine strenge Mutter zur Ruhe aufrief, oder wenn der Verteidiger Witze riss. Nur die Staatsanwältin hatte sonst keine Charakterzüge. Mir gefiel die Idee, dass ihre Persönlichkeit, ihre Wünsche und Träume und so weiter unwichtig waren, solange sie eine gute Staatsanwältin abgab. Solange sie das Recht gut kannte, war es egal, wer sie war. Die Staatsanwältin hielt ihr Abschlussplädoyer. Sie sprach von Aufrichtigkeit und davon, dass die Dinge im Leben mit rechten Dingen zugehen müssten, sonst könne sich niemand mehr aufeinander verlassen, und die Gesellschaft würde auseinanderbrechen.

Der Angeklagte wurde für schuldig befunden. Die Staatsanwältin blickte noch einmal auf den Angeklagten, der keine Reue empfand, meine Haut prickelte, dann lief der Abspann. Jelena und Rike waren eingeschlafen. Ich hörte ihren leisen, langgezogenen Atem. Hellwach hingegen war ich, saß aufrecht da und las jeden Namen des Abspanns mit. Rike wachte auf und wollte nach Hause gehen, da konnte Jelena betteln, wie sie wollte. Aber ich blieb. Wegen Jelena, aber auch wegen der Serie. Nachdem Rike gegangen war, sahen wir stumm das Intro der nächsten Folge, die Staatsanwältin drehte sich mit verschränkten Armen zur Kamera, und es kam mir vor, als ob sie in mein Innerstes sehen konnte. Ich krabbelte zu Jelena ins Bett, vorsichtig, um den Gips nicht zu berühren, und zog die Beine an, damit sie genug Platz hatte. Ich legte meinen Kopf auf ihre Schulter. Plötzlich griff sie meine Hand und hielt sie fest. Wo sie mich berührte, wurde mir warm.

»Hast du was herausgefunden?«, fragte sie und meinte den Atlas und das Leben meiner Eltern. Vielleicht meinte sie auch meinen Bruder, aber darüber zu sprechen, fühlte sich unmöglich an.

»Ich weiß jetzt, dass mein Vater woanders war, im Osten der Türkei, in der Stadt, Amed oder Diyarbakır, da war er ein Anwalt«, sagte ich, und als ich es sagte, fiel es mir ein. Am Morgen hatte ich die Kassette herausgenommen, und ich hatte sie einfach liegen lassen, mitten im Zimmer. Sofort sprang ich aus dem Bett, und dabei berührte ich aus Versehen Jelenas Gipsarm, sie heulte auf und fluchte laut, und kurz darauf stand die Schwester schäumend in der Tür.

»So langsam reißt mir hier der Geduldsfaden«, rief sie. Ich griff nach meiner Jacke, blickte zu Jelena und hätte gern mit ihr gesprochen. Es wäre gut gewesen, ihr alles zu erzählen, was ich wusste, und auch die Dinge, die ich nicht wusste, die mich aber beschäftigten, denn ich schwamm jetzt allein hinter dem Priel, und dort wurde es kalt.

Das Haus lag in Stille. Die Geräusche zu Hause waren mir so vertraut, dass ich am kleinsten Dielenknarren erkennen konnte, wer sich wo aufhielt. Auch die Stille sagte mir etwas, nämlich, dass meine Mutter oben schlief. Mein Bruder war in seinem Zimmer, wie immer, denn er kam nur in der Nacht heraus. Meist, um etwas zu essen. Manchmal ging er auch auf die Straße, dann lief er auf und ab, stundenlang, ab und zu beobachtete ich ihn dabei. Tagsüber war die Gefahr, ihm zu begegnen, gering. Ohne die Schuhe auszuziehen, schlich ich durch den Flur und wollte gerade die Treppe hinaufgehen, um die Kassette aus meinem Zimmer zu holen.

»Zieh deine Schuhe aus«, sagte meine Mutter hinter mir.

Ich erschrak und wirbelte herum, und da stand sie, gegen den Türrahmen des Wohnzimmers gelehnt. Sie schlief also nicht, ich hatte die Zeichen falsch gedeutet. Das passierte so gut wie nie. Schnell streifte ich die Schuhe von den Füßen und stellte sie an ihren Platz.

»Komm«, sagte sie auf Deutsch und ging voraus in die Küche. Sie trug einen blauen Rock. Er fiel in Falten von ihrer Hüfte, streifte über den Boden. Ich erinnerte mich, wie ich mich als Kind an diesem Rock festgehalten hatte und darin verschwunden war. Er war wie ein Zelt für mich gewesen. Wenn ich Angst gehabt hatte, kroch ich in eine der Falten und hielt mich an ihrem Bein fest. Sie mochte es nicht, wenn ich das tat, aber sie verbat es mir nie. Jetzt war die Vorstellung unmöglich, nach ihrem Rock zu greifen und mich darunter zu verstecken. Ihr ordentlich gekämmtes Haar war voll und schwarz, sie hatte es geglättet. Es stand ihr. Manchmal sah ich ihr dabei zu, wenn sie es glättete, ihre Strähnen dampften von der Hitze des Glätteisens, und es roch nach Vanille von dem Spray, das sie zum Schutz auf die Haare sprühte. Jetzt konnte ich die Vanille riechen. Ihr Haar war ein glänzender Teppich aus flüssigem Asphalt. Wenn ich es anfassen würde, dann würde es knistern. In der Küche stellte sie sich auf die Zehenspitzen, öffnete einen Schrank und holte, versteckt hinter Töpfen, die Kassette hervor. Sie sah mich an, und ich wusste nicht, wo ich hinschauen sollte. Meine Mutter drehte die Kassette zwischen den Fingern, als ob sie nachdenke, was sie damit tun sollte. Gleich würde sie mich anschreien, da war ich mir sicher. Aber stattdessen tat sie etwas anderes. Sie zog an meinem Arm. Zog mich an sich heran. Vielleicht wollte sie mich umarmen, dachte ich, doch dann drückte sie mir die Kassette in die Hand. Ihr Gesicht war unergründlich. Sie ließ sie mich los, ich wich ein paar Schritte zurück, die Kassette in meiner Hand.

»Und?«, fragte sie.

Mein Mund ging auf und zu, ich wusste nicht, was sie meinte.

»Na, was hast du gehört?«, fragte sie und deutete auf die Kassette.

Schon wieder stammelte ich, reiß dich zusammen, Dilan, dachte ich, nur leider war es die Stimme meiner Mutter, die ich in meinen Gedanken hörte.

»Eine Gerichtsverhandlung, das glaube ich jedenfalls. Und Baba. Er hat eine Rede gehalten oder so«, sagte ich, und meine Stimme brach dabei.

Sie sah mich einen Moment lang an, dann nickte sie und wirkte beinahe erleichtert. Sie verschränkte die Arme vor der Brust, und ich konnte sehen, dass ihre Fingernägel frisch lackiert waren, sie waren knallrot und hoben sich schön von dem blauen Rock ab.

»Was willst du wissen?«, fragte sie.

Das überforderte mich. Ich starrte sie an, sie streckte ihre manikürte Hand zu mir aus, und die Geste sagte, na los schon, und ich verstand, dass sie es ernst meinte.

»War Baba Anwalt?«, fragte ich, weil mir nichts Besseres einfiel.

»Ja«, sagte sie.

Ich schluckte.

»Noch was?«, fragte sie.

»In der Türkei?«, fragte ich.

»Ja«, sagte sie.

»In Amed. Oder Diyarbakır … Was hat er da getan? Du warst dort auch, oder?«, fragte ich.

»Dort in der Nähe bin ich aufgewachsen«, sagte sie.

Ich versuchte, das Wenige, das sie mir über ihre Kindheit und Jugend erzählt hatte, in meinem Kopf zu verknüpfen. Ich versuchte, sie mit der Stadt in Verbindung zu bringen.

»Was ist dort passiert?«, fragte ich und merkte sofort, dass es ein Fehler war.

Sie hatte mich schon ein paar Mal geohrfeigt. Nicht oft, vielleicht zehn Mal. Der Moment, wenn ihre Hand auf meine Wange traf, das Geräusch, das Prickeln auf der Haut, die Tränen, die mir ins Gesicht schossen, ihr Mund ein Strich und ihr Kiefer angespannt. Nach ein paar Minuten verschwand der Schmerz, trotzdem spürte ich meist bis zum Einschlafen ein Kribbeln dort, wo sie mich geschlagen hatte.

Dieses Mal weinte ich nicht. Es wäre unpassend gewesen, denn ich verstand die Strafe, sie ergab in meinen Augen Sinn, und ich dachte, damit sei es erledigt. Doch dann sagte sie: »Gestehe.«

»Was?«, fragte ich und spürte die Angst in mir. Etwas an ihr war anders, und ich, die sonst eine Expertin in der Deutung ihrer Stimmung war, konnte sie nicht einschätzen. Sie wiederholte es, und beinahe hätte sie mich noch einmal geschlagen, bis ich verstand, was sie wollte. Sie fragte nach, bis sie alles gehört hatte, wie ich die Kassette an mich genommen und versteckt hatte, und sie wollte sogar wissen, wie sich das Plastik angefühlt hatte. Es war beinahe so, als ob ich nackt von allen Seiten begutachtet und bewertet wurde. Es wäre mir lieber gewesen, wenn sie mich angeschrien hätte. Als sie die Geschichte in allen Einzelheiten gehört hatte, setzte sie sich auf den Küchenboden und fing an zu weinen. Das war noch schlimmer als die Befragung. Sie saß vor mir, den Rücken gegen den Kühlschrank gelehnt, die Kassette in der Hand, und schluchzte. Plötzlich wurde mir bewusst, dass ich sie noch nie hatte weinen sehen. Es wollte kein Ende nehmen. Sie drehte die Kassette dabei in den Händen, zog das Magnetband heraus und sah mich aus rotgeweinten Augen an. »Wieso tust du das, Dilan?«, fragte sie, und ich hatte das Gefühl, dass auch sie die Distanz meinte, die in den letzten Wochen zwischen uns entstanden war.

»Wieso bestrafst du mich? Nicht einmal du bist zuverlässig. Das ist deine Aufgabe. Dafür bist du auf der Welt«, sagte sie.

Ihre Tränen versiegten so schlagartig, wie sie begonnen hatten, und dann saß sie einfach nur da und sah mich an. Mir fiel nicht ein, was ich sagen oder tun konnte. Also versuchte ich, sie aufzurichten, aber sie wollte nicht, sie machte sich schwer. Es war, als sei sie in sich selbst hineingefallen. Ich setzte mich neben sie auf die kühlen Fliesen und verstummte. Nach einer Weile legte sie den Kopf in meinen Schoß, und die Nähe beschämte mich, aber ich konnte nichts tun, als dort zu sitzen. Mein Rücken schmerzte, und ihr Kopf war schwer, und sie sah sehr jung aus. Es dauerte zwei Stunden, bis mein Vater nach Hause kam.

Er nahm ihr die Kassette aus den Händen.

»Siehst du jetzt, was du gemacht hast?«, fragte er mich. Dann hob er meine Mutter auf, und sie schien ganz leicht für ihn zu sein.

Am nächsten Morgen holte Rike mich früh ab. Sie hatte ihr Fahrrad dabei und schlug vor, ans Meer zu fahren, es war Flut, und ich konnte nicht schnell genug aus dem Haus kommen. Die Schuhe zog ich mir im Laufen an. Rike wusste nicht, wieso wir uns so beeilten, und ich sagte es ihr nicht. Als wir von unserem Haus wegfuhren, drehte ich mich nicht um, ich hatte Angst, meine Mutter im Küchenfenster zu sehen, oder vielleicht sogar meinen Bruder, im Zimmer neben meinem. Wir radelten die Deichstraße entlang Richtung Meer. Wir mussten es nicht aussprechen, uns beiden war klar, dass wir nicht Windreiten würden. Vielleicht würden wir es nie wieder tun. Unser Dreiergespann war auseinandergebrochen, genau wie Jelenas Knochen, dass Rike und ich trotzdem rausfuhren, war nur der Versuch, etwas vom Sommer zu bewahren, bevor er vorbei war. Wir hatten Rückenwind, das war in diesem Sommer öfter vorgekommen, als je zuvor. Links war der Deich und dahinter war das Meer. Rechts die Felder, die sich bis zum Stadtrand erstreckten. Hätte ich mich umgedreht, hätte ich die Silos gesehen. Rike hatte mir heute nicht gesagt, wie viel Getreide darin war, und ich hatte sie nicht gefragt. Wir erreichten den Parkplatz, fuhren die Straße weiter den Deich entlang. Wir fuhren die Straße entlang, die am Deich entlangführte. Stumm passierten wir die Stelle, an der Jelena vom Fahrrad gefallen war. Wir fuhren nicht zu schnell und nicht zu langsam, ich wollte mir vor Rike keine Blöße geben, sie sollte nicht denken, dass ich Angst hatte, die hatte ich wirklich nicht, aber ich wollte Jelena gegenüber respektvoll sein, schließlich lag sie noch im Krankenhaus. Es war nicht leicht, das richtige Tempo zu finden. Es war wichtig, nicht zu schnell über die Stelle hinweg zu fahren, dann würde ich sie vielleicht verpassen. Ich wollte sie wahrnehmen. Ich wusste nicht, ob Rike sich diese Gedanken auch machte. Sie fuhr neben mir und hielt sich an mein Tempo. Möglich, dass sie die Stelle nicht einmal bemerkte, ich bemerkte sie umso mehr, und mir wurde kalt, als wir darüberfuhren. Ich hatte das Gefühl, nicht das richtige Tempo gefunden zu haben. Die Sonne verschwand hinter den Wolken, mir war trotzdem heiß. Dann konnten wir das Meer sehen. Die graue Flut schwappte gegen die Küste, Wellen wie kleine Mäuler, die nach dem Land bissen. Je näher wir dem Wasser kamen, desto langsamer fuhren wir, kurz hielten wir ganz an. In diesem Moment verhielten sich alle Menschen gleich. Wenn man das Meer an einem Tag zum ersten Mal sieht, hält man an, wenn auch nur für eine Sekunde. Das Auge braucht einen Moment, um zu verstehen, wo es sich befindet. Der Körper und das Meer. Als wir auf dem Deich anhielten, dachte ich, dass es vielleicht am Rhythmus der Wellen lag. Vielleicht rauschten die Wellen wie das Blut in unseren Adern und wenn sie einander erkannten, die Wellen und das Blut, brauchten sie ein paar Sekunden, um den Rhythmus ihrer Bewegung einander anzupassen. Der Körper musste sich verorten. Musste seine Entfernung zum Meer messen, musste verstehen, in welchem Verhältnis er dazu stand.

Der grasbewachsene Strand krümmte sich sichelartig ums Wasser herum. Jetzt im Sommer gab es Strandkörbe, die man mieten konnte, sie waren mit flachen Eisengittern abgesperrt, über die wir manchmal kletterten. Wir setzten uns nahe dem Wasser ins Gras und sahen den Familien zu, den Eltern, die trotz des wolkigen Tages schwimmen waren, und den Kindern, die kreischend im Wasser herumtobten. Ich rupfte ein paar Grashalme aus und legte sie in einer grünen Reihe auf mein Bein.

»Ich geh vielleicht weg«, sagte Rike.

»Was?«, fragte ich, obwohl ich sie genau verstanden hatte.

»Weg«, sagte sie, und dann fügte sie hinzu: »Hier geht alles den Bach runter.« Das war ein seltsamer Ausdruck für Rike, und ich wollte sie fragen, was sie meinte, aber sie sah nicht so aus, als ob sie darüber sprechen wollte. Auch ich konnte ihr nicht erzählen, was mit meiner Mutter passiert war, oder von der Stadt im Osten der Türkei. Jedenfalls fühlte es sich so an, als ob es unmöglich wäre, auch nur ein Wort darüber zu verlieren.

Wir saßen keine halbe Stunde am Strand, als aus der Ferne ein Donnern zu hören war, und der Himmel sich zusammenzog. Grün und fahl und aufgewühlt schlug das Wasser Wellen. Der Himmel war grau, und wenn beides grau war, Meer und Himmel, konnte man nicht erkennen, wo das eine anfing und das andere endete. Beides floss ineinander, und als Kind hatte ich Angst, an solchen Tagen zu weit rauszuschwimmen, denn ich glaubte, dass ich plötzlich in den Himmel schwimmen könnte, ohne es zu merken. Er würde mich verschlucken, und ich würde irgendwo in den Wolken wieder auftauchen. Die Angst, die der Gedanke ausgelöst hatte, war noch spürbar.

Es donnerte wieder, und dann begann es zu nieseln und wurde schlagartig kühler. Die Menschen packten ihre Badesachen zusammen, der Regen wurde stärker, jetzt fielen dicke Tropfen herab. Rike und ich blieben sitzen, während um uns herum alles in Aufbruch war. Die Leute verließen den Strand. Ich begann mich auszuziehen. Rike sah mir dabei zu. Erst streifte ich mir die Schuhe von den Füßen, dann zog ich die Hose aus, bis ich nur in Unterwäsche vor Rike stand.

»Na, los doch!«, sagte ich.

Sie überlegte einen Moment. Eine Mutter eilte an uns vorbei, ihre zwei Kinder hinter sich herziehend, im Vorbeigehen warf sie mir einen entgeisterten Blick zu. Wieder ein Gewitterschlag, und als wäre das ihr Zeichen, zog Rike sich jetzt auch aus, allerdings ordentlicher als ich, sie faltete die Hose und ihr Oberteil zusammen und legte sie auf einen geraden Stapel, was ich überflüssig fand, denn es würde alles nass werden. Ich lief voraus. Angst hatte ich keine. Es gab Treppen, die in den Stein gehämmert waren und ins Wasser führten. Die unteren Stufen fühlten sich anders an. Sie waren glatter, das Salzwasser leckte täglich darüber und schmirgelte den Stein ab. Das Meer umspülte meine Beine, meine Hüften, den Bauch. Auf der letzten Stufe ging es mir bis zur Taille. Das war der Moment, in dem man sich in die Fluten stürzen oder umkehren musste. Das hatte mein Vater mir gesagt. Er hatte mir das Schwimmen beigebracht und war mit mir im Sommer jeden Tag hergefahren.

»Du kannst umdrehen. Aber du musst es jetzt entscheiden«, sagte er. Natürlich war ich nie umgedreht. Ich wollte nicht, dass er mich für einen Feigling hielt, also ließ ich mich nach vorne fallen, tauchte unter, kniff die Augen fest zusammen und verschloss meinen Mund. Als mein ganzer Körper vom Wasser umgeben war, verschwand der Gedanke an meinen Vater und für ein paar Sekunden, allein im Dunkel und im Grün und im Grau, wusste ich nicht mehr, ob ich einen Vater hatte oder nicht. Dann tauchte ich auf und schnappte nach Luft. Rike war eine gute Schwimmerin, schneller als ich, und wir waren die Einzigen jetzt, das Wasser und der Strand hatten sich innerhalb weniger Minuten geleert. Es war ein Kampf, einerseits den Körper obenzuhalten und andererseits gegen die Strömung anzuschwimmen. Würden wir aufgeben, würden unsere Körper einfach getragen werden, irgendwohin, weit nach draußen, vielleicht in ein anderes Land. Die erste Boje hatten wir hinter uns gelassen. Ein paar Meter weiter kam der tiefste Priel. Ein Wasserläufer, der, wenn die Flut kam als Erstes volllief. Im Priel zu sein, wenn Ebbe war, konnte gefährlich werden, denn man konnte nicht einschätzen, wie schnell er sich mit Wasser füllen würde. Ich war schon so oft hier raus geschwommen, dass ich wusste, wie weit der Priel von der Boje entfernt war. Aber wenn Ebbe war, sah alles anders aus. Die Entfernungen waren schwer abzuschätzen.

Rikes Rücken tauchte vor mir auf, das Wasser rann von ihrer Haut. Die Spitzen ihrer aschblonden Haare schwammen wie ein Umhang hinter ihren Schultern. Die Augen auf ihren Rücken geheftet, beobachtete ich die Muskelbewegung ihrer Schultern und Arme. Plötzlich krachte es über uns. Der Himmel war jetzt schwarz. Aus dem Regen wurde ein Guss, harte Tropfen prasselten auf uns nieder. Wie kleine Steine prallten sie auf die Wasseroberfläche. Der Himmel entlud sich mit ohrenbetäubendem Donner. Ein Blitz, der vor uns einschlug, verdammt, der war nur ein paar Kilometer entfernt. Die Form klar erkennbar, keine Zacken, wie ich es aus Zeichnungen kannte, sondern wie die Konturen eines Astes. Am liebsten wäre ich weiter geschwommen, auf den Blitz zu. Aber Rikes panisches

Gesicht tauchte vor mir auf, und ich riss an ihrem Arm, Richtung Ufer. Ich musste voraus schwimmen, sie war wie gelähmt. Das Wasser schwappte von allen Seiten gegen meinen Mund. Es blitzte schon wieder, dieses Mal noch näher. Für einen Moment verlor ich die Orientierung. Rike griff nach meiner Schulter, das holte mich zurück, und dann endlich spürte ich die Steintreppe unter meinen Füßen, griff nach dem Geländer und stemmte mich aus dem tosenden Meer. Ich zitterte. Trotzdem drehte ich mich kurz um und sah zurück, der Wind fegte über das Meer, man konnte kaum erkennen, was aufgewühlter war, das Wasser oder der Himmel, denn die Wolken jagten einander so schnell, dass ihre Konturen sich auflösten. Eben waren wir noch dort gewesen, mitten im reißenden Wasser, das aus dem Himmel trank wie ein gieriges Tier, und ich versuchte mir vorzustellen, wie wir ausgesehen haben mochten, vom Ufer aus. Zwei winzige Punkte. Unsere Kleider, meine zerknüllt, Rikes gefaltet, waren komplett durchnässt.

Meine Mutter schlug eine Hand vor den Mund, mit der anderen zog sie mich ins Haus. Triefend stand ich im Flur, um mich breitete sich eine Pfütze aus. Ich hatte keine Ahnung, wie sie reagieren würde, nach ihrem Zusammenbruch in der Küche war alles möglich. Sie fluchte vor sich hin, während sie mir ein Handtuch um die Schultern legte. Sie rubbelte meine Haut trocken, die Arme und Schultern und die Beine und dann schob sie mich nach oben, die Treppen hinauf ins Badezimmer, wo sie die Wanne mit heißem Wasser füllte. Ich wartete, eng ins Handtuch geschlungen, während das Wasser einlief und sie Badeschaum hinzugab. Sie wies mich an, mich auszuziehen, und ich schämte mich.

Als die Wanne voll war, drückte sie mich in den Schaum hinein. Das Wasser war zu heiß, und meine Haut glühte auf. Aber sie begann, meine Arme zu schrubben, und ging dabei nicht sonderlich zärtlich vor. Ich hätte sie gern gefragt, ob es ihr besser ging, und mich bei ihr entschuldigt, nicht nur für die Neugier, ich hatte plötzlich das Bedürfnis, mich für alles entschuldigen zu wollen, was je passiert war. Aber sie ging und ließ mich allein. Ich saß stumm im brühenden Wasser, dann gewöhnte ich mich an die Temperatur. Irgendwann war es angenehm, und ich glitt tiefer ins Wasser. Erst zählte ich die Fliesen an der Decke, dann die Rillen in der Haut meines Daumens, dann dachte ich an Rike und Jelena und dass der Sommer beinahe vorbei war. Meine Finger wurden schrumpelig, und ich wollte gerade aus der Wanne steigen, als das Licht ausging. Ich saß im Finstern. Ein Stromausfall konnte es nicht sein, denn unter der Tür fiel Licht aus dem Flur herein. Dann ging das Licht wieder an. Obwohl das Wasser heiß war, prickelte meine Haut vor Kälte, und meine Hände wurden starr.

»Anne?«, fragte ich schließlich, und meine Stimme war leise, also wiederholte ich es. Keine Antwort. Dabei wusste ich, dass es nicht meine Mutter war, die da vor dem Badezimmer stand. Der Schalter wurde wieder umgelegt, und ich saß erneut in der Dunkelheit. Ich hielt die Luft an und lauschte. Ich spürte, dass er dort stand, hörte sogar seinen Atem, lang und ruhig. Das Herz schlug mir gegen die Brust. Am liebsten hätte ich mich im Badewasser aufgelöst und wäre durch den Abfluss verschwunden. Dann wurde die Klinke von außen heruntergedrückt, ich konnte es nicht sehen, aber ich hörte es, mein Puls raste, ich versuchte, den Mund zu öffnen, um meine Mutter zu rufen, aber mein Kiefer wollte mir nicht auseinandergehen. Knarzend öffnete sich die Tür. Vom Flur fiel Licht in einer dünnen Scheibe ins Badezimmer. Dann erschien sein Kopf.

»Ich seh dich«, sagte er.

Ich erzählte meinen Eltern nicht von der Begegnung, aber mir war den ganzen Tag schlecht. Und dann stand am Abend auch noch eine riesige Platte mit Çiğ Köfte auf dem Essenstisch, was ein fürchterliches Zeichen war. Auf dem Teller meines Vaters lagen zwei unberührte Zitronenhälften und leuchteten gelb. Er hatte den Salat und die Çiğ Köfte gegessen, ohne vorher Zitrone darüber zu geben. Auch das war ein Zeichen, das mir Sorgen bereitete, denn es hieß, dass er sich den Kopf über etwas zerbrach, vielleicht über etwas in der Bank, vielleicht gab es einen Auftrag, der versemmelt worden war. »Versemmelt«, das Wort benutzte mein Vater neuerdings. »Die von der anderen Abteilung haben es mal wieder versemmelt«, sagte er manchmal, oder: »Versemmel deine Hausaufgaben bloß nicht, Dilan.« Das Wort gefiel ihm fast so gut wie das Wort »Fritze«, wie er seit ein paar Monaten jeden Handwerker bezeichnete, der zu uns kam. Möglich, dass die Ausdrücke von seinem neuen Chef stammten, der aus Süddeutschland kam. Sicher war, dass irgendetwas versemmelt war, denn mein Vater war ernst und verschlossen. Die Eltern klirrten mit den Gabeln und hoben Essen an ihren Mund. Es sah aus, als ob sie das Abendessen nur spielten, so wie die Laienschauspieler in der Gerichtsserie. Manchmal stellte ich mir vor, sie seien nicht meine Eltern, sondern Fremde, die sich verkleidet hatten wie meine Eltern. Die Vorstellung half dabei, ihre Stimmungen zu interpretieren. Die Eltern waren dann nichts weiter als zu deutende Stimmungsmaschinen, die mit mir in keiner Verbindung standen. Ich machte mich an die Indizienfindung. Çiğ Köfte machte meine Mutter nicht oft. Dabei war es das Leibgericht meines Vaters. Çiğ Köfte machte meine Mutter meist nur, wenn sie unglücklich war. Wenn sie es machte, durfte ich nicht dabei helfen. Sie wollte sich dann in die weiche Bulgurmasse einkneten, ihre Hände darin versenken und allein ihre Traurigkeit über die Küchenplatte wälzen. Sie machte meist zu viel, beinahe wie aus Trotz oder als Ausdruck ihrer Traurigkeit. »Ich bin so traurig wie einhundert Çiğ Köfte«, dachte sie vielleicht. Heute habe ich von ihren Vorbereitungen nichts mitbekommen. Heimlich hatte sie allein in der Küche ihre Traurigkeit zu Essen verknetet und wie sonst auch, wenn sie Çiğ Köfte machte, aß sie hinterher kaum einen Bissen davon. Meinen Vater brachten die Çiğ Köfte in eine schwierige Lage. Es war sein Leibgericht, also freute er sich, wenn sie auf dem Tisch standen. Doch genau wie ich, vielleicht noch genauer, wusste er, dass die Bulgurfladen ein Ausdruck der Muttertraurigkeit waren. Wie Dutzende traurige Mutteraugen starrten sie ihn von seinem Teller aus an. Die Muttertraurigkeit gelangte so in den Vaterkörper. Als ich meine Eltern jetzt betrachtete, wie sie beide traurig im Essen herumstocherten, kam mir ein neuer Gedanke. Es konnte genauso gut umgekehrt sein. Die Vatertraurigkeit konnte der Muttertraurigkeit vorhergehen und sie bedingen. Jetzt jedenfalls waren sie beide unglücklich. Das Messer meines Vaters kratzte über den Teller. Er stand auf und ging zum Kassettenrekorder, um das Radio anzumachen, und ich musste wegschauen vor Scham. Die Scham kitzelte den Rücken hinauf und machte die Haut warm. Es konnte sein, dass die Kassette der Grund für die Traurigkeit war. Dann wäre es eine Strafe. Nach der Wut meiner Mutter sollte ich vielleicht auch ihre Traurigkeit tragen. Mein Vater fand den Jazzsender, ein kleiner Blick zwischen meinen Eltern, wie immer konnten sie sich auf die Musik einigen. Die Melodie war fröhlich, doch der Sänger war es nicht, in seinem Lied ging es um eine verlorene Liebe in einer verlorenen Stadt im Süden Amerikas. Ich wäre gern dort gewesen, in dieser Stadt, lieber als hier. Schwer kam mir die Elterntraurigkeit plötzlich vor, kaum ertragbar. Schaufelweise landete das Essen in meinem Mund, ich würgte es herunter, wollte bloß schnell fertig werden. Als mein Teller endlich leer war, stand ich auf, der Stuhl quietschte, sofort sah mein Vater auf.

»Setz dich«, sagte er.

Er sagte es in einem Ton, dass ich mich setzte. Erwartungsvoll blickte ich ihn an, doch sein verschlossenes Gesicht lieferte mir keine Erklärung. Ich wurde nervös, vielleicht erwartete er von mir, etwas zu sagen. »Sie haben das Recht, zu schweigen«, schoss es mir durch den Kopf. Die Staatsanwältin mit ihren roten Haaren kam mir in den Sinn, die Art, wie sie einen Arm auf dem glänzenden Holztisch vor sich ablegte, sich zum Angeklagten vorbeugte, und es sagte. Daran hielt ich mich. Es war ein guter Satz. Ein Satz, nach dem man sein Leben ausrichten konnte.

»Deine Mutter und ich sind enttäuscht von dir«, sagte er schließlich und sah mich dabei nicht an, sondern blickte auf den Teller vor sich, auf dem die Zitronenscheiben noch unberührt lagen. Es ging um die Kassette. Meine Strafe war mit der Mutterwut also noch nicht abgegolten.

Meine Mutter schob ihren Stuhl zurück, stand auf und nahm unsere Teller. Sie verließ das Wohnzimmer, und ich hörte, wie sie die Teller in der Küche ins Waschbecken stellte und anfing, sie zu waschen.

»Komm«, sagte mein Vater, stand auf und verließen den Raum. Ich folgte ihm, im Flur zog er sich Schuhe an und griff nach dem Schlüssel, öffnete die Haustür und trat nach draußen, das alles, ohne mich einmal anzusehen, und dann fiel die Tür hinter ihm zu, unsere Tür war eine dieser Türen, die von allein zuging, wenn man sie nicht aufhielt. Er war draußen, ich stand verwirrt im Flur. Mir blieb nichts anderes übrig, als meine Schuhe anzuziehen und ihm zu folgen. Mein Vater war schon ein gutes Stück vorausgegangen und ich musste rennen, um ihn einzuholen. Seine Beine waren so lang, dass ich für jeden seiner Schritte zwei machen musste. Es war noch hell draußen und die Luft flirrte von der Hitze des Tages, trotzdem lag schon etwas vom Herbst in der Luft, eine Frische, die sich erst nachts in Kälte verwandelte. In unserer Straße standen die Gärten noch ganz im Grün, die Buchen und Weiden waren schwer beladen mit Laub, die Blüten des violetten Sommerflieders drängten hervor und verbreiteten einen honigartigen Duft. Die Statur meines Vaters wurde von der untergehenden Sonne langgezogen, und ich war darauf bedacht, nicht außerhalb der Linien seines Schattens zu laufen. Ich sah zu ihm hoch und musste meinen Kopf dafür verrenken, ich fand, dass er wie der gebogene Ast einer der Weiden aussah. In seinem Schatten war mir kalt. Die Sonne hing als roter Ball am Himmel, und hinter uns stand die Halbsichel des Mondes. Als Kind hatte mir das Angst gemacht, wenn Sonne und Mond gleichzeitig erschienen, sie gehörten in unterschiedliche Welten, und wenn sie so nebeneinander am Himmel standen, lösten sich die Regeln auf und das hieß, alles konnte passieren. Mein Vater ging voraus. Ich folgte in seinem Schatten. Er grüßte einen Nachbarn, der seinen Rasensprenkler ausstellte. An einem anderen Tag wäre mein Vater vielleicht stehengeblieben, um sich zu unterhalten, aber jetzt nicht. Wir gingen schnell, er hatte irgendein Ziel, das mir verborgen blieb. Wir bogen in die Innenstadt ab, die letzten Geschäfte waren dabei, zu schließen, sie räumten die Sonnenmarkisen und Auslagen weg. Wir gingen über den Marktplatz am Brunnen vorbei.

»Erinnerst du dich noch, dass ich manchmal die Füße ins Brunnenwasser gehalten habe?«, fragte ich sanft und kindlich und versuchte, seinen Gesichtsausdruck zu lesen, aber er reagierte nicht. Wir gingen die Straße hinter dem Marktplatz entlang, vorbei an der Eisdiele, vorbei am Schuster. Dann bogen wir um eine Ecke und kamen auf ein großes Hotel zu. Ich kannte das Hotel und wusste, dass es das teuerste und älteste der Stadt war, es sah aus wie ein kleines Schloss, umgeben von einem Garten mit hohen Bäumen, auf den Eingang führte ein roter Läufer zu, und zu jeder Seite gab es zwei kleine Teiche. Darin schwammen Kois. Mein Vater steuerte direkt auf den Eingang zu, stoppte vor einem Teich und blickte hinein. Wir betrachteten die Fische mit ihren weißen, geschwungenen Leibern und den orangenen und schwarzen Tupfern. Das Wasser war so klar, dass ich die runden Steine am Grund des Teiches sehen konnte, und ich dachte an die Steintreppe, die ins Meer hinunterführt und deren untere Stufen glatt waren. Die Fische schnellten über die Steine hinweg, und ab und zu streiften ihre Bäuche den Boden. Der Kopf eines Kois durchbrach die Wasseroberfläche. Sein Maul weitete sich, als er die Luft einsog, und auf seiner Stirn schimmerte ein oranger Tupfer. Mein Vater drehte sich vom Teich weg und ging durch die gläserne Tür in das Hotel. Einen Moment lang stand ich unschlüssig zwischen Teich und Eingang. Betreten hatte ich das Hotel noch nie, sondern es immer nur von außen gesehen, und ab und zu bin ich mit Jelena hergekommen, um die Fische zu betrachten. In der Eingangshalle war es kühl und dunkel. Es gab wuchtige Stühle und Ledersofas, und an der Wand über der Rezeption hing ein riesiges Gemälde, auf dem zwei Frauen im Gras neben einem See lagen. Bis auf einen weißen, transparenten Schleier waren sie nackt. Meine Schuhe waren schmutzig, also versuchte ich, so leicht wie möglich aufzutreten. Mein Vater verschwand um eine Ecke, ich lief ihm hinterher, bis ich ihn wieder sehen konnte. Er ging mit federndem Schritt durch diese Räume, so als hätte er nie etwas anderes gemacht. Ich wusste, dass wir nichts Verbotenes taten, aber es fühlte sich so an, als ob wir jede Minute hinausgeworfen werden könnten. Am Ende des Ganges öffnete mein Vater eine hellblau gestrichene Flügeltür, drehte sich zu mir um und hielt sie für mich auf. Wir betraten einen verglasten Wintergarten, in dem sich ein Restaurant befand. Zielstrebig ging mein Vater zu einem freien Tisch am Fenster. Sobald er Platz genommen hatte, kam die Kellnerin zu ihm. Auch ich setzte mich. Das Fenster war groß und so sauber, dass ich die Scheibe im ersten Moment nicht erkennen konnte. Dahinter lag ein dicht bewachsener Garten. Elektrische Lampen waren darin verteilt und beleuchteten riesige Blumen, die ich noch nie gesehen hatte, rot, gelb, blau, Blüten in den verschiedensten Formen, Weiden gab es da und Zedern und winzige Bonsais. Zwischen den Büschen waren Leuchten aufgestellt, die schwach glühten. Das Gesicht meines Vaters im Profil, die schweren Locken, die gebogene Nase, ihre Form klar erkennbar vor dem Farbenspiel der Blumen. Auf dem Tisch lag Silberbesteck in drei Reihen zu jeder Seite. Noch nie hatte ich so viel verschiedenes Essensbesteck nebeneinander gesehen.

»Du fängst außen an und arbeitest dich bei jedem Gang vor. Eigentlich ist es nicht so schwer. Man muss es nur mal gemacht haben«, sagte mein Vater, und an seiner Stimme hörte ich, dass er sich ein wenig über mich lustig machte. Er griff nach einem Messer mit gebogener Klinge.

»Das ist für Fisch«, sagte er.

Ich nahm das Messer in die Hand und drehte es, das Licht des Kronleuchters über uns spiegelte sich matt darin.

»Man muss das Silber regelmäßig polieren. Nur darf es dabei nicht zerkratzen. Du brauchst das richtige Tuch. Es wird aber nie so ganz glänzen. Das ist das Problem, wenn man Silber nicht kennt. Man will, dass es strahlt und leuchtet. Das liegt aber nicht in seiner Natur«, sagte er. Es überraschte mich, dass er etwas über Silber wusste, bei uns zu Hause gab es keins, nur den Goldschmuck meiner Mutter. Die Kellnerin stellte zwei dampfende Tassen mit Kaffee auf die schneeweiße Tischdecke. Die winzigen Tassen aus hauchdünnem Porzellan hatten einen Goldrand und fühlten sich an, als würden sie in meiner Hand zerbrechen. Zu Hause bekam ich ab und zu Çay, Kaffee nie. Langsam wurde ich wütend. Er tat so, als wäre es nichts Ungewöhnliches, hier mit mir im teuersten Hotel der Stadt zu sitzen und Kaffee zu bestellen. Er bestrafte mich, das hatte ich längst verstanden, aber diese Art der Strafe war neu.

»Milch?«, fragte mich mein Vater auf Deutsch. Ich schüttelte den Kopf.

»Ich auch nicht«, sagte er, hob die Tasse an die Lippen, pustete auf die Flüssigkeit und nahm einen Schluck. Sein Mund verzog sich, er hatte sich verbrüht. Er blickte mich auffordernd an und nahm noch einen Schluck. Vorsichtig hob ich die Tasse an ihrem dünnen Henkel zum Mund. Hitze kroch über meine Lippen.

»Ich mag, glaub ich, keinen Kaffee«, sagte ich.

»Höchste Zeit, dass du probierst«, antwortete er.

Es war ein Test. Ich wusste aber nicht, worum es dabei ging. Aber ich spielte mit. Bei meinen Eltern gab es ohnehin keine andere Möglichkeit. Ich nahm einen Schluck Kaffee und verschluckte mich, so heiß war er. Das Getränk verbrühte meinen Mund und Hals, es war bitter und sauer zugleich. Von den anderen Tischen drangen leise Gespräche zu uns herüber, das Klappern des Bestecks, und irgendwo kratzte ein Stuhl über den Boden. Mein Vater trank seinen Kaffee in schnellen Schlucken. Hinter ihm explodierten die Farben der Blüten im Garten, und ich versuchte, mit ihm mitzuhalten und zu trinken, pustete auf den Kaffee, so wie er, und nahm winzige Schlucke, mir brach der Schweiß aus, und ich konnte nicht verbergen, wie abstoßend ich den Geschmack fand.

»Was sollen wir, deiner Meinung nach, mit ihm tun?«, fragte mein Vater.

Um Zeit zu gewinnen, trank ich noch einen Schluck und musste husten. Er wartete ruhig ab, bis der Husten aufhörte. Mir fiel nichts ein, was ich darauf erwidern konnte. Dass er mich so offen nach meinem Bruder fragte, war noch nie vorgekommen.

»Deiner Mutter bricht es das Herz, weißt du. Sie hat schon genug für den Jungen gelitten. Wir dürfen es ihr nicht noch schwerer machen. Das gilt besonders für dich«, sagte er. Und dann: »Wir können nichts dafür, dass er so geworden ist. Auch wenn du vielleicht denkst, dass es anders ist. Weißt du, wessen Schuld es ist?«, fragte er, und ich schüttelte den Kopf. Die Hitze war nun überall in meinem Körper, sie zuckte durch meine Glieder bis in die Fingerspitzen. Er sprach über etwas, über das nie gesprochen wurde. Ich bewegte mich nicht und stand als stiller Strich im Raum. Das Fischmesser blitzte auf dem Tisch. Zu ihm wollte ich werden, ein stummes, glänzend poliertes Werkzeug, starr und unbewegt. Ich versilberte mich. Ich schwieg mich in die Starre. Ich schnitt mir die Sprache ab. Er war kurz davor, mir endlich zu erzählen, was in ihrem Leben passiert war, wieso wir hierhergekommen waren, all die Dinge, die ich nicht wusste. Die Vateraugen streiften durch den Raum. Sie betrachteten die Gäste und den Garten. Schließlich glitten sie wieder zur Fischmessertochter, die silbern und stumm vor ihm saß.

»Es ist nicht unsere Schuld«, flüsterte er, und er sagte es zu sich selbst. Damit war der Moment vorüber, das spürte ich, das Silber löste sich von meiner Haut und fiel in Schuppen zu Boden. Wir waren wieder dieselben verschlossenen Menschen und ich vermutete, er würde jetzt das Thema wechseln, und das tat er auch.

»Ich hab dich mal geohrfeigt, weißt du das noch?«, fragte er. Das hatte ich vergessen, aber jetzt fiel es mir wieder ein, es war vor ein paar Jahren gewesen, als ich unbedingt wissen wollte, wie meine Großeltern hießen und ob sie noch lebten, und ich war meinem Vater den ganzen Tag gefolgt, hatte an seinem Ärmel gezupft und ihn immer wieder gefragt, so oft, bis er sich umgedreht und mir eine Ohrfeige gegeben hatte, mitten ins Gesicht. Es stimmte also nicht, dass nur meine Mutter mich geohrfeigt hatte.

»Warst du deswegen böse auf mich? Bist du es vielleicht noch immer?«, fragte er.

»Kızmamıştım«, sagte ich. Und nach einem Moment. »Traurig.«

Er nickte und trank seinen Kaffee aus.

»Was hast du noch darüber gedacht?«, fragte er.

»Dass es klar war. Dass es passieren würde. Du wolltest nicht darüber sprechen, und ich habs nicht gemerkt«, sagte ich, und es stimmte, es hätte mir viel früher auffallen können.

»Ich glaube, dass du es danach gelernt hast. Aufmerksam zu sein. Zu beobachten. Darin bist du wirklich nicht schlecht, das entgeht mir nicht. Aber es ist wichtig, was du beobachtest. Einige Dinge werden nicht klarer, wenn du sie ansiehst, sondern verschwimmen immer weiter«, sagte er, und unter seinem Blick wollte ich plötzlich weinen und hatte das Gefühl, dass er es vielleicht auch wollte.

»Es kann jederzeit passieren, dass dich jemand schlägt. Du musst es erkennen, bevor es passiert, dann kannst du zuerst schlagen. Das ist wichtig. Keiner wird geboren und will einen anderen schlagen. Das mussten wir lernen, deine Mutter und ich. Der Hase läuft in andere Richtungen, Dilan. Du setzt einen Schlag. Der Schlag landet, und einer kommt zurück, und schon bist du dabei, die ganze Zeit zuzuschlagen. Du machst das, was du machen musst, um durchzukommen. Merk dir das. Aber wenn du mit unwichtigen Dingen beschäftigt bist, mit der Vergangenheit, verpasst du den Moment, und plötzlich schlägt dich jemand, und du hast es nicht kommen sehen. Dann hast du verloren. Und wir sind keine Verlierer. Merk dir das. Es gibt Dinge, die sich lohnen, angesehen zu werden. Und es gibt Dinge, da schaust du besser weg. Hätte mir das mal jemand gesagt. Aber so war es nicht. Deswegen sage ich es dir, meiner Tochter, und du bist wachsam und schlägst, wenn du musst, und ansonsten hälst du den Kopf still und die Beine auch und fällst nicht auf. Und du schaust die Dinge, die nicht erklärbar sind, ganz einfach nicht an. Lass dir das gesagt sein von jemandem, der viel gekämpft hat für nichts«, sagte er. All das sagte er auf Deutsch. Am liebsten hätte ich die Zeit zurückgedreht, ein paar Sätze nur, bis zu dem Moment, wo er sich mir beinahe anvertraut hätte. Irgendetwas hatte ich falsch gemacht, und jetzt war es zu spät.

»Trink deinen Kaffee aus«, sagte er. Meine Tasse war noch halb voll, und ich hatte gehofft, den Rest übriglassen zu können. Ich trank den Kaffee in einem Zug, mir wurde schlecht von dem Geschmack, aber immerhin war er nicht mehr so heiß. Mein Vater lächelte, und er sah aus, als sei er stolz auf mich. Nun war er vollends wieder hier. Die Erinnerung hatte er weit weggeschoben. Er war wieder mein Vater, der die Dinge in die Hand nahm, der alles unter Kontrolle hatte. Energisch winkte er die Kellnerin heran, sie brachte die Rechnung. Er legte zwanzig Mark auf den Tisch, und ich sah weg, es war mir peinlich, dass wir so viel Geld für zwei Tassen Kaffee ausgaben. Wir standen auf, aber statt zum Ausgang zu gehen, legte er eine Hand auf meine Schulter und führte mich ans andere Ende des Raums, zu einer Tür, auf der »Personal« stand. Die Hand auf der Schulter, schob er mich hindurch. Wir standen mitten in der Restaurantküche. Der Koch und die Kellner sahen zu uns auf, aber mein Vater lächelte ihnen selbstsicher zu und drängte mich weiter. Wir betraten eine kleine Lebensmittelkammer. Sobald die Tür zufiel, verstummten die Geräusche. Mein Vater beugte sich zu einem der Regale und griff nach einer Kaffeepackung. Er hielt mir die Packung hin, ich kannte das grüne Etikett mit den roten Verzierungen, es war ein günstiger Kaffee, einer aus dem untersten Regal im Supermarkt. Wir hatten ihn zu Hause.

»Ist es der gleiche?«, fragte ich und meinte den teuren Kaffee, den wir gerade getrunken hatten. Er nickte, und ich nickte auch, um ihm zu zeigen, dass ich es verstanden hatte. Zumindest hatte ich *etwas* verstanden.

»Deine Mutter hat das Silberbesteck poliert. Sie hat hier gearbeitet, als wir hergezogen sind. Manchmal sechzehn Stunden am Tag. Das erste Jahr hat sie nichts gemacht, als Silber zu polieren, Gabel, Löffel, Messer. Sie kam nach Hause, legte sich ins Bett, und roch nach Poliermittel«, sagte er.

Mein Vater strich sich die Haare aus der Stirn und ließ den Blick durch die Kammer streifen.

»Später putzte sie auch und machte die Betten und half in der Küche, eigentlich hat sie alles gemacht. Und dann, am Ende, haben sie ihr den Lohn der letzten drei Monate nicht gegeben. Den hat sie nie bekommen. Das hat sie alles für uns gemacht. Jetzt ist es an dir, etwas aus dir zu machen. Das bist du deiner Mutter schuldig«, sagte er.

Wir sahen einander an. Er streckte eine Hand aus und strich mir über die Wange. Mit festem Schritt verließ er die Kammer. Die Tür fiel hinter ihm zu. Seine Worte rieselten um mich herum wie Schneeflocken. Schuldig, das Wort legte sich auf meine Schultern. Sechzehn Stunden. Schnell lief ich aus der Kammer, vor den Worten weg, ich rannte durchs Hotel und achtete dieses Mal nicht darauf, ob ich Spuren auf dem Teppichboden hinterließ. Draußen sah ich mich nach meinem Vater um, aber er war nirgends zu sehen. Die Sonne war untergegangen, und es ging Wind. Mir war kalt, als ich allein nach Hause lief.

Am darauffolgenden Tag gewitterte es wieder. Ich verbrachte den Vormittag zu Hause, presste die Stirn gegen die kühle Fensterscheibe in meinem Zimmer und sah dem Himmel dabei zu, wie er sich über unserer Stadt entlud. Die Tropfen zersprangen auf dem Asphalt, flossen ineinander und verbanden sich zu Pfützen. Leise zog ich die Jacke an und verließ das Haus. Mit durchnässten Klamotten stieg ich vom Fahrrad und ging die Steintreppe zur Bibliothek empor. Meine nassen Schritte im Steinfoyer, die Stimme meines Vaters in meinem Kopf. Schon spürte ich, wie sich etwas in mir setzte. Eine Gewissheit füllte meinen Körper aus und wurde dann selbst zu Körper. Die Gewissheit wurde mit jedem Schritt zu einem Teil von mir, den ich nicht mehr in Frage stellen würde. Ruhig und klar erkannte ich: Von nun an würde ich auf meinen Vater hören. Es war gut, eine klare Entscheidung getroffen zu haben. Teil der Entscheidung war, den Bibliotheksausweis zurückzugeben, bevor ich noch neugieriger werden würde. All das Wissen in der Bibliothek lud zum Suchen nach Antworten ein. Doch jetzt hatte ich mich fürs Wegsehen entschieden und spürte plötzlich, wie groß und unbändig meine Neugier tatsächlich gewesen war. Von nun an würde ich meinen Wissensdurst damit stillen, mich außerordentlich in der Schule anzustrengen. Denn irgendetwas würde ich lernen müssen, und die Eltern und die Schule würden schon wissen, was. Es tropfte von mir auf den Empfangstresen, auf dem der Bibliotheksausweis lag. Die Bibliothekarin schüttelte den Kopf.

»Sowas machen wir hier nicht«, sagte sie und schob den Ausweis zurück zu mir. Er machte ein schleifendes Geräusch auf dem Tisch.

»Ich will ihn aber nicht mehr«, sagte ich und schob den Ausweis wieder in ihre Richtung, mit dem gleichen Geräusch. Sie verschränkte die Arme, blickte auf mich herab und schnalzte genervt mit der Zunge.

»Also ich weiß ja nicht, wie man das bei euch im Orient macht, aber hier läuft das so nicht, an einem Tag hü und am anderen hott. Auf Wiedersehen«, sagte sie und drehte sich weg.

In der Stadt kaufte ich eine Schere. Der Regen war vorüber, aber die Bänke im Stadtpark waren noch nass, also setzte ich mich unter eine Kastanie mit tief wachsenden Ästen, das Moos am Stamm war trocken geblieben, und vom Weg aus konnte ich nicht gesehen werden. Ein gutes Versteck, ich merkte es mir für später. Das Plastik schnitt sich weich, es faserte nicht aus. Elf kleine Teile waren nötig, bis mein Name auf dem Ausweis nicht mehr zu erkennen war. Sechs Schnipsel verbuddelte ich in der Erde unter den Wurzeln des Baumes, fünf warf ich mitsamt der Schere in einen Mülleimer am Weg. Erleichtert, dass der Ausweis verschwunden war, kalt, weil die Nässe auf mir trocknete, fuhr ich nach Hause. Von jetzt an würde ich alles richtig machen. Keine Umwege, nur geradeaus, nicht links, nicht rechts schauen.

Teil 3
2016

I.

Diyarbakır hat mich gelehrt, die richtige Geschichte zu finden. Das Wichtigste ist, der eigenen Erzählung zu vertrauen. Das Gegenüber spürt die Unsicherheit. Daher habe ich die Geschichte, die ich gebaut habe, tief in meine Haut eingeschrieben. Sie bewegt sich mit meinen Schritten und hebt den Arm, wenn ich es tue. Sie ist fest, obwohl sie schnell in mir zusammenkam. Johan hat mir dabei geholfen. Er hat über seine Serie gesprochen und mir dabei alles erzählt, was ich brauche. Ohne es zu merken, hat er mir den Schlüssel zur Vergangenheit gegeben. Jetzt muss ich ihn nur benutzen. Das Wichtigste ist, der Erzählung zu vertrauen.

Das neue Kostüm knistert. Es leuchtet pink in der Morgenhitze. Meine lackierten Nägel sind darauf abgestimmt, der Lippenstift ist es auch, an meinen Ohren baumeln goldene Ringe.

Im Fenster des Universitätsgebäudes spiegelt sich die Welt, und auch ich spiegle mich für einen kleinen Moment. Ein letzter Blick, um zu überprüfen, ob für die Erzählung alles an Ort und Stelle ist. Beinahe erschrecke ich vor meinem eigenen Spiegelbild, denn die Frau, die aus meinen Augen blickt, kommt mir bekannt vor. Beim Schminken diente mir die Erinnerung an meine Mutter als Vorlage, und tatsächlich ist sie es, die mich jetzt ansieht, elegant, entschieden, streng. Das Kostüm ist an der Taille weit geschnitten. Das Kind ist ruhig, es weiß, dass es nicht auffallen darf.

Am Empfangstresen sitzt der Wächter, für den ich diese Geschichte erfunden habe. Mein Zielpublikum im Chefsessel. Es ist derjenige, den ich auf dem Foto mit der berühmten Schauspielerin gesehen habe, als ich zum ersten Mal hier war und noch nichts vom Geschichtenerzählen verstand. Die Türen gleiten auf, und ich bin eine Strohpuppe, die raschelnd auf den Tresen zufliegt. Dieser Wächter ist jünger als der andere, die Uniform schlackert an ihm, sein Gesicht ist von Akne zerfressen. Als ich ihn jetzt in der Realität sehe, wirkt er noch unsicherer und pubertärer als auf der Fotografie, die ich gut gedeutet habe, und ich spüre das Vertrauen in mich selbst. Das ist neu.

Der Fernseher vor ihm läuft so laut, dass ich schon von Weitem hören kann, worum es geht. Es ist ein Bericht über die ausbleibenden russischen Touristen, die um diese Jahreszeit normalerweise die türkischen Küsten und Städte bevölkern. Dieses Jahr sind sie nicht gekommen. Doch die Nachrichtensprecherin beruhigt uns, die Auswirkungen ihres Fehlens dürften wir kaum spüren, zu gut gehe es dem Land. Der junge Wächter, er ist vielleicht fünfundzwanzig, starrt in den Fernseher. Er bemerkt mich erst, als ich vor ihm stehe.

»Die kommen spätestens nächstes Jahr wieder«, sage ich und nicke leicht Richtung Fernseher. In den Augen des Wächters flackert Unsicherheit, sie springen zur Seite, dann kleben sie wieder an meinen bemalten Lippen. Die Angst zittert leise in ihm auf, für jemanden, der sie nicht kennt, unbemerkt, aber ich kenne sie. Es ist eine Angst, die sich auf höhnisch verzogene Frauenmünder bezieht. Das Schminken war eine gute Idee.

»Hören Sie mal«, sage ich mit dem Selbstbewusstsein der İstanbuler Anwältinnen, mit denen ich oft verhandeln muss. Sie stehen mir klar vor Augen, und ich krieche bis zum Anschlag in ihre trainierten, straffen Körper hinein.

»Ich muss in das Universitätsarchiv. Es gibt etwas zu recherchieren. Fürs Fernsehen«, sage ich, und dann nenne ich ihm den Namen der Sultanserie, für die Johan arbeitet, und sage, dass ich Drehbuchautorin bin. Ich beschreibe unseren Recherche- und Arbeitsprozess, die Charakterisierung der Figuren, die Dramatisierung der Realität, den Bezug zu realen Menschen. Als ich fertig bin, blicke ich ihm direkt in die Augen, die wieder flackern, wegspringen wollen, ich erkenne, er zwingt sich, mich anzusehen. Er fragt sich, ob er mir glauben kann. Mein Gesicht ist die glatte Oberfläche des Tigris. Keine Welle geht über mich.

»Was wollen Sie denn recherchieren?«, fragt er.

Genau auf diese Frage habe ich mich vorbereitet. Das Telefonat mit Johan hat mir alle nötigen Informationen verschafft, Insiderwissen, das ich nun vor dem Wächter ausbreite. Beinahe gelangweilt erzähle ich von den zukünftigen Verwicklungen der Serie, besonders konzentriere ich mich auf die Storyline der Schauspielerin, die auf dem Foto hinter dem Wächter in die Kamera lächelt. Diese Storyline kann ich bis ins kleinste Detail wiedergeben, denn Johan hat mir genau erzählt, wie es mit ihr weitergeht und wie der Bogen ihrer Figur angelegt ist. Den Aufstieg und Fall ihrer Figur zeichne ich mit kontrollierten Gesten vor den hungrigen Augen des Wächters in die Luft. Er ist an den Rand seines Stuhls gerückt und leckt meine Worte auf. Ich schließe damit, dass ich von den Produzenten, die ich beim Namen nenne, den Auftrag bekommen habe, einige Personen der Universitätsgeschichte aus den Siebziger- und frühen Achtzigerjahren zu recherchieren, nur um wen es sich handle, das dürfe ich leider nicht preisgeben. Die Geschichte seiner geliebten Schauspielerin sei an einige Menschen aus dieser Zeit angelehnt, ein Geschichtskapitel voller Umstürze und Dunkelheit.

Er glaubt jedes Wort, er will glauben, denn endlich passiert etwas in seinem Leben. Während ich erzähle, hüpft sein Adamsapfel auf und ab, er muss vor Aufregung die Spucke herunterschlucken. Die Lügen aus meinem Mund lassen in seinem das Wasser zusammenlaufen. So habe ich das geplant. Das Geschichtenerzählen fühlt sich stark an, es ist eine Macht, die beinahe in mir verdämmert wäre.

»Wissen Sie, also ich bin so etwas wie ein Fan, doch, das kann man schon sagen, einmal habe ich sie sogar getroffen«, stottert er und macht eine ruckartige Kopfbewegung in Richtung des Fotos hinter sich, auf dem er mit der Schauspielerin posiert. Den Blick hält er gesenkt, er hält meine geschminkten Lippen kaum aus.

»Ach, na dann erzähle ich Ihnen das ja alles umsonst, dann kennen Sie die Serie ja, sagen Sie das doch gleich, jetzt stehe ich hier und verschwende unsere Zeit!«, sage ich, und das macht ihn noch verlegener.

Ich denke, dass diese Stadt mir einiges darüber beigebracht hat, wie man Gewalt ausübt, und sei es nur in Nebensätzen.

»Wissen Sie, das ist mir jetzt, also es ist mir unangenehm, aber meinen Sie, also bestünde die Möglichkeit, ein Autogramm zu bekommen?«, fragt er und meint natürlich ein Autogramm der Schauspielerin. Den Moment koste ich aus, spiele Nachdenklichkeit, puste die Luft aus den Lungen wie jemand, der oft diese Frage hört, der genervt von ihr ist, sie gleichzeitig amüsant und bedauernswert findet.

»Das könnte ich schon versuchen. Ich sehe sie oft, wir sprechen über das Drehbuch. Ihre Wohnung in Cihangir hat diese riesige Terrasse. Da hat sie eine Bar ganz aus Glas, dabei trinkt sie selbst nicht, aber mich füllt sie ab, wenn ich da bin, jedes Mal. Was war die Frage? Ah, das Autogramm. Ich versuche es«, sage ich.

Sein Gesicht leuchtet vor Dankbarkeit und Aufregung. Beinahe tut er mir leid, ich sehe ihn vor mir, wie er nach einem Arbeitstag den Fernseher anmacht und im regungslosen Einverständnis mit dem Rest des Landes am Bildschirm klebt. Wie die Sehnsucht in ihm immer größer wird und er zusieht, wie die Menschen in der Serie miteinander schlafen, trinken, Intrigen spinnen und Kriege gewinnen, und für die Stunden, die er diese Geschichten verfolgt, kann er sich dem Gedanken hingeben, dass auch er die Möglichkeit hätte, solche Dinge zu tun und es seine freie Entscheidung ist, dass er ein anderes, sittliches und kleineres Leben führt. Seine Träume flimmern dahin, er wird immer träger. Mit kritzeliger Kinderschrift schreibt er seinen Namen und seine Adresse auf einen Zettel und hält ihn mir hin.

»Das ist wahnsinnig freundlich von Ihnen, danke, danke«, sagt er, springt auf und verbeugt sich vor mir. An seiner Taille klimpert der Schlüsselbund. Das metallene Rasseln ist der Soundtrack, der unseren Weg begleitet. Er geht voraus, beschwingt, er hat das Gefühl, ihm passiert etwas Gutes und Besonderes.

Das Archiv ist im Keller, verborgen hinter ein paar dicken Türen, die er willig aufschließt. Das Untergeschoss ist muffig und chaotisch. Er öffnet eine Tür, dahinter ist ein Raum mit riesigen Regalen, randvoll gefüllt mit Akten.

»Ich hole Sie dann in zwei Stunden wieder ab. Und noch einmal danke«, sagt er, verbeugt sich wieder, und springt davon. Ich fühle mich, als hätte ich Applaus bekommen. Mit der Tür fällt die Klappe und die Anspannung von mir.

Ich finde nicht nur meinen Vater, ich finde auch meine Mutter. Er war für Jura eingeschrieben, wie ich es mir gedacht habe. Sie wollte Lehrerin werden. Das überrascht mich. Ich hatte nicht gewusst, dass sie studiert hatte. Mein Vater hat sein Studium abgeschlossen, sie hingegen nicht. Hinter ihrer beider Namen steht ein Vermerk, dass sie für eine Universitätszeitschrift tätig waren. Der Staub der Akten klebt an meinen Fingern. Ich muss an die Beerdigung denken. Wie der Sand unter meine Nägel drang. Der Name meiner Mutter, der in der Akte und auf dem Grabstein steht. Dass sie durch diese Stadt ging, geatmet und gelebt hat, an meinen Vater dachte und an ihr Studium und an all die Dinge, von denen ich nichts weiß.

Ich habe Glück und finde ein paar der Zeitungen, die damals herausgegeben wurden. Von vielen sind nur einige Ausgaben erhalten, kein Wunder, die meisten wurden sicherlich während der Militärdiktatur der Achtzigerjahre vernichtet. Ich habe keinen Anhaltspunkt außer den Vermerk hinter ihren Namen, also bleibt mir nichts anderes übrig, als zu suchen. Ich ziehe die Boxen mit den Zeitungen hervor und blättere jede Seite auf, habe dabei immer die Zeit im Blick, die brutal voranschreitet. Es bleibt kaum Raum, den Inhalt der Zeitungen aufzunehmen. Einige sind auf Kurdisch geschrieben, die meisten auf Türkisch, ein paar bilingual. Schlaglichter der sozialen Umbrüche der Siebzigerjahre. Und dann, nach anderthalb Stunden vergeblichen Suchens, finde ich sie. Die Namen meiner Eltern. Die Zeitung, für die sie geschrieben haben, wurde in türkischer und kurdischer Sprache herausgegeben, die Sprachen sind einfach nebeneinander gedruckt. Die gleiche vergilbte Tinte mit den Lettern, die an den Seiten ausfransen. WELAT heißt die Zeitung, später schaue ich nach und lese, dass es das kurdische Wort für »Heimat« ist.

Das Papier knistert in meiner Hand. Wenn ich mich bewege, knistert auch das Kostüm. Das rote Polster des Stuhls fängt mich auf. Ich schlage den Artikel auf, unter dem der Name meines Vaters steht und beginne zu lesen. Dabei höre ich seine Stimme aus den Sätzen heraus, die Lakonik, die Klarheit, den Pragmatismus, der an Pessimismus grenzt. Damals war er nicht anders als heute, etwas hoffnungsvoller vielleicht, trotzdem klingt er abgeklärt und nüchtern. Er schreibt über die unterschiedlichen Studentenbewegungen, die Zersplitterung innerhalb der revolutionären Gruppen. Über die verschwendete Energie, diese Differenzen auszutragen. Energie, die in andere Dinge fließen sollte. Dann entdecke ich in seinem Text noch etwas anderes. Zorn. Den kenne ich von meinem Vater nicht, jedenfalls nicht in der leidenschaftlichen Art, wie er mir nun vom Papier entgegenspringt. Wie ein Voyeur komme ich mir plötzlich vor, wie ich hier sitze und heimlich einen Zug an meinem Vater entblöße, den er all die Jahre nicht mit mir geteilt hat. Sein Zorn strahlt durch die Jahrzehnte und macht mich verlegen, groß und heiß, wie er ist. Mein junger Vater weiß genau, wogegen sich der Zorn richtet, es ist ein klares, großes Gefühl, das ihn zum Schreiben bewegt. Ich rechne nach. Er war noch keine Dreißig, als er diese Texte verfasste. Je mehr ich lese, desto klarer wird das Bild. Seine Gedanken setzen sich zusammen zu einer Haltung, zu Wünschen, zu Träumen, zu Utopien, nicht nur für seine Leute und seine Stadt, nein, mein Vater will mehr, mein Vater will die Welt verändern. Er will das bestehende System abschaffen und ein Neues kreieren. Er schreibt von einem anderen, einem neuen Land, das nicht existiert und doch existieren müsste, für seine Eltern, für ihn, seine Kinder und deren Kinder. Er träumt von diesem Land, und es liest sich wie das Manifest eines Philosophen, der eine Formel entdeckt hat, mit der er alle Widersprüche aufzulösen sucht. Er schreibt, als habe er die Antworten. Er weiß, was zu tun ist. Seine Worte ziehen mich an, ich falle in das Papier hinein und tauche Jahrzehnte früher wieder daraus auf. Ich sehe durch seine Augen, sehe in den Geist der Zeit hinein. In seinem Kopf lodert das Feuer der Revolution. Sein Zorn ist mir fremd, aber es ist unverkennbar mein Vater, der da schreibt. Der trotz der Dringlichkeit seiner Worte methodisch vorgeht. Die Revolution ist wie eine handwerkliche Aufgabe, die klare Schritte nach sich zieht, das System, das es abzuschaffen gilt, sieht er wie einen Baum, der auf die Straße gefallen ist. Fällen, zersägen, die Einzelteile entsorgen, alles hat seine Ordnung und seinen Gang. Diesen Plan breitet er in seinen Artikeln aus. Seine Worte stoßen nach vorn, in eine neue Zeit, in der es nicht um Kapital und Profit, sondern um das Kollektive und Gemeinschaftliche gehen soll. Über mir ist die Universität und die Stadt, obwohl mir all das fern vorkommt und so, als wäre ich überhaupt nicht mit der Welt verbunden, sondern würde in einer Kapsel durchs All treiben, fern der Städte, Universitäten, Straßen und Häuserfassaden. Ich sehe meinen Vater vor mir, noch keine schüttere Stelle in seinen Locken damals, der Rücken lang und stark, und in seinem Gesicht ist beides, die Kraft seiner Utopien und die Klarheit eines Menschen, der Bäume zersägt, und ich denke, dass meine Mutter es wohl erkannt haben muss, auf irgendeiner Veranstaltung, in irgendwelchen Sälen oder Cafés. Sie, die flatterte und unruhig war und die vielleicht damals schon dachte, dass in seiner Überlegtheit auch eine gewisse Zurückgezogenheit lag. Vielleicht erkannte sie damals, dass sie einander guttun könnten. Sie, die flog, und er, der in die Erde eingelassen war. Dass sie einander brauchten. Dann stoße ich auf die Artikel meiner Mutter. Ihr Name steht dort voll ausgeschrieben, ich weiß nicht, ob es jugendliche Naivität oder Mut war. Sie hat eine direkte Antwort auf ihn verfasst, gleich in der nächsten Ausgabe. Der Artikel beginnt mit den Worten: »Lieber Genosse, Sie sind ein Idiot.«

So geht es weiter, und sie zerschlägt nach und nach jede seiner Thesen, zermalmt jeden Gedanken, den er davor geformt hat, und sie geht dabei so rücksichtslos vor und messerscharf und voller Überzeugung, dass keine andere Wahrheit als ihre zulässig erscheint. Sie zieht alle Register, klingt überlegen und macht sich über ihn lustig, bis sie zu dem Schluss kommt, dass nur politisch ist, wer die Waffe in die Hand nimmt. In den letzten Artikeln, bevor ihr Austausch abreißt, verhärteten sich ihre Positionen. Einer der letzten Sätze, die sie schrieb, war: »Sie sind ein Feigling, und Ihren Heiratsantrag lehne ich auch ab.«

Dann reißt ihre Korrespondenz plötzlich ab. Es gibt keine Artikel mehr, die den Namen meiner Mutter tragen. Sie wird nirgendwo erwähnt. Den Namen meines Vaters finde ich nur noch im Verzeichnis der Redaktion. Ein Blick auf die Uhr. Die Zeit rinnt mir davon, die zwei Stunden sind beinahe abgelaufen.

Nicht nur ihre Korrespondenz reißt ab. Mit der Etablierung der Militärdiktatur verschwinden alle radikalen Haltungen aus den Zeitungen. Die meisten Magazine werden eingestampft, solche mit Namen wie »WELAT« sowieso, es existieren nur noch Blätter, die ganz auf staatlicher Linie sind.

Nur noch eine Viertelstunde. Da, endlich, entdecke ich etwas. In einer anderen Zeitung, neugegründet in den Achtzigerjahren, taucht eine Liste mit Verhafteten auf. Sie werden gebrandmarkt als Verräter, als Gefahr für den Staat. Und dort lese ich ihn. Den Namen meiner Mutter.

II.

Beim Flugzeug wird der Körper mit Hilfe von Elektroschocks zum Zittern gebracht. Der Häftling wird nackt und stehend an einen Heizkörper gefesselt. Drähte, die mit Elektroschockern verbunden sind, werden am Körper befestigt. Die Drähte werden um die Finger, die Zunge und die Zehen gebunden, ein Draht wird in den Anus eingeführt, danach wird der Häftling mit Wasser übergossen, sodass der Strom besser geleitet wird. Über einen Zeitraum von drei bis vier Stunden werden Stromschläge in unterschiedlich langen und unregelmäßigen Intervallen ausgeteilt.

Alles wird zum Geständnis: Wer sich nachts im Schlaf bewegt, wer draußen eine Geliebte hat, wer Verantwortung in der Organisation übernommen hat.

Der Ausruf »unters Bett« ist als sofortige Anordnung zu verstehen, dass alle Häftlinge sich unter den Holzbetten zu verstecken haben. Arme, Beine, Köpfe, Fingerspitzen, nichts darf herausschauen, und wenn doch, werden dem entsprechenden Körperteil Schläge versetzt. Die Wärter gehen die Reihen neben den Betten so oft ab, bis die Häftlinge es geschafft haben, jeden Zentimeter ihres Körpers unter den Betten verschwinden zu lassen. Für die Schläge benutzen die Wärter Holzplanken, auf die verschiedene Slogans geschrieben sind. Meist zynische Witze auf Kosten der Inhaftierten. Die Holzplanken gehören zum Standardwerkzeug der Wärter.

Es gibt Tage, an denen Häftlingen zum Essen tote Ratten oder Exkremente vorgesetzt werden, auch zur Einverleibung dieser Dinge werden die Holzplanken benutzt, denn wer nicht isst oder sich erbrechen muss, wird mit der Planke geschlagen, bis der Teller leer ist.

Wenn die Häftlinge das Gefängnis putzen müssen, werden sie ab und an gezwungen, die Körper ihrer Mitgefangenen als Wischmopp zu benutzen. Dafür schultert ein Häftling die Knie eines anderen und zieht ihn über den mit Seifenwasser benetzten Boden, so lange, bis die Wärter finden, es ist sauber genug.

Schlafentzug, Essensentzug, Wasserentzug, Einzelhaft.

Der Tag ist strukturiert wie in einem Militärcamp, täglich werden nationalistische Lieder gesungen, es gibt Vorlesungen und eine schier unendliche Anzahl an Sprüchen und Sätzen, die auswendig gelernt werden müssen. Einer der beliebtesten Sätze ist: »Ich bin ein Türke.«

Die kurdische Sprache ist strikt untersagt. Das Benutzen der kurdischen Sprache wird bestraft. Mit Besuchern darf nur Türkisch gesprochen werden. Falls Angehörige diese Sprache nicht beherrschen, kann nicht miteinander gesprochen werden.

Einigen Häftlingen wird Strafminderung versprochen, wenn sie mit den Wärtern kollaborieren. Die Spione sollen Informationen sammeln und an die Wärter weitergeben. Ein Spion zu sein, ist die größte Schande im Gefängnis. Kaum jemand lässt sich darauf ein. Widerstand hingegen ist zahlreich. Ein Mittel des Widerstands ist der Hungerstreik. Das Militärgefängnis in Diyarbakır erlebt vier solcher großen Hungerstreiks. Einen im März 1981, einen im Juli 1982, einen im September 1983 und einen im Januar 1984. Auch Suizid wird als Mittel des Aufstands gewählt, so verbrennen sich etwa im Mai 1982 vier Häftlinge selbst, indem sie Zeitungen mit Farbspray tränken, diese anzünden und damit ihre Körper entflammen.

Frauen sind der gleichen Behandlung ausgesetzt wie Männer. Einige Frauen werden im Gefängnis schwanger, als Resultat der Vergewaltigungen durch die Wärter. Wenn eine Frau ein Geständnis ablegt, erhöht es ihre Chance auf eine sichere Entbindung.

III.

Die bröckelnde Mauer zieht sich als Narbe an der Stadt. Wie ein Nachmittagsschatten werfe ich mich an die Mauer, fließe an ihr entlang, aus dem Zentrum hinaus, weg von den Panzern und Militärs, die in den Straßen patrouillieren.

Treibend zieht das Geräusch der Bağlama von der Steinbrücke herauf, die über den Tigris führt. Die Musik überdeckt das Rauschen des Flusses, überdeckt auch meine Gedanken. Das Wasser, seine Nähe, die Bewegung der Strömung. Als ich die Brücke betrete, wird ein fröhliches Lied angestimmt. Der Bağlamaspieler sitzt in der Mitte, neben ihm zwei Musiker auf Schemeln, eine Trommel, eine Flöte. Mit den Fußspitzen tippen sie den Takt. Alle drei singen, mal zusammen, mal abwechselnd. Zwei der Musiker haben die gleiche längliche Gesichtsform, sie sitzen nebeneinander und lächeln sich zu, ich denke, sie sind Brüder. Eine Menschentraube ist um sie, Männer, Frauen und Kinder, alle kennen das Lied, sie singen mit. Die Kinder klatschen in die Hände, die Musik wird schneller. Drei junge Frauen beginnen, Govend zu tanzen. Ihre Freunde kommen dazu, verhaken die kleinen Finger miteinander und tanzen mit, und kurz darauf bewegt sich eine Menschenkette im Halbkreis um die Sänger herum. Sie tanzen immer ausgelassener, lachen und werfen die Beine in die Luft, und keiner gerät aus dem Takt. Unter uns fließt der Tigris. Den Fluss interessiert weder der Tanz noch der Gesang, er rauscht weiter. Landauswärts. Hinter dem Fluss ist Syrien. Ich denke an den Atlas, an die Bezeichnung »Zweistromland«. Das Lied trägt mich, ich lehne mich gegen das Geländer und betrachte die Gruppe der Tanzenden. Eine Frau verliert ihr Tuch, mitten im Tanz fällt es ihr von den Schultern, segelt rot ihren Körper hinab und auf den dunklen Stein der Brücke. Es kümmert sie nicht, sie tanzt weiter, dann dreht sie sich zu mir, sie spürt, dass ich sie beobachte. Sie dreht die Schulter zu mir, eine Einladung zum Tanzen.

Auf dem Rückweg gehe ich am Gefängnis vorbei, das aus mehreren barrackenartigen Gebäuden besteht. Die schrägen Dächer senden das Licht fort, sobald es darauf trifft. Die Dächer und Wände sind rot, die Sonne will darauf nicht bleiben. Um das Gefängnis herum stehen Wohnhäuser, an deren Fenstern Gardinen hängen und hinter denen die Menschen ihre Augen über die Gitterstäbe gleiten lassen, diese Fenster allerdings halten die Sonne, sie fällt auf die Tische und Sessel und wärmt die Zimmer. Man könnte das Gefängnis für eine Industrieanlage halten, könnte denken, dort werde Kleidung hergestellt, Papier oder Verpackungen. Wenn es den Maschendrahtzaun nicht gäbe, nicht die Kameras, nicht die Eisentüren.

Im Hotelzimmer trinke ich Wasser. Ein Glas nach dem anderen. Das beruhigt das Kind etwas und mich auch. Dann habe ich plötzlich das Gefühl, nicht mehr atmen zu können, und reiße mir jedes Kleidungsstück vom Körper, stelle mich unter die Dusche und lasse das chlorreiche Wasser über mich laufen. Ich schrubbe jede Stelle meines Körpers, ich bürste meine Haare, mir fallen dabei kleine Büschel aus, aber das kümmert mich nicht weiter. Mit dem Handtuch reibe ich jeden Zeh und jeden Nagel einzeln sauber, keinen Millimeter meiner Haut lasse ich aus. Irgendwann bin ich sauber, trocken, und es ist auch sonst nichts mehr zu tun. *Flugzeug, unters bett, boden wischen.* Das flatternde Gefühl in der Brust. Das Prickeln auf der Haut. Der Schweiß. Es ist wie am Nachmittag im Büro, die Panik zittert den Körper hinauf. Ich wähle die Nummer meines Vaters. Er weiß weder, dass ich in Diyarbakır bin, noch weiß er, dass er in den letzten Tagen für mich zu jemand anderem geworden ist.

Mein Vater nimmt sofort ab. So, als hätte er die ganze Zeit auf meinen Anruf gewartet.

»Dilan«, sagt er, und es klingt zärtlich und einsam. Seine Stimme ist kratzig, wie meine in den ersten Tagen in Diyarbakır, so als ob er sie wenig benutzen würde.

»Ich habe deine Artikel gelesen«, sage ich.

Sein Atem verändert sich nicht. Drei Züge, ruhig, rhythmisch. Als hätte ich nichts gesagt, als könnte das, was ich gelesen habe, einfach wieder verschwinden.

»Ich bin in Amed«, sage ich.

Seine Arme fallen mir ein. Seine Vaterarme. Die einen Baum zersägten in meiner Kindheitsstadt in Norddeutschland, die meiner Mutter einen Teller am Essenstisch reichten, die sich um meine Schultern legten, schwer und sicher, als er neben mir stand und in den Nachthimmel sah, als wir den Vögeln lauschten und uns stumm einigten, welche Dinge gesagt werden können und welche nicht. Das Mädchen und sein Vater im Garten. Ich habe das Gefühl, sein Arm lag die ganzen Jahre noch auf mir und drückte mich hinab. Jetzt schüttle ich den Arm ab.

»Ich habe auch annes Artikel gelesen. Eure Streitigkeiten. Sie glühte richtig«, sage ich.

Am anderen Ende erinnert mein Vater sich an seine glühende Frau. Ihre Jugend, ihr Weltbild, ihre Kampfeslust und den Mut.

»Sie klang so entschlossen. So, als wäre sie bereit, alles zu geben«, sage ich.

»Das war sie auch«, sagt er. Ein fester Satz ohne Schmerz und ohne Reue. Etwas, dessen er sich sicher ist, das er nicht hinterfragt.

»Du hast anders geschrieben. Vielleicht vorsichtiger. Aber ihr wolltet das Gleiche. Nur anne wollte mit der Strafe anfangen. Erst die Strafe, dann das Verfahren. Du hast erst nach Methoden gesucht. Ich verstehe das. Ich hätte das auch so gemacht. Aber sie wollte handeln. Oder nicht?«, frage ich.

Lange sagt er nichts. Die Stille zwischen uns wächst, und in mir steigt Wut auf. All die Jahre habe ich nichts gewusst. Es fühlt sich wie ein Machtkampf an: Wer zuerst spricht, verliert. Aber mir fallen all die »Lektionen« ein, die er mir im Laufe meines Lebens erteilt hat, was ich wissen darf und was nicht, und ich merke, ich glaube ihm nicht mehr, habe zum ersten Mal das Gefühl, es besser als er zu wissen, und deshalb will ich diesen Wettkampf des Schweigens gewinnen. Vor lauter Wut wird mir heiß, ich schalte die Freisprechanlage an und lege das Handy beiseite.

An der Decke surrt die Klimaanlage. Kalte Luft wird ins Zimmer geblasen, die Temperatur habe ich auf zehn Grad heruntergeregelt. Das Handy liegt neben mir auf dem Bett, ich halte mein Gesicht in die kalte, trockene Luft. Die Wut löst sich auf und wird von der Klimaanlage mit der Zimmerluft vermischt. Mein Vater schweigt, er erwartet, dass ich spreche. Er steht vielleicht im Wohnzimmer und hat die Pflanzen gegossen, kurz bevor ich angerufen habe. Die Tigerblume, die Sukkulenten und Rankengewächse, die Elefantenohren, die auch in unserem Haus in Norddeutschland standen. Mein Vater, der zwei Finger auf die Erde legt, um zu prüfen, welche Pflanzen noch genug Wasser haben, mein Vater, der wie meine Mutter alles in sich hat verschwinden lassen.

»Wieso bist du ausgerechnet jetzt dort?«, fragt er.

Es ist der erste Wettkampf mit meinem Vater, den ich gewinne.

»Weil ich mich an den Sommer erinnere, mir sind ein paar Dinge eingefallen, und ich hab mich an ihn erinnert, weißt du, und, und …« meine Stimme überschlägt sich.

»Und weil du schwanger bist«, sagt er. Damit habe ich nicht gerechnet. Der Luftstrom der Klimaanlage trifft auf meine Stirn, die Kühle trocknet den Schweiß, die Härchen auf meiner Haut richten sich auf, aber es ändert nichts daran, dass sich mein Körper noch immer heiß anfühlt, und so, als würde er vom Inneren her Wärme entwickeln und nach außen abstrahlen, als würde das Kind diese Wärme erzeugen.

»Erinnerst du dich richtig? An alles?«, fragt mein Vater. Ich stehe auf, gehe zum Fenster und öffne es. Die Luft strömt herein, aber sie ist heiß und stickig und macht meinen Kopf nicht klarer. Jetzt wird die Klimaanlage lauter, sie arbeitet gegen die warme Luft der Stadt.

»Deine Mutter und ich waren uns in vielem uneinig. Aber bei dieser Sache bis zum Ende schon: Was passiert ist, ist passiert. Und das kann ich dir nur raten. Lass es, wo es ist«, sagt er. Ich schließe die Augen und versuche, mir das Wasser vorzustellen, das im Tigris oder das in der Nordsee, ich erinnere mich daran, wie ich früher beim Baden im Meer ab und zu die Augen geöffnet habe, obwohl ich wusste, dass ich den Preis dafür zahlen würde und meine Augen noch tagelang vom Salzwasser jucken würden. Wenn ich die Lider fest aufeinanderdrücke und mich auf das Gefühl der kalten Luft aus der Klimaanlage konzentriere, fühle ich mich wieder, als sei ich tief unter Wasser.

»Was ist mit ihm passiert?«, frage ich, dabei öffne ich die Lippen so wenig wie möglich, ich stelle mir vor, wie das Wasser in meinen Mund laufen und sich in meiner Lunge sammeln würde.

»Du hast doch mit der Frau bei der Beerdigung gesprochen. Sie ist meine Schwester. Ich kann das nicht«, sagt er, und ich fühle, wie Algen sich um meine Beine schlingen. Ich erinnere mich daran, wie sich als Kind beim Schwimmen tatsächlich mein Bein in ein paar Algen verhedderte, und wie viel Angst es mir gemacht hatte. Jetzt stelle ich mir vor, wie ich zum Meeresboden gezogen werde, es wäre ein Leichtes, mich dem Zug hinzugeben, zu versinken bis an den Grund, an dem kein Wort fällt, nie gesprochen wird, doch ich wehre mich dagegen und tauche wieder auf. Ich öffne die Augen. Die Vorstellung vom Meer, den Algen, dem Rauschen des Wassers verschwindet. Die Realität ist ein hübsches Hotelzimmer in Diyarbakır und eine Klimaanlage. Mit einem Knopfdruck schalte ich sie aus.

»Wieso kannst du es mir nicht erzählen?«, frage ich.

»Ich kann dahin nicht zurück, nie mehr«, sagt er.

Draußen sind die Dächer, die Moscheen und ein Kirchturm, darunter die Telefonmasten und dann die Straße, die voller Menschen ist. In der Altstadt ist das angeschossene vierbeinige Minarett. Von meinem Hotelzimmer aus kann ich keine Panzer sehen, aber sie sind da, ich weiß es, und mein Vater weiß es auch.

»Wohnt sie noch im Dorf?«, frage ich.

»Kendine iyi bak«, pass auf dich auf, sagt mein Vater und legt auf.

IV.

Nachts hat es auf der Straße vor meinem Hotel eine Auseinandersetzung gegeben. Eine Gruppe von Männern ist in einen Streit geraten. Reglos lauschte ich vom Bett aus, eine warme Insel im Lärm. Im Halbschlaf fiel Asche auf meinen Körper, dann leuchtete am Fenster ein Flammenkranz auf, und ich war mir sicher, sie werfen Molotowcocktails ins Hotel. Mein Bruder stand in der dunklen Ecke des Zimmers und schüttelte den Kopf. Er sah enttäuscht aus, und ich konnte mich nicht bewegen, auch nicht, als meine Mutter mit erhobener Hand auf mein Bett zukam und ich mir sicher war, sie würde mich schlagen.

Am Morgen ist mein Körper verkrampft, und ich habe das Gefühl, keine Stunde geschlafen zu haben. Das Licht kriecht durchs Fenster, wärmt das Zimmer und zwingt mich, aufzustehen.

Der Mann am Tresen ist fröhlich, er hat nichts von dem nächtlichen Streit mitbekommen. Er will mir das Geld nicht zurückgeben, als ich sage, ich muss einige Tage früher abreisen. Er wünscht mir trotzdem eine gute Heimfahrt.

Fetzen Papier, Schutt, Plastikteile und Staub, überall Staub. Meine Schritte graben Schneisen hinein. Die Gasse hinterm Hotel ist verlassen. Ich warte auf das Taxi, das mich zum Busbahnhof bringt. Graffitis an den Wänden, in der Nacht gesprayt. Drei nach rechts gewandte Halbmondsicheln. Dieses Bild ist auch auf die Häuserwände gemalt. Hinter den Fenstern ist niemand zu sehen.

In meiner Hand der kleine Rollkoffer, das Geräusch der Räder zu laut. Im Staub blitzt etwas auf. Drei glänzende Patronenhülsen, oval wie Eicheln. Sie zeigen alle in dieselbe Richtung. Sie liegen kalt und glatt in meiner Hand, ich trage sie ein paar Schritte mit mir, dann werfe ich sie wieder weg. Wo ich hingehe, kann ich sie nicht mitnehmen, dabei müsste ich sie aus der Stadt hinaustragen, bis nach

İstanbul und dann weiter, und ich müsste sie im Tageslicht hervorholen und herzeigen, in jedem Dorf, an dem ich vorbeikäme. Mein Körper bebt vor Aufregung, aber das Kind ist ruhig. Es weiß, wohin wir gehen. Als ich um eine Straßenecke biege, sehe ich einen Panzer durch die Gasse rollen. Das Donnern des Fahrzeugs in der Stille, die Soldaten sehen mich nicht, sie fahren weiter, und ich denke plötzlich an Johan und seine tätowierte Haut. Staub wirbelt auf und legt sich auf meine Schuhe.

Der Bus ist so gut wie leer. Diyarbakır verschwindet hinter uns, ich schaue nicht zurück. Die Asche, die Panzer, das Minarett, die Angst in den Straßen, das Leben meiner Eltern, ihre aufgeschriebenen Worte, all das bleibt zurück. Selten habe ich mich so feige gefühlt wie jetzt. Denn Erleichterung wäscht über mich, sobald wir aus der Stadt heraus sind, und ich habe das Gefühl, nie wieder zurückkehren zu wollen.

Sechs Stunden fahren wir landeinwärts. Der Tigris bleibt zurück, und mir wird bewusst, dass ich meine Chance verpasst habe, die Hände in ihm zu waschen.

Felsige Berge, die mit Sträuchern und Zikaden bewachsen sind, kesseln das Tal ein, durch das eine staubige, breite Straße führt. Sie verschwindet im Gestein. Links und rechts von mir führen kleinere Straßen auf je zwei Dörfer zu, die jeweils aus einer kleinen Ansammlung Häuser bestehen. Die Häuser sind nichts weiter als entfernte, dunkle Flecken mit spitzen Dächern. Rechts liegt das Dorf, in dem mein Vater geboren worden ist. Küçükköy. Ich kenne seinen kurdischen Namen nicht. Wie es viele Dörfer geben muss, deren alte Namen mit solch einfachen Beschreibungen in türkischer Sprache ersetzt worden sind. Die Landschaft ist neu und fremd für mich. Zwischen diesen Bergen hat mein Vater die ersten Jahre seines Lebens verbracht, und ich versuche, mir jeden Zentimeter der Umgebung einzuprägen, und fühle in mir nach, ob die Ansammlung der Felsen oder die Ordnung der Sträucher in mir auf Vertrautheit stößt, ob es irgendein Erkennen gibt, vielleicht aufgrund einer überhörten Erzählung meines Vaters, vielleicht aufgrund vererbter Erinnerungen, doch da ist nichts, nur das einsame Gefühl, an einem neuen Ort zu sein, an einem Ort, der mit mir nichts zu tun hat. Und doch hängt alles zusammen, der Sommer, die Erinnerung an meinen Bruder, das Ende, das Gefängnis, das Leben meiner Eltern, dieses Dorf. Die Sonne brennt auf meine Schultern, mir ist heiß, das Kind ist unglücklich, weil ich so lange nichts gegessen habe. Zwischen den Häusern taucht ein schwarzer Punkt auf, er kommt auf mich zu, wird größer. Bewegungslos stehe ich auf der Straße und beobachte den Punkt dabei, wie er zum Menschen wird. Es ist meine Tante. Ich greife meinen Koffer und die Handtasche vom staubigen Boden und gehe ihr entgegen.

Hier in dieser Landschaft sieht sie anders aus, als ich sie von der Beerdigung in Erinnerung habe, jünger. Ihre Haut wirkt glatter, die Stirn glänzt in der Sonne. Als wir voreinander stehen, umarmt sie mich. Sie riecht nach Feuer. Kein Wort der Begrüßung.

Das Dorf ist zehn Häuser aus Stein. Die schmale Gestalt vor mir steigt über die Löcher in der Straße, sie weiß genau, an welchen Stellen sie vorsichtig gehen muss. Zwischen zwei Häusern steht eine Kuhherde und grast, daneben sitzt ein Junge. Er lehnt gegen einen Baum und starrt in sein Handy, weder die Kühe noch uns würdigt er eines Blickes. Im Dorf bleibt meine Tante vor einem zweistöckigen Haus stehen. Es sieht neu aus. Weiße Säulen schmücken den Eingang, ich weiß nicht, was ich erwartet habe, jedenfalls kein mehrstöckiges prächtiges Steinhaus. An einem Pflock auf dem Vorplatz ist ein riesiger gelber Kangal angebunden. Als wir uns nähern, setzt er sich auf. Seine Pfoten sind tellergroß. Sein schwarzer Kopf dreht sich zu uns und seine Augen folgen meinen Bewegungen, Speichelfäden hängen aus seinen Lefzen und tropfen auf den Tierkadaver, der vor ihm liegt. Wir gehen an ihm vorüber, er bleibt stumm und aufmerksam. Der Kadaver ist der einer Ziege, ihr Kopf ist noch ganz.

Der Ofen im Wohnzimmer brennt nicht. Er steht in der Ecke. Breit und schwarz. Das Gusseisen ist angelaufen und würde ein hübsches Geräusch machen, wenn ich dagegen schnipsen würde. Alle Möbel im Zimmer sind entweder auf den Ofen oder auf den Fernseher daneben ausgerichtet. Drei große grüne Sofas sind in einer U-Form angeordnet. An der Wand hängen drei gerahmte Portraitfotos. Zwei Männer und eine Frau.

»Das sind unsere Märtyrer«, sagt meine Tante.

Sie schaltet den Fernseher an. Stumm spricht eine geschminkte Nachrichtensprecherin in die Kamera. An der eingeblendeten Grafik lässt sich erkennen, dass es um das Wirtschaftswachstum geht. Wir trinken Tee und schweigen. Das Klimpern ihres Löffels gegen das schlanke Glas, als sie den Zucker unterrührt. Auch von draußen kommt kein Geräusch, kein Bellen, keine Rufe. Als wären wir in einem Geisterdorf, in dem die Häuser nicht bewohnt sind. Gerne würde ich fragen, wer die anderen Menschen sind, die hier leben. In welcher Beziehung meine Tante zu ihnen steht, vermutlich sind es Verwandte von uns.

»Wärmt der Ofen gut?«, frage ich stattdessen.

Die Frau, die meine Tante ist, lächelt und schweigt. Sie sitzt am anderen Ende des Sofas, unangenehm weit entfernt, ich muss meine Stimme erheben, damit sie mich hören kann. Es ist warm und dunkel im Wohnzimmer. Die Fenster sind geschlossen und die Gardinen vorgezogen, sie lassen die Sonne nicht herein, ich würde sie gern zurückziehen, um auf den strahlend blauen Himmel zu sehen, auf die gelbe Berglandschaft ringsum. Das Zimmer hat trotz seiner Größe etwas Klaustrophobisches. Den Rest des Hauses hingegen stelle ich mir lichtdurchflutet, freundlich und einladend vor, so sah das Haus von außen aus, mit dem hellen Stein und den großen Fenstern.

»Willst du etwas essen?«, fragt meine Tante, und ich schüttle den Kopf, obwohl ich Hunger habe und es für das Kind wichtig wäre, aber mir ist flau im Magen, und wenn ich etwas essen würde, müsste ich mich sofort übergeben. Die dunklen Tantenaugen fallen in meine, sie hat wieder diesen Blick, mit dem sie mich auch schon bei der Beerdigung angestarrt hat. Unfassbar, dass seitdem nur ein paar Tage vergangen sind. Es kommt mir wie ein anderes Leben vor, aber so kommt mir mein ganzes Leben vor, fremdgelebt, betrachtet durch eine Glasscheibe. In den letzten Tagen ist es anders geworden. In den letzten Tagen habe ich eigene Entscheidungen getroffen. Die Tante schenkt Tee ein. Er ist bitter auf der Zunge. Er schmeckt genau wie ihn mein Vater machen würde. Die Augen der Tante auf mir. Ein trippelndes Geräusch ist zu hören, enge Schritte von kleinen Füßen, die schneller und lauter werden, vielleicht auch Hufe oder Pfoten. Ein kleines Mädchen steht in der Tür. Sie trägt ein rotes, breitgeschnittenes Kleid mit glitzernden Paillettenstreifen am Kragen, ihre glatten schwarzen Haare fallen ihr bis auf die Schulter, ihre großen Augen mit den langen Wimpern starren zu mir herüber, fixieren mich, ihre Nase ist breit und plustert sich auf, weil sie außer Atem ist. Sie ist vielleicht zwei Jahre alt. Wie eine aufgezogene Blechfigur rennt sie plötzlich los, ein winziger Mensch voller Energie, mit Entschiedenheit springt sie auf den Arm meiner Tante, wird dort aufgefangen, es ist eine eingespielte Choreografie. Auf diesem Tantenarm klettert das Mädchen herum, bis es die richtige Position gefunden hat, schiebt den Tantenkörper zurecht, wie sie ihn haben will, und kommt schließlich auf ihrem Schoß zur Ruhe, die angezogenen Beine umschlungen. Für einen Moment will ich mit ihr tauschen. Will mich im weichen Tantenkörper vergraben, so wie früher in dem meines Vaters. Er hat mich gehalten, wenn mir etwas wehtat, legte den Arm wie einen Umhang um meine Schultern. Ich denke daran, wie ich mich unter dem Rock meiner Mutter versteckte, an ihr Bein geklammert. Doch das geht nicht, es geht nie mehr, und bald bin ich diejenige, an der sich jemand festhalten wird. Bald muss ich für einen anderen Menschen Wärme, Zuneigung und Sicherheit herstellen, und mir graut davor, mir graut vor meiner völligen Unfähigkeit dazu. Das Mädchen lässt mich nicht aus den Augen.

»Ist das deine Tochter?«, frage ich erstaunt.

Die Tante lacht und schüttelt den Kopf. »Von der Nachbarin. Aber verwandt sind wir schon. Nicht wahr?«, sagt sie und streichelt über den Mädchenkopf, den es nicht interessiert, dass wir ihn besprechen.

»Es tut mir leid, dass ich nichts mitgebracht habe«, sage ich. »Es war eine spontane Entscheidung.«

Meine Tante nimmt einen Schluck Tee, das Kind zieht seine weißen Socken aus und reibt sich die Zehen. Sobald der Tantenkörper sich bewegt, bewegt sich auch der Kindskörper, als seien sie Teil des gleichen Organismus. Ich frage mich, ob mein Kind und ich je so eingespielt miteinander sein werden. Ob ich überhaupt zu so viel Nähe fähig bin.

»Was haben meine Eltern in Amed gemacht? Was ist ihnen passiert? Meiner Mutter? Und danach, was war dann?«, frage ich, meine Stimme überschlägt sich und zittert, es ist, als würde eine andere fragen, ein Mensch, der nichts mit mir zu tun hat.

»Ich habe jeden Tag deine Haare gebürstet«, sagt meine Tante. »Als du damals ins Koma gefallen bist, habe ich bei euch gelebt. Deine Mutter ganz taub vor Schmerz. Ich war für dich verantwortlich. Aber das weißt du nicht mehr.«

Damit hat sie recht, in dieser Zeit war um mich nur Schwärze, ab und zu drang ein Gesprächsfetzen zu mir durch.

»Was ist mit meinem Bruder passiert?«, frage ich und merke, es ist diese Frage, deretwegen ich den ganzen Weg auf mich genommen habe, und vielleicht ist sie es auch, die mich dazu veranlasst hat, nach İstanbul zu ziehen. Plötzlich überlege ich, wie viele Entscheidungen meines Lebens von dieser Frage beeinflusst worden sind. Die Tante steht ruckartig auf, dabei fällt das Mädchen vornüber auf den Boden, fängt sich aber mit allen Vieren ab wie eine Katze. Sie krabbelt über den Teppich und setzt sich mit dem Rücken an mein Schienbein. Ich spüre die Wärme ihres kleinen Körpers gegen meinen. Die Tante stellt ihr Teeglas auf dem Ofen ab.

»Komm.«

Die Melonen wachsen neben den Tomaten. Beinahe übersehe ich die grünen, runden Kugeln im Gras, trete fast in sie hinein. Die Tomaten sind zu rot, um übersehen zu werden. Dahinter kommt das Feld mit dem Salat, dem Spinat, dem Knoblauch und den Zwiebeln, dann die Kräuter. Die Tante läuft voraus, sie stapft über ein Stück Land, das zum Nachbarhaus zu gehören scheint. Dort bückt sie sich, pflückt ein paar gelbe Paprika und lässt sie in ihren Korb gleiten. Ich will sie fragen, ob es für ihre Nachbarin in Ordnung ist, dass wir hier durch ihren Garten gehen und ihr Gemüse ernten, aber der Tantenkörper bewegt sich mit einer solchen Selbstverständlichkeit durch die Landschaft, dass es mir lächerlich vorkommt, auch nur eine seiner Bewegungen in Frage zu stellen. Also ahme ich alles nach: den staksigen Gang durchs hohe Gras, das Beugen hinunter zu den Pflanzen, die Bewegung der Hände, die das Gemüse vorsichtig abziehen. Einige Handgriffe, wie die Petersilie zu ernten, kann ich ihr nicht nachtun, weil ich im Gegensatz zu ihr kein Messer habe. Während wir uns durch die Landschaft bewegen, sprechen wir kein Wort. Meine Arme werden dunkel von all der Erde, die sich in meinen Poren sammelt. Schließlich graben wir Kartoffeln aus, und die feuchte, schwarze Erde setzt sich unter meinen Fingernägeln fest. Zwischendurch taucht das kleine Mädchen auf, kreischt und rennt um uns herum, verschwindet im hohen Gras, eine Weile herrscht Stille, bis sie wieder hervorspringt. Der gelbe Kangal vor dem Haus meiner Tante beobachtet uns die ganze Zeit. Fast eine Stunde lang ernten wir Gemüse und Obst. Nach und nach begreife ich, dass es hier keine abgeschlossenen Gärten gibt, die zu einem Haus gehören, sondern dass die Menschen sich das Land teilen. Die Erde, der Geruch des Gemüses und der Kräuter, mein schwangerer Körper, der unter der Anstrengung schwitzt, aber es ist eine gute Anstrengung, und das erste Mal seit Langem habe ich das Gefühl, meinen Körper genau zu spüren.

Bevor wir ins Haus hineingehen, ziehen wir die Schuhe aus. Das kommt mir beinahe überflüssig vor, schließlich starre ich vor Schmutz und Erde. Die Tante nimmt mir den Korb mit der Ernte ab. Vom kleinen Mädchen ist nichts zu sehen.

»Zieh das aus«, sagt die Tante und deutet auf meine Bluse. Die Bluse ist schmutzig, also ziehe ich sie aus und gebe sie meiner Tante. Die Tante nimmt erst die Bluse, dann mich an die Hand und zieht mich mit sich ins Badezimmer, einen orange gefliesten, hellen Raum mit einem kleinen Fenster. Sie bedeutet mir, dass ich eine Dusche nehmen soll und zeigt auf meine Kleidung. Ich ziehe den Rock aus und stehe nur in Unterwäsche vor ihr. Scham kriecht mir den Rücken hinauf, aber die Tante sieht mich auffordernd an, und ich verstehe, dass ich alles ausziehen soll, also tue ich dies, und die Tante betrachtet meinen schwangeren Bauch und dann meinen ganzen Leib. Sie schiebt einen Plastikschemel aus der Ecke in die Mitte des Raumes, greift meine Schulter und drückt mich darauf. Wasser fließt über meine Haut, bedeckt mich. Ich schließe die Augen. Höre das Eintauchen des kleinen Eimers in die mit Wasser gefüllte Plastikwanne, dann rinnt wieder warmes Wasser über mich. Der linke Arm wird angehoben, mit Seife eingerieben, geschrubbt, der harte Schwamm kratzt die Haut meines Ellenbogens. Sie spricht nicht, sie arbeitet sich von einem Arm zum anderen vor, ihre Bewegungen sicher und fest, ihr Griff nach meinem Körper eine Selbstverständlichkeit, die Berührungen so ganz ohne Frage, ohne ein Zögern, und ich wünschte, dass ich mein Kind so waschen kann, ohne Zurückhaltung, ohne Scham oder Abwehr. Ich muss nichts weiter tun, als zu sitzen und ihr zu vertrauen und sauber zu werden. Irgendwann geht die Tür auf, ich höre das Geräusch, drehe mich aber nicht um. Jemand rückt einen weiteren Schemel heran, aber es kümmert mich nicht. Als die Tante mir das Shampoo aus den Haaren gespült hat, legt sie mir ein Handtuch um. Erst jetzt öffne ich die Augen und sehe das kleine Mädchen, das auf einem Schemel neben mir sitzt und auch von der Tante gewaschen wird. Ihr nackter Körper kommt mir noch winziger vor, und die Tante wäscht das Mädchen mit den gleichen sicheren Bewegungen, wie sie mich gewaschen hat. Ich öffne das kleine Fenster, sodass der Dampf auf dem Raum entweichen kann.

Sie gibt mir eine Flasche mit Öl, das ich mir über den Bauch reiben soll. Sie blickt meinen nackten Körper an. »Gut«, sagt sie. Mehr nicht, aber das Wort setzt sich in meine Wirbelsäule, setzt sich an einen Ort zwischen den Knochen, an dem eine Lücke war, an dem die Knochen nicht ineinander greifen konnten. Es hüllt sich um das Kind, dieses Wort, und mit dem Einreiben des Öls dringt auch das Wort tiefer in meine Haut.

Erde in den Poren, dann Seife, dann nichts. Ich warte darauf, dass sie spricht.

»Dein Vater war ihr Anwalt. Die beiden kannten sich ja von verschiedenen Organisationen und Treffen. Erst hielt sie ihn für einen Idioten vom Dorf. Er versuchte lange, sie von sich zu überzeugen. Aber dann die Streitigkeiten in der Zeitung. Ich glaube, da liebten sie sich allerdings schon und wollten es nur geheimhalten. Aus dem Streit war Liebe geworden. Sie heirateten im kleinen Kreis. Ich kam auch, da war ich zum ersten Mal in einer Stadt. Danach überzeugte ich meine Eltern, zu deinem Vater und deiner Mutter ziehen zu dürfen, und sie ließen es zu, was nur am Verhandlungsgeschick deines Vaters lag. Sicherlich half auch, dass er die Anwaltsprüfungen mit Bravour bestanden hatte. Er war ehrgeizig wie du. Er bekam die ersten großen Aufträge, und dann wurde deine Mutter verhaftet. Als er sie endlich sehen durfte, waren ihr Gesicht und ihr Körper von Hämatomen und Blutergüssen übersät. Sie durften nur Türkisch miteinander sprechen. Auch ihre Mutter, deine Großmutter, kam sie besuchen. Sie sprach aber kein Türkisch, nur Kurmancî, also mussten sie sich während der Besuche schweigend gegenübersitzen. Auch ich habe sie gesehen, und sie tat alles, um keine Schwäche zu zeigen. Ich habe sie nie weinen sehen«, sagt die Tante.

Das grüne Sofa gibt unter mir nach.

»Nach ein paar Monaten zeigte sie die ersten Anzeichen ihrer Schwangerschaft. Die Brüste schwollen an, der Bauch auch. Ein Militärarzt bestätigte es. Trotzdem wurde sie nicht entlassen. Die Strafmethoden veränderten sich. Schläge mit Sandsäcken hinterlassen keine Spuren auf dem Körper. Viele ihrer Freunde traten zu dieser Zeit in den Hungerstreik. Der Hungerstreik war ihre einzige Waffe. Auch deine Mutter begab sich in den Hungerstreik. Bei jedem Besuch flehte dein Vater sie an, es zu lassen. Sie war im fünften Monat schwanger, als sie schließlich in den Hungerstreik ging. Der Militärarzt warnte sie, dass sie ihr Kind verlieren oder ihrem Ungeborenen zumindest dauernde Schäden zufügen könnte. Physische oder psychische.

Schließlich wurde sie entlassen und in ein Krankenhaus gebracht, wo man sie zwangsernährte. Nach drei Tagen im Krankenhaus half man deinen Eltern, nach Deutschland zu fliehen. Das Verfahren gegen deine Mutter in der Türkei lief weiter. Aber sie bekamen in Deutschland Asyl und durften bleiben. Ihre Schwangerschaft verlief mit lauter Komplikationen. Mehr als einmal war sie kurz davor, das Kind zu verlieren. Dein Vater nahm ihn als sein Kind an, das wurde nie in Frage gestellt. Dann kam dein Bruder, aber er war von Anfang an anders. Er schrie die ersten zehn Tage jede Sekunde. Zornig darüber, auf der Welt zu sein. Er kam nur in den Ferien zu euch. Das letzte Mal in dem Sommer, bevor ihr umgezogen seid«, sagt die Tante.

V.

Ausgetrockneter Mund, mit einer Zunge darin, die sich nicht bewegte, ohne Funktion. Seit Stunden wälzte ich mich im Bett und fand keinen Schlaf. Das Sprechen war unmöglich. Das wusste ich. Hätte ich es versucht, wäre nur ein Krächzen aus meiner Kehle aufgestiegen. Erst nach mehreren Gläsern Wasser würde meine Sprache zurückkommen, aber dafür müsste ich aufstehen und in die Küche hinunterlaufen, ein Weg, der mir unendlich weit vorkam. Nachts bewegte ich mich ungern durchs Haus. Nachts wusste ich nicht, wen ich auf der Treppe treffen würde. Das Bett roch nach Schweiß, das Laken war feucht. Alle paar Minuten drehte ich mich um, auf eine Seite, dann auf den Rücken, auf die andere Seite. Irgendwann hörte ich auf, mich zu bewegen, und erst da verstand ich, das Herumwälzen diente nur dazu, die Geräusche zu übertönen. Die Schüsse aus dem Nebenzimmer. Jetzt kam ich zur Ruhe und lag still da. Widerstand dem Drang, die Seite zu wechseln oder mein Bein zu kratzen, und dann erst hörte ich sie. Dann erst verstand ich, dass sie die ganze Zeit da gewesen waren, seit drei oder vier Stunden, tack tack tack, durchgehend ohne Unterbrechung. Nach einer Weile, vielleicht einer halben Stunde, verstummte das Geräusch plötzlich. Für ein paar Minuten war es still. Ich schwang die Beine aus dem Bett. In diesem Moment hatte ich die Entscheidung getroffen, hinüberzugehen in das Zimmer meines Bruders. Ich würde an seine Tür klopfen, würde meine Angst herunterschlucken und mich neben ihn setzen. Wir würden sprechen, und ich könnte ihn fragen, wieso er nie aus dem Zimmer kam und was überhaupt mit ihm los war. Ich würde ihm von der Kassette erzählen, von der Stadt mit dem bauchigen Namen. Vielleicht wusste er etwas darüber.

Mir fiel plötzlich etwas ein. Eine Erinnerung an einen Moment vor sechs Sommern.

»Dilan«, hatten sie gerufen, in mein Fenster hinein, und draußen war es hell gewesen, obwohl es schon neun Uhr abends war. Es waren die längsten Tage des Jahres und die Luft so heiß, dass der Asphalt unter den Füßen einsank. Am Meer gab es nur drei, vielleicht vier solcher Tage im Jahr. Diese Tage, an denen die anderen sich über die »unerträgliche Hitze« beschwerten, waren mir die liebsten. Das Prickeln der Haut, wenn die Sonne stundenlang darauf brannte, störte mich nicht. Im Gegensatz zu den Kindern aus meiner Straße verbrannte meine Haut nie. Diese verbrannten Kinder waren es jetzt auch, die nach mir riefen. Sie zogen das »i« in meinem Namen in die Länge, anders als meine Eltern, die eher das »a« betonten. Sie tobten draußen herum, fielen übereinander, sie hatten ein Planschbecken in einem Garten aufgebaut und kreischten, während sie einander mit Wasser bespritzten.

»Komm endlich«, rief eines der Kinder. Aber ich würde nicht herunterkommen, das war gewiss. Die letzte Woche hatte ich drinnen verbracht. Mit meinem Bruder. Seit Stunden bauten wir Straßen und Häuser und Türme, die er immer wieder einriss, sodass ich von Neuem beginnen musste. Er sah mir dabei zu, wie ich etwas für ihn aufbaute. Dann gab es den Moment, in dem er neben mir keuchte, das war der Zorn, der emporkroch, und dann kamen die Bewegung und das Zerschlagen. Plastiksteinchen flogen durchs Zimmer, ich hielt die Hände vors Gesicht. Das freute ihn besonders. Er jauchzte, und ich sammelte die Steine wieder ein. Von draußen war das Geräusch von spritzendem Wasser zu hören. Die Kinder schrien vor Schreck und Freude, als sie ins eiskalte Wasser sprangen. Als ich die Steine aufsammelte, warf ich einen Blick durchs Fenster. Die Nachbarskinder standen in einer Schlange, ihre Badeanzüge rot, gelb, blau, leuchteten nass in der Sonne. Eines nach dem anderen rannte los und sprang ins Becken, dabei übertönte jedes die Schreie seiner Vorgänger. Mein Herz schlug schnell. Ein sinnloses Herz, das im Halbdunkel hinter Wänden sitzt. Als ich eine Faust ballte, sah ich die Muskeln, die sich unter der Haut bewegten. Sie waren noch da, obwohl ich mich seit Tagen nicht richtig bewegt hatte. Das wunderte mich mehr, als wenn sich unter dieser Haut nichts bewegt hätte, aber da waren sie, die Muskeln, wie kleine Schlangen, und ich verstand nichts über Muskeln, aber ihr Anblick löste eine Sehnsucht in mir aus. Ich wollte mich bewegen. Ohne ein Wort rannte ich aus dem Zimmer, schlug die Tür zu und ließ meinen Bruder zwischen dem Halbdunkel und den Plastikbausteinen zurück. Die Treppe polterte unter meinen Schritten, sonst war ich so lautlos wie möglich, aber jetzt war es mir egal. Bevor ich die Terrassentür aufreißen konnte, hörte ich eine Stimme. »Also lässt du ihn jetzt allein?«, fragte jemand. Es war meine Mutter. Sie lag auf dem Sofa und las, der Ventilator vor ihr brachte ihr glattes Haar durcheinander. Für einen Moment hielt ich inne und überlegte, mit ihr zu sprechen. Aber in unserem Haus gab es keine Verhandlungen. Es gab nur ein Richtig und ein Falsch, über das meine Eltern verfügten. Im Lauf zerrte ich mir die Kleider vom Leib, bis ich nur noch Unterwäsche anhatte. Ich lief an der Schlange der Kinder vorbei, stieß das Mädchen, das gerade am Beckenrand stand, beiseite, und sprang ins Wasser.

Leise ging ich zu seiner Zimmertür und legte ein Ohr daran. Die Geräusche waren verstummt. Dann hörte ich ein Röcheln. Wasser in den Rohren, dachte ich, wie im Winter, wenn man die Heizung hochdreht. Doch draußen drückte die Hitze gegen die Fenster. Es war Sommer, die Heizung war aus. Das Geräusch klang *menschlich.*

Ohne Vorwarnung riss es mich zu Boden. Die Knie knickten als Erstes ein, als hätte jemand von hinten gegen die Kehlen geschlagen. Kalte Schauer tanzten über meine Haut, hoch und runter, *Flohzirkus,* dachte ich, und wusste nicht, warum. Überhaupt wusste ich nicht, was mit mir geschehen war. Das Röcheln schwoll zu einem Gurgeln an, Wasser über dem Siedepunkt, das über den Topfrand hinweg sprudelt, oder Wasser, das gegen die Küste schwappt. Das Wasser war der Speichel und die Küste war die Kehle meines Bruders. Das Röcheln, das Würgen, das Aufbäumen eines Menschen, der kämpft, diese Geräusche trugen mich auf ihrem Rücken voran. Endlich hörte ich, wie das Licht im Zimmer meiner Eltern anging, das Rascheln ihrer Bettwäsche. Das Muttergesicht vor Sorge und Anspannung in sich zusammengefaltet. Das Vatergesicht sanft und aufgequollen vom Schlaf. Die Vaterhand riss am Türknauf, vergeblich, denn die Tür war verschlossen. Zwei Schritte zurück und Anlauf, mein Vater warf sich gegen die Tür. Das Begreifen war inzwischen bei meiner Mutter angekommen, die sich zu mir herunterbeugte und mich fragte, ob es mir gut gehe. *Mir schon*, sagte ich mit meinen Augen. Sie verstand, lief ins Schlafzimmer und kam wenig später zurück. Unsanft schob der Mutterkörper den Vaterkörper beiseite, denn er versperrte das Schlüsselloch. Sie schloss auf, riss die Tür auf, und dann tat sie für einen Moment nichts. Der Anblick im Zimmer ließ sie erstarren. Dann sprang mein Vaters ins Zimmer, und meine Mutter folgte ihm. Die Eltern schleiften meinen Bruder hinter sich her. Schlaff lag er auf ihnen. Mein Bruder, sein säuerlicher Geruch. Sie trugen ihn ins Badezimmer, hängten ihn über die Schüssel, mein Vater drängte seine Finger in die Bruderkehle. »Es muss alles raus, alles«, rief meine Mutter, vielleicht merkte sie nicht, wie oft sie den Satz wiederholte. Sie bespritzte den Bruder mit kaltem Wasser. Sie lief an mir vorbei, sie jagte nach unten, zum Telefon, und rief einen Krankenwagen. Ich konnte mich noch immer nicht bewegen. Mein Vater sprach mit ihm und erhielt keine Antwort. Meine Mutter kam die Treppe hoch, das Telefon gegen das Ohr gepresst, rannte sie ins Badezimmer, sie schrie: »Tabletten.« Durch die offene Tür seines Zimmers kam ein süßlicher Geruch herüber. Die Süße war anders und schwerer als der Geruch, wenn meine Mutter backte oder Schokolade schmolz, um irgendetwas damit zu überziehen, diese Süße war feucht und beißend und kroch einem in den Hals, wo sie sich absetzte und am Gaumen klebte. Verwesungssüße. Ein weißer Schimmelfilm benetzte die Essensreste. Seine Unordnung war keine mehr, waren nur Gegenstände, Kleidung, CDs, Hefte, die ineinander verkeilt über dem Boden, den Möbeln lagen. Die Poster waren von den Wänden gerissen. Die wenigen Möbel im Zimmer waren kaum erkennbar, nur der Fernseher mit der Spielkonsole war freigeräumt und glänzte so als hätte ihn jemand täglich gesäubert. Ordentlich aufgereihte Videospiele türmten sich davor.

Ihre Plastikhüllen glänzten im Halbdunkel, glänzten schwarz wie die Ameisenstraßen, die sich in Reih und Glied über den Boden bewegten. Sie krochen von Schimmelbergen über Möbel bis zum nächsten Teller, ein langer, schwarzer, kriechender Reigen. Mir wurde übel. Die Mutterordnung hatte das Bruderzimmer nicht mehr erreichen können.

Draußen heulten Sirenen auf, sie kamen schnell näher und ganz nah. Blaulicht durschnitt die Dunkelheit und fiel in das Zimmer ein. Meine Eltern liefen die Treppe hinunter, mein Bruder hing über ihren Schultern. Sie trugen ihn auf die Straße hinaus. Aufschlagende Autotüren, die Rufe der Sanitäter und Nachbarn, das Weinen meiner Mutter, ihre Schreie, die nicht nach ihr klangen, die aus einem anderen Ort kamen, an dem sie nicht war, dort war ein urzeitliches Tier, verschüttet in einer Höhle und allein.

Zwei Nächte verbrachte ich bei den Nachbarn, bis mein Vater aus dem Krankenhaus zurückkam. Ohne meinen Bruder und ohne meine Mutter. Er ging nicht mehr, er wankte, und alles, was er sagte, erschien mir wie eine Unwahrheit, und alles, was er tat, jede Geste, erschien mir wie ein Schauspiel. Eine Vaterkopie. Er brachte mich zurück in unser Haus, wo er mich ins Wohnzimmer setzte, mir sagte, ich solle es nicht verlassen, die Tür schloss, und begann, oben aufzuräumen. Ohne Unterlass brachte er Gegenstände von diesem zu jenem Ort. Im Wohnzimmer sah es aus wie immer. Die Flaschen mit dem grünen Glas auf der Fensterbank, die Ordnung, die Bücher meiner Eltern, die Pflanzen meines Vaters, Aloe Vera, Bananenpflanzen, Kakteen, Monstera, hinter den Pflanzen der Blick durch die Fenster in den Garten, all das stand dort und verhöhnte uns, stand dort, als sei nichts passiert. Ich verließ das Haus.

Heftig in die Pedalen tretend, fuhr ich die Straße entlang, die Kindheitsstraße, langsam nahm ich Fahrt auf. Der Körper entschied die Richtung. Eigentlich wollte ich zum Meer. Den Kopf unters Wasser tauchen und dort bleiben, solange es ging, irgendwohin schwimmen, egal wohin. Doch ich wusste nicht, ob Flut war.

Am Stadtrand hinter den Rinderwiesen kam mein Körper zur Ruhe. Hier gab es keine Menschen, nur Rinder. Zottelige beige Wesen, deren abgeschliffene Hörner nutzlos aus ihrem Kopf ragten. Wiegend bewegten sich ihre Bäuche von einer auf die andere Seite. Vor dem Zaun gab es Schaukeln. Ab und zu war ich dort mit Jelena und Rike gewesen. Weinen, dachte ich, das wäre angebracht. Doch es ging nicht. Also begann ich zu schaukeln. Während ich mich in die Höhe schwang, kniff ich die Augen zusammen. Es war ein gutes Gefühl, der Wind, die Schaukel unter mir, die Dunkelheit hinter meinen Lidern und keine Ahnung zu haben, wie hoch ich war. Schließlich öffnete ich die Augen. Die Landschaft um mich herum verschwamm zu Farbtupfern, grün, gelb, rot, die Rinder auf der Wiese waren nichts weiter als konturlose Flecken, und der blaue Himmel wölbte sich über mir und zerfloss. In den Himmel hineinschaukeln, ich fragte mich, ob das möglich wäre. Der Punkt ganz oben war der beste. Als nur Himmel um mich war. Dann bewegte die Schaukel sich nach unten, der Boden raste unter mir entlang. Mit aller Kraft versuchte ich, wieder nach oben zu kommen, bloß wieder nach oben. Hoch sang das Metall, als die Kette gegen das Scharnier knallte. Einen höheren Punkt würde es nicht geben. Meine Hände lösten sich. Der Körper wurde in die Luft geschleudert. Alles Himmel. Für einen Moment. Dann der Fall, die Landschaftsflecken, der Boden, der Aufschlag. Ich öffnete den Mund, vielleicht, um zu atmen, vielleicht, um etwas zu sagen. Die Sprache verschwand hinter meinen Lidern, so wie die Atmung, so wie der Schmerz und die Erinnerung. Ich begann zu fallen und hörte wochenlang nicht damit auf.

VI.

Der Geruch von Kardamom und ein kehliges, tiefes Bellen. Ein Hund, der niemanden ankündigt, vor nichts warnt, der nur auf sich aufmerksam macht. Erst nach einem Moment fällt mir ein, dass es der Kangal ist, der vor dem Tantenhaus angebunden ist. Ich bin in Kurdistan.

Zwischen meinen Fingern der weiche Stoff einer zerschlissenen Decke. Das Dröhnen in meinem Kopf lässt nach, als ich die Augen öffne. Das Zimmer, in dem ich mich befinde, ist hell, durch die zugezogenen Gardinen fällt Sonnenlicht. Ich liege in einem schmalen Bett. Das Glas Wasser neben dem Bett trinke ich in einem Zug leer. Dabei höre ich meine Kehle rasseln. Meine Lippen sind aufgeplatzt und schroff. Ich taste nach meinem Bauch, schäme mich, dass es nicht mein erster Gedanke war, doch als ich spüre, dass sich das Kind darin bewegt, bin ich erleichtert. Das Atmen fällt mir leichter als zuvor. Ich richte mich im Bett auf. Ich kann mich nicht daran erinnern, wie ich in dieses Zimmer gekommen bin. Jemand klopft an die Tür.

»Ja«, sage ich, und meine Tante kommt herein. Sie setzt sich ans Bett und streicht mit ihrer kleinen Hand über meine Haare. Sie erinnert mich an meine Mutter, wie sie dasitzt, obwohl sie meinem Vater viel ähnlicher sieht.

»Es gibt Frühstück«, sagt sie, gibt mir einen Pullover und eine weite Hose aus dem Schrank und wartet im Zimmer, während ich mich anziehe. Gemeinsam gehen wir durch den Flur, in dem es dunkel ist und kühl. Sie führt mich auf den Balkon, das grelle Sonnenlicht schmerzt in den Augen. Die Landschaft und die gelben Berge, unten sitzt der Hund, er blickt wie ich in die Ferne. Hinter dem Dorf kann ich einen Fluss sehen, seine Farbe erinnert mich an den Tigris. Er schlängelt sich am Fuß der Berge entlang und verschwindet in der Gebirgskette. Die Tante drückt mich auf einen weißen Stuhl, sie geht ins Haus, und wenig später bringt sie ein Tablett mit Frühstück. Es gibt Tee und Brot, und in kleinen metallenen Schalen Käse, Honig, Wurst, Tomaten, Gurken, Oliven. Sie hat Menemen gemacht, nicht so scharf, wie ich es von zu Hause kenne, aber es ist köstlich. Ich probiere alles. Es schmeckt herrlich, und ich kann mich nicht erinnern, wann ich zuletzt so viel auf einmal gegessen habe.

»Du hast zwei Tage lang geschlafen«, sagt meine Tante lächelnd und reicht mir geröstetes Brot. Ich esse. Sie schaut mir dabei zu. Als ich fertig bin und keinen Bissen mehr zu mir nehmen kann, lehne ich mich im Stuhl zurück, die Tante zündet sich eine Zigarette an. Sie raucht, unsere Blicke streifen über die Berge, mein Körper vibriert.

»Du solltest Kurdisch lernen«, sagt sie.

Das Rauschen des Flusses ist zu hören. Vielleicht ist es auch nur in meinem Kopf.

Der Hund hebt den Kopf, als ich an ihm vorbeigehe. Er beobachtet ruhig meine Bewegungen. Der Fluss hinterm Dorf windet sich an den Bergen entlang. Es dauert zwanzig Minuten vom Haus. Ich gehe allein. Ab und zu führt der Pfad über Gestrüpp und Steine, aber meistens ist der Weg eben. Das Feld durchquerend achte ich auf meine Schritte, ich will nichts von dem Gemüse zertreten, das hier wächst. Das Wasser rauscht in meinen Ohren im gleichen Takt wie mein Blut. Als ich das Ufer erreiche, sehe ich, dass der Fluss vollsteht. Wasser schwillt gegen sein Ufer, es ist braun und trägt Land mit sich. Ich ziehe die Schuhe aus und kremple die Hosenbeine hoch. Das Kind in mir bewegt sich. Das Wasser ist kälter, als ich erwartet habe. Schlamm drückt sich zwischen meine Zehen, legt sich als Film über meine Haut. Das weiche Flussbett gibt nach bei jedem Schritt. Meine Füße tragen den Boden mit ab. Kleine Klumpen Erde werden aufgewirbelt, sie tauchen an die Oberfläche und kreisen dort für einen Moment, bevor der Strom sie mit sich zieht. Ich sehe ihnen nach. Sie fließen über die Grenze, weiter an Dörfern vorbei, die zu einem anderen Land gehören und in denen Kurdisch gesprochen wird, so wie meine Tante es spricht. Ich beuge mich vor und berühre die Oberfläche mit der Hand. Meine Hand zieht Kreise im Wasser. Für einen Moment schaffe ich es, die Strömung aufzuhalten. Der Fluss muss sich neu verhalten. Er findet einen neuen Weg. Das Wasser fließt an mir vorbei und ist in der nächsten Sekunde wieder ein Teil des Stroms.